Kathleen Freitag

Das Haus des Leuchtturmwärters

Roman

HarperCollins

1. Auflage 2021
Originalausgabe

Gesetzt aus der Stempel Garamond und der Papyrus
von GGP Media GmbH, Pößneck
Druck und Bindung von GGP Media GmbH, Pößneck
Printed in Germany
ISBN 978-3-7499-0132-6
www.harpercollins.de

Klimaneutral
Druckprodukt
ClimatePartner.com/15109-2009-1001

MIX
Papier
FSC FSC® C014496

Prolog
1962

Das grelle Licht schmerzte in ihren Augen, doch sie wollte ihm nicht die Genugtuung geben wegzusehen. Ihre Lider fühlten sich bleischwer an, so wie der Rest ihres Körpers.

Die letzte Nacht hatte sie nicht viel Schlaf bekommen. Die Pritsche in dem kleinen fensterlosen Raum, in den man sie gesteckt hatte, war viel zu hart gewesen. Trotz der dicken Wände, deren bedrohlicher Eindruck auch nach Stunden nicht gewichen war, war stetig ein kühler Luftzug durch den Raum gezogen. Sie war noch immer vollkommen durchgefroren. Auch die dünne kratzige Wolldecke, die man ihr nach mehrmaligen Bitten gegeben hatte, hatte daran nichts zu ändern vermocht.

Das Deckenlicht in dem zellenartigen Raum war immer wieder angegangen. Stets dann, wenn sie kurz davor gewesen war, endlich einzuschlafen. Anfänglich hatte sie geglaubt, dass es Zufall gewesen war. Gegen Ende der Nacht war sie sich jedoch sicher gewesen, dass sie die helle Lampe absichtlich angeknipst hatten, um ihr die nötige Ruhe zu rauben, die ihr Körper und Geist so dringend nötig hatten.

Die Schmerzen in ihrem Fuß hatten durch die Tabletten, die sie ihr gegeben hatten, zwar nachgelassen, doch sie hatte geahnt, dass der Zustand nur allzu trügerisch war. Denn angesehen hatte sich die Verletzung niemand.

Seit gefühlten Stunden dröhnten in ihren Ohren nun die immer selben Fragen, die ihr der Mann, der auf der anderen Seite des Tisches saß, mit beinahe bewundernswerter Beharrlichkeit stellte. Vor ihm lagen ein kleiner Notizblock und ein Stift. Die Tischlampe war auf sie gerichtet. Der Stuhl, auf dem sie saß, war aus Holz und Metall zusammengeschraubt und drückte unangenehm unter ihrem Gesäß. Ihr Mantel hing an einem Garderobenständer, der wie eine traurige Strohpuppe sein Dasein in der Ecke fristete. Mehr Inventar, das sie von diesem Verhör hätte ablenken können, gab es in dem Raum nicht.

Plötzlich sprang der Mann auf, stützte sich mit seinen Händen auf den Tisch und beugte sich zu ihr herüber. »Nun machen Sie schon den Mund auf. Wem gehörte das Boot?«, fragte er mit dräuender Stimme und kam noch ein Stück näher. »Wer hatte die Idee zur Republikflucht? Sie, Ihre Freundin oder der Musiker?« Mit einem bohrenden Blick sah er ihr direkt in die Augen. Angst kroch in ihr hoch. Sie blieb stumm. Vorerst.

Franzi
1992

Die Allee schlängelte sich unaufgeregt durch die weite Landschaft. Windschief säumten die Linden die schmale Straße, die mehr einem Betonschachbrett glich als einer Landstraße. Hinter den Bäumen lagen die Felder. Der Weizen, der hier überwiegend angebaut wurde, wuchs hoch und kräftig. Wie kleine Farbtupfer sprenkelten weißgelbe Margeriten und blaue Kornblumen sowie roter Mohn den goldseidigen Getreideteppich. Bei jedem Windstoß verbeugten sich die Halme ehrfürchtig vor den Gesetzen der Natur. Das sanfte Rascheln klang wohlig und vertraut. In weiterer Entfernung leuchteten auch ein paar Rapsfelder in kräftigem Gelb. Das Meer war jedoch immer noch nicht zu sehen. Franzi musste sich eingestehen, dass der Weg länger war, als sie ihn in Erinnerung hatte.

Beinahe stapfend folgte sie der Straße. Ein Auto, das sie hätte mitnehmen können, war schon lange nicht mehr an ihr vorbeigefahren. Die beiden Koffer, die sie bei sich trug, wurden gefühlt mit jedem Schritt schwerer. Nun ärgerte sie sich, dass sie die alte Reiseschreibmaschine ihrer Großmutter eingepackt hatte statt der Elektrischen, die sie vorletztes Jahr von Peter zum Geburtstag geschenkt bekommen hatte. Sie hatte das Ding gar nicht gewollt, schließlich liebte sie es, beim

Schreiben die runden Typenhebel mit den Buchstaben auf die papierbespannte Schreibwalze sausen zu lassen. Die Geräusche, die sie dabei erzeugten, entwickelten sich in ihrem Kopf zu einer Melodie, die den Takt ihres Schreibens vorgab. Es half ihr, sich zu konzentrieren. Zumindest hatte es bei ihren ersten drei Romanen geholfen. Hätte Peter ihr nur einmal richtig zugehört, hätte er das auch gewusst.

Schweiß bildete sich auf ihrer Stirn, doch Franzi hatte keine Hand frei, um ihn wegzuwischen. So lief sie weiter.

Plötzlich riss das Riemchen ihrer rechten Sandale, und Franzi stolperte beinahe über die lose Sohle. Sie stellte die Koffer am Straßenrand im Schatten einer breiten Linde ab. Auf den Größeren setzte sie sich und zog den kaputten Schuh aus. Verärgert warf sie ihn in den schmalen Graben, der den Straßenrand säumte. Auch die Schuhe waren ein Geschenk ihres Ex. Kein Wunder also, dass ihre Liebe eher einer Stichflamme geglichen hatte als einem wohlig-warmen Kaminfeuer, dachte sie bei sich.

Peter und sie hatten sich vor vier Jahren kennengelernt, kurz nachdem sie ihren ersten Roman veröffentlicht hatte. Er hatte damals eine Juniorprofessorenstelle an der Historischen Fakultät der Hamburger Universität innegehabt. Schon zu Beginn ihrer Beziehung hatten sich die Unterschiede offenbart. Während sie mit Vorliebe nach einem langen Tag am Schreibtisch durch die Bars St. Paulis gezogen war, hatte er weiter bis in die Morgenstunden über seiner Doktorarbeit gebrütet. Nur zweimal war er spontan gewesen. Das erste Mal, als er sie in einem kleinen Standesamt am Hafen geheiratet hatte. Und dann noch einmal, nachdem Grabowski auf der Pressekonferenz am 9. November 1989 versehentlich die

Mauer geöffnet hatte. Noch in der Nacht waren sie in seinen kleinen VW Käfer gestiegen und für eine Stippvisite nach Ostberlin gefahren.

Dass ausgerechnet er ein Jahr und einen großen Streit später in die wiedervereinte Stadt zurückgekehrt war, um einen Job bei der Gauck-Behörde anzufangen, hatte sie mehr als überrascht.

Franzi kramte in ihrer Jackentasche und zog eine zerknüllte Zigarettenschachtel heraus. Sie drehte und wendete die knisternde Hülle. Noch fünf Zigaretten warteten darin, geraucht zu werden. Sie zögerte und war drauf und dran, ihrem Verlangen nachzugeben. Doch schließlich steckte sie die Packung wieder zurück in ihre Tasche und blickte auf. Die Sonne stand bereits tief und kitzelte die ersten hohen Wipfel des Kiefernwaldes, der am Horizont emporragte.

Erst jetzt bemerkte sie, dass sie den Wald aus Kindertagen kannte. Früher hatte sie jeden Abend neben ihrem Vater am Fenster gestanden und mit ihm auf ebenjene dicht bewachsene Baumgruppe geblickt. Ungeduldig hatte sie ihn dabei immer wieder gefragt, wann es endlich so weit sei. Doch er hatte sich von seiner Jüngsten nie aus der Ruhe bringen lassen. Erst wenn die Konturen der dicken kerzengeraden Baumstämme vor dem bloßen Auge verschwammen, hatte er genickt. Verlässlich wie die Gezeiten hatte er so jeden Abend den Sonnenuntergang vorhergesagt.

Franzi seufzte erleichtert, weit entfernt war sie von ihrem Ziel also nicht mehr. Sie streifte auch die zweite Sandale von ihrem Fuß, schnappte sich die Koffer und betrat nun barfuß die Straße. Auf dem warmen Asphalt ging sie entschlossenen Schrittes weiter.

Und tatsächlich, hinter der nächsten Biegung konnte sie den Leuchtturm endlich sehen.

Eine Viertelstunde später stand Franzi vor dem rotbraunen Turm. Ein erleichtertes Lächeln legte sich auf ihr Gesicht, während sie die beiden Koffer auf dem sandigen Trampelpfad abstellte, der von der Landstraße zu der Anhöhe führte. Ein wenig ehrfürchtig blickte sie sich um.

Es war gut vierzehn Jahre her, dass sie das letzte Mal an dieser Stelle gestanden hatte. Und doch war alles so, wie sie es in Erinnerung hatte. Das Gras stand jetzt höher als damals, und die drei Stufen zur Eingangstür des Leuchtturmes verschwanden hinter dornigen Brombeersträuchästen. Die schwere Holztür war mit einem dicken Vorhängeschloss verriegelt. Die schmalen Fenster, die wie Perlen auf einer Kette übereinandergereiht der dicken runden Backsteinmauer etwas Verwunschenes gaben, waren provisorisch mit Brettern zugenagelt. Ob die Scheiben noch intakt waren, konnte Franzi von hier unten nicht sehen. Die beiden dicken weißen Streifen, die unterhalb der Galerie zur Tageskennung für die Seefahrer den Turm umrundeten, waren verblasst. Das Geländer der kleinen Aussichtsplattform, die den Turm umgab, hatte durch die Witterung an der einen oder anderen Stelle Rost angesetzt. Gepflegt hatte das wetterempfindliche Metall wohl seit Jahren niemand mehr. Doch der gläserne Laternenaufbau unter der Kuppel des Turmes hatte von seiner alten Pracht nichts eingebüßt.

Franzi fragte sich, ob die Fresnel-Linse, die das Licht der zuletzt auch elektrisch betriebenen Glühlampe über viele Jahre bis weit hinaus ins Meer geschickt und die Seefahrer vor den tückischen Gewässern an der hiesigen Ostseeküste gewarnt hatte, noch intakt war.

Neben dem Turm stand das Wärterhaus, in dem sie die vier glücklichsten Jahre ihrer Kindheit verbracht hatte. Auch dieses eher schlichtere Gebäude war von außen verriegelt und wurde offensichtlich ebenso seit Jahren nicht genutzt. Der Efeu hatte die Mauern, die zwei separate Wohnungen beherbergten, fast erobert.

Im hinteren Teil des weitläufigen Grundstücks konnte sie das Maschinenhaus erspähen. Früher durfte sie diesen kleinen Verschlag, in dem auch das Notstromaggregat stand, nicht betreten.

Das Meer, das sich hinter der kleinen Anhöhe des Leuchtturmgehöfts auftat, konnte sie von hier aus noch nicht sehen. Die Büsche vor dem Abhang, der zum Strand hinunterführte, waren hochgewachsen. Doch das Rauschen der Wellen, die mit gemächlicher Geduld auf dem sandigen Küstenstreifen ausliefen, war auch hier klar und deutlich zu hören. Bei dem vertrauten Geräusch schlug Franzis Herz höher.

Aus der Tasche ihrer Jeansjacke zog sie einen Schlüsselbund, den sie in Lüstrow von der Sekretärin im Gemeindebüro bekommen hatte. Der Bürgermeister, mit dem sie postalisch den Mietvertrag für eine Wohnung im Wärterhaus inklusive Zugang zu allen Gütern des Gehöfts abgeschlossen hatte, war nicht da gewesen, was Franzi keineswegs bedauert hatte. Bei ihrem ersten und einzigen Telefonat hatte er eher einen unangenehmen Eindruck gemacht. Ihre Idee, den Sommer über am Leuchtturm wohnen zu wollen, hatte er nur belächelt. Doch das Geld, das sie ihm für die Miete angeboten hatte, hatte er trotzdem gerne angenommen. Offensichtlich hatte er von seinen westdeutschen Amtskollegen schnell gelernt, was Kapitalismus bedeutete.

Ihre Wohnung in Hamburg hatte sie für die kommenden Monate untervermietet. Ein Zurück gab es also nicht mehr. Sie würde die nächste Zeit hier am Meer in Schreibklausur verbringen.

Franzi steckte den Schlüssel für die vordere Wohnung ins Schloss. Der Leuchtturmschlüssel hing noch nicht am Bund. Den sollte sie später aber noch bekommen, hatte man ihr versprochen.

Die Wohnungstür ließ sich nur schwer öffnen und knarrte, als Franzi sie aufstieß. Ein muffig-feuchter Geruch schlug ihr entgegen. Offensichtlich war lange niemand mehr hier gewesen, um die Räume zu lüften.

Sie erkannte einiges wieder, als sie sich umsah. Die eichenfurnierten Schränke in der Küche, in der ihre Mutter mit Vorliebe Kompott aus Rhabarber, Pflaumen oder Äpfeln vom eigenen Gehöft eingekocht hatte. Das gezuckerte Obst hatte dann in der ganzen Wohnung einen lieblich-sauren Duft verströmt, den Franzi noch heute in der Nase hatte, wenn sie an ihre Kindheit zurückdachte.

Auf der Schranktür neben dem Spültisch klebte noch immer ein Aufkleber mit einer weißen Taube darauf, die einen Zweig im Schnabel trug. Alle Jungpioniere hatten in der Schule einen solchen Aufkleber geschenkt bekommen. Franzi hatte ihren stolz nach Hause getragen und sogleich einen passenden Platz für das sozialistische Friedenssymbol gesucht. Dass sie sich ausgerechnet den guten Küchenschrank dafür ausgesuchte hatte, war ihrer Mutter nicht gerade recht gewesen. Doch ihr Vater hatte ihr beigestanden und ihren Einsatz für den Weltfrieden gelobt.

Die anderen Räume waren nur noch spärlich eingerichtet, wie Franzi feststellen musste. Die meisten Möbel waren vermutlich nach der Automatisierung des Leuchtturms hinausgetragen worden. Schließlich war gutes Mobiliar auch noch Ende der 70er-Jahre schwer zu bekommen gewesen.

Das Bett ihrer Eltern samt Matratze stand glücklicherweise noch in der Schlafstube. Sie hatte zwar vorsichtshalber ihre Isomatte eingepackt, doch auf einem richtigen Bett träumte es sich doch wesentlich besser.

Auch der alte Ohrensessel, in dem ihr Vater, der Leuchtturmwärter, jeden Morgen seine Zeitung gelesen hatte, stand noch am selben Platz unter dem Fenster im Wohnzimmer. Ein kleiner Sekretär war ebenfalls noch vorhanden. Der Holzstuhl davor sah zwar nicht sonderlich bequem aus, und die Stuhlbeine knarrten etwas, als sie sich zur Probe draufsetzte, doch er hielt ihr Gewicht aus. Und zum Schreiben würde es schon gehen. Vielleicht würde sie dann, wenn sie nicht allzu bequem saß, endlich mit ihrem neuen Roman vorankommen.

Später am Tag, nachdem sie sich auf dem Gehöft noch etwas umgesehen und bei einem Spaziergang am Strand die frische Meeresluft nur so in sich aufgesaugt hatte, packte sie ihre Koffer aus. Die Klamotten verstaute sie in einer kleinen Kommode, die im Flur stand.

Die schwere Schreibmaschine stellte sie auf den Sekretär und setzte sich sogleich motiviert davor. Sie versuchte, sich von dem weißen Papierstapel, den sie zuvor noch neben sich auf den Tisch gelegt hatte, nicht einschüchtern zu lassen.

Dieses Mal nicht. Sie nahm das oberste Blatt, legte es in die Schreibmaschine und drehte die Walze, bis die weiße leere Oberfläche sie angriente. Mit zuversichtlichen Fingerschlägen tippte sie: *Kapitel eins*. Nun war das Papier wenigstens nicht mehr völlig unbeschrieben. Dann lehnte sie sich zurück und überlegte. Eine ganze Weile.

Als der Holzstuhl irgendwann doch unbequem wurde, beugte sie sich wieder vor, hielt ihre Finger erneut tatbereit über die Tastatur. Doch sie schrieben nichts. Wussten sie doch nicht, was sie zu Papier bringen sollten.

Schließlich seufzte Franzi. Aus der Jacke, die hinter ihr über der Stuhllehne hing, holte sie die verknüllte Zigarettenschachtel heraus, zündete sich einen Glimmstängel an und atmete den Rauch tief ein. Sofort bemerkte sie, wie sich ihr Körper entspannte, und auch der Druck, etwas Gescheites zu Papier bringen zu müssen, wich einer trügerischen Zufriedenheit. Zumindest solange sie ihrer Sucht nachgab.

Mit der Zigarette in der Hand stand sie auf und schlenderte durch die Wohnung. Sie betrat ihr altes Kinderzimmer. Es war unmöbliert. Die Leere kam ihr seltsam fremd vor, und doch spürte sie eine kindliche Vertrautheit zwischen den Wänden. Das Fenster war mit dunklem Stoff behangen, den sie mit einem Handgriff herunterriss. Sie öffnete es und sah hinaus. Die Tage waren zu dieser Jahreszeit lang, sodass sie trotz der späten Stunde noch das Meer sehen konnte. Die Wellenspitzen, die sich auf dem Wasser kräuselten, glitzerten in der Abenddämmerung kurz auf, bevor sie wieder abtauchten.

Franzi genoss den Ausblick, während sie noch einmal am Filter ihrer Zigarette zog. Plötzlich fiel die Asche samt

Glut auf den Holzfußboden. Reflexhaft wischte sie mit ihren Füßen, die immer noch nackt waren, über den Boden und verbrannte sich fast an der heißen Glut. Die glomm jedoch immer noch.

Etwas hektisch blickte Franzi sich um, schnappte sich schließlich den dunklen Stoff und schmiss ihn auf die Brandstelle. Während sie ihr Gewicht verlagerte, knarrte die Diele.

Als Franzi das Tuch wieder vom Boden hob, war die Glut gelöscht. Nur ein kleiner dunkler Fleck war noch auf dem Holz zu sehen. Franzi hockte sich hin, um das angekokelte Dielenbrett genauer unter die Lupe zu nehmen. Das Knarren hatte sie stutzig gemacht, und tatsächlich schien es nicht allzu fest auf dem Boden zu liegen.

Komisch, dass ihr das früher, als sie das Zimmer noch bewohnt hatte, nie aufgefallen war. Vielleicht hatten sich die Nägel erst mit den Jahren gelockert.

Mit einem Ruck zog Franzi nun an dem Brett, und zu ihrer Überraschung kam darunter eine kleine Aushöhlung zum Vorschein. Ohne darüber nachzudenken, griff sie hinein und spürte Papier unter ihren Fingerspitzen. Es war ein altes Buch, das sie nun aus seinem Versteck zog.

Der Einband war aus schwarzem Leder, etwas abgegriffen, aber dennoch gut erhalten. Ein dünnes rotes Bändchen lugte als Lesezeichen zwischen den Seiten hervor. Franzi schlug das Buch auf. Die Seiten waren in einer geschwungenen Handschrift vollgeschrieben. Die großen ausladenden Buchstaben waren recht schräg gestellt, so als würden sie beinahe aus den Seiten herauskippen. Aufgrund der Weichheit und Ordentlichkeit der Schrift vermutete Franzi, dass sie von einem Mädchen oder einer Frau geschrieben worden war.

Franzi setzte sich auf den Fußboden, blätterte neugierig zurück auf die erste Seite und begann zu lesen:

15. September 1962
Vater hat mich wieder zur Verzweiflung gebracht. Er ist sturer als eine Seekuh und stummer als eine Miesmuschel. Ich weiß nicht, ob ich wütend sein soll oder traurig …

Else
1962

… Es war gestern Abend. Ich habe das Essen für uns zubereitet. Beim Tischdecken habe ich auf ihrem alten Platz wieder eine Kerze aufgestellt. Das habe ich die letzten Jahre auch schon gemacht und fand das ganz schön. So als Gedenken an sie. Aber als Vater kam, hat er die Kerze nicht einmal angesehen. Er hat sich nur an den Tisch gesetzt, ganz stoisch seine Stulle geschmiert und hineingebissen. Gesagt hat er nichts.

Ich habe ihm eine Weile beim Essen zugesehen und selbst keinen Bissen herunterbekommen. Die ganze Zeit habe ich überlegt, ob ich ihn darauf anspreche oder nicht. Schließlich habe ich ihn gefragt, warum er nicht auf dem Friedhof gewesen war. Er hat mich nicht angesehen und nur gemurmelt, dass er viel zu tun hatte.

Doch es war nur eine Ausrede, das weiß ich. Da ist es mit mir durchgegangen. Ich habe ihm gesagt, dass er seinen blöden Leuchtturm auch einmal hätte verlassen können, um sie zu besuchen. Schließlich ist es Mutters Geburtstag gewesen.

Ich habe gesehen, dass er etwas wütend wurde. Aber vielleicht wollte ich das auch, ihn wütend machen. Damit er endlich mal mit mir spricht. Deshalb habe ich ihm wohl auch die Frage an den Kopf geworfen, ob er sie denn überhaupt noch vermisst oder ob sie ihm schon egal geworden ist. Doch statt zu antworten, ist er einfach aufgestanden und gegangen.

Ich habe dann noch eine ganze Weile allein in der Küche gesessen und nachgedacht. Aber Hunger hatte ich keinen mehr.

Else ließ den Füllfederhalter sinken. Grübelnd sah sie von ihrem Tagebuch auf, das vor ihr auf dem Bett lag, und ließ ihren Blick zum Fenster schweifen. Das Meer, das sie von hier aus gut sehen konnte, wurde von der Morgensonne angestrahlt. Endlich würde es mal wieder ein halbwegs warmer Tag werden. Der Sommer, der sich bereits langsam dem Ende neigte, hatte in diesem Jahr mit seinen Reizen allzu sehr gegeizt. Nieselig, trüb und oftmals zu kühl hatten die Sommertage nicht gerade zum Baden und Eisessen eingeladen. Auch das Wasser der Ostsee war nicht nur gefühlt kühler als die Jahre zuvor gewesen.

Den Leuchtturm konnte sie von ihrem Fenster aus ebenso sehen. Die zwei Streifen unterhalb der Galerie leuchteten strahlend weiß. Erst vor ein paar Monaten hatte ihr Vater die Farbe erneuert. Den Rost, der sich immer wieder in das Geländer der Galerie hineinfraß, hatte er gleich mit entfernt. Das Leuchtfeuer im blank geputzten gläsernen Laternenraum unterhalb der runden Kuppel war bereits erloschen. Für die Seefahrer, die die Ostsee passieren durften, war es nun hell genug, um den sicheren Weg durch das Gewässer zu finden. Seit Else denken konnte, lebte sie hier an diesem abgeschiedenen Ort nahe Lüstrow, den sie ihr zu Hause nannte.

Else hatte die Nacht schlecht geschlafen. Der Streit, den man vielleicht nur schwerlich als solchen bezeichnen konnte, war ihr nicht aus dem Kopf gewichen. Ihr Vater hatte mal wieder mehr geschwiegen als gesprochen. Natürlich war seine Schweigsamkeit nicht neu für sie, schließlich hatte er schon immer ein ruhigeres Gemüt. Auch sie war kein Mädchen der redseligen Sorte. Doch in letzter Zeit hatte sie das Gefühl gehabt, dass er einem Gespräch immer mehr aus dem Weg gegangen war. Dabei hatte sie so sehr das Bedürfnis, mit ihm zu sprechen. Auch über ihre Mutter.

Vor neun Jahren war sie aus dem Leben geschieden, freiwillig und ohne jedwede Erklärung. Sie war in die Ostsee gegangen, nicht weit vom Leuchtturm entfernt, und hatte sich ertränkt. Nur ihre Kleider hatte man am Strand gefunden, aber keinen Abschiedsbrief. Else war damals zwölf Jahre alt gewesen und hatte die Welt nicht mehr verstanden.

In den ersten Jahren hatte die Sehnsucht nach ihrer Mutter überwogen. Ihr Vater hatte sein Bestes gegeben, um die immense Lücke, die sie hinterlassen hatte, zu füllen. Als Else jedoch älter geworden war, hatte zunehmend die Frage nach dem Warum auf ihrer Seele gebrannt. Doch aus irgendeinem Grund war ihr Vater nicht dazu bereit gewesen, mit ihr über die vergangenen Ereignisse zu sprechen. Und so konnte sie über den Tod ihrer Mutter nur mit ihrer Freundin sprechen, die sich in den letzten Wochen allerdings auch rargemacht hatte.

Else klappte ihr Tagebuch zu, ging zum Fenster hinüber und hockte sich hin. Mit spitzen Fingern löste sie die Nägel des kurzen Dielenbretts, das vor ihr lag, und hob das Holz hoch. Dann legte sie das Buch in die kleine Aushöhlung, die darunter zum Vorschein kam. Mit geübten Handgriffen verschloss sie das Geheimfach anschließend wieder.

Sie ging zur Waschschüssel und füllte frisches Wasser aus einer Zinkkanne ein. Die Toilette, die außerhalb der Wohnung in einem kleinen Anbau war, teilten sie sich normalerweise mit der anderen Leuchtturmwärterfamilie. Doch derzeit stand die zweite Wohnung leer, was ihrem Vater augenscheinlich nur recht war. Und so kümmerte er sich weitestgehend allein um den Leuchtturm, führte regelmäßig Wartungsarbeiten durch, erledigte die anfallenden Reparaturen, pflegte das Gehöft und beobachtete das Wetter und den Schiffsverkehr. Nur bei den nächtlichen Wachdiensten wechselte sich ihr Vater mit einem Hilfswärter ab, der in Lüstrow wohnte. Und auch Else half selbstverständlich nach Feierabend mit, wo sie konnte, auch wenn ihrem Vater dafür selten ein Dankeschön über die Lippen ging.

Zügig wusch Else sich und steckte ihr dunkelblondes Haar zu einem einfachen Dutt hoch. Anschließend ging sie zu ihrem Kleiderschrank hinüber.

Aus ihrem Äußeren machte Else sich nicht viel. Auch war es ihr egal, dass sie ausnahmslos Röcke, Kleider, Blusen und Damenhosen besaß, die in den volkseigenen Textilwerken in günstiger Massenware für die Arbeiterinnen und Bäuerinnen dieses Staates produziert wurden und in jedem Bekleidungsgeschäft zu erwerben waren. Kleidung musste für sie praktisch sein, sowohl für ihre Arbeit im Gasthof als auch auf dem Gehöft. Deshalb fischte sie aus ihrem Schrank einen wadenlangen schmucklosen Rock aus dunkelblauer Baumwolle sowie eine schlichte helle Bluse und zog sich an.

Als sie aus dem Wärterhaus heraustrat, blieb sie kurz stehen. Ein Blick auf ihre schmale Armbanduhr verriet ihr, dass sie noch etwas Zeit hatte. Sie sah zum Leuchtturm hinüber. Das oberste Fenster, hinter dem sich das Dienstzimmer verbarg, lag im Dunkeln. Ihr Vater hatte seinen Wachdienst beendet. Else zögerte, blickte kurz zum Schuppen hinüber, wo ihr Fahrrad stand. Doch schließlich betrat sie die Wiese und ging am Leuchtturm vorbei Richtung Meer.

Die weichen Halme umspielten ihre Knöchel. Die Schafe, die sie in einer überschaubaren Anzahl von einem halben Dutzend hielten, grasten friedlich ein Stück weiter oben am Waldesrand.

Sie lief an den Beeten vorbei, aus deren Boden sie bereits Möhren und Radieschen gezogen und den Salat abgeerntet hatte. Nur die Kartoffeln und Wruken schlummerten noch unter der Oberfläche und warteten darauf, das Licht der Erde zu erblicken. Bald würde sie sich der Ernte annehmen müssen, um auch die letzten Körbe in der Vorratskammer für die kalte Jahreszeit zu füllen.

Else ließ die kleine Anhöhe, auf der der Leuchtturm samt Gehöft stand, hinter sich und betrat einen von Schwarzdornsträuchern gesäumten Trampelpfad, der einen kleinen, nicht sonderlich steilen Abhang hinunterführte. Die Dünen und die Ostsee waren von hier aus schon zu sehen, genauso wie der schmale Strandstreifen, der sich dazwischen entlangschlängelte. Große und kleine Muscheln, angespültes Treibholz, Sandsteine und Hühnergötter sowie büschelweise vertrocknetes Algengras lagen wie zufällig dahingestreut im Sand. Dieser Abschnitt der Küste wurde nicht so akribisch sauber gehalten wie der Strand nahe Lüstrow oder in den Kurorten rund um Rostock. Dort aalten sich die Sonnenhungrigen in den Strandkörben, badeten unter Aufsicht und buddelten im feinen strandgutfreien Sand.

Nur selten verirrten sich Feriengäste auch hierher, was Else keineswegs bedauerte. Schon als Kind hatte sie es gemocht, den Strand fast für sich zu haben. Die Naturbelassenheit dieses abgelegenen Fleckchens machte den Ort zu etwas Besonderem. Nur der neu gebaute Beobachtungsturm der Grenzer, der wenige Kilometer vom Leuchtturmgehöft entfernt hoch und unansehnlich seit diesem Sommer aus den Dünen ragte, störte die Idylle. An den Anblick würde Else sich nie gewöhnen können. Auch nicht an die Soldaten, die mit schweren Stiefeln und scharfem Gewehr regelmäßig am Strand vor dem Leuchtturm entlangschritten und hinter jedem Dünenbusch einen Republikflüchtigen witterten.

Am Ende des Trampelpfads entdeckte Else ihren Vater. Sie hatte gewusst, dass sie ihn hier finden würde. Mit dem Rücken zu ihr stand er vor dem Küstenschutzstreifen und blickte in den Himmel. Neben ihm blieb sie stehen. Zwar schien er ihre Anwesenheit zu registrieren, doch sah er sie nicht an. Er ließ sich nicht aus der Ruhe bringen. Etwas anderes hatte sie von ihrem Vater auch nicht erwartet.

Else folgte seinem Blick in den Himmel. Eine Weile standen sie so nebeneinander. Und beinahe hätte Else die Zweisamkeit genießen können, wenn nicht das Unausgesprochene zwischen ihnen gelegen hätte.

»Und?«, fragte ihr Vater schließlich, ohne seine Augen vom Horizont abzuwenden.

Etwas überrumpelt sah Else ihn an, wusste erst gar nicht genau, worauf er hinauswollte. Dann deutete er mit einem leichten Kopfnicken in den Himmel, und sie verstand. Sie zögerte kurz, entschied sich aber dann dazu, auf seine Frage einzugehen. Sie wandte ihren Blick wieder gen Himmel und runzelte grübelnd ihre Stirn.

»Die Wolken stehen recht hoch, sind dünn, fransig und weiß, auch auf der Unterseite. Sie ziehen schnell weiter oder lösen sich ganz auf«, sagte sie schließlich. »Es sind Federwolken. Das heißt, es weht da draußen ein starker Wind. Vermutlich Windstärke acht oder neun. Viel Sonne. Regen wird's nicht geben.«

»Auch die nächsten Tage nicht«, fügte er trocken hinzu.

Else sah ihn verdutzt an. »Das siehst du jetzt schon an den Wolken?«

Er schüttelte den Kopf und tippte sich kurz an die Nase. »Das sagt mir mein Gespür. Außerdem haben wir doch wohl noch ein paar schöne letzte Sommertage verdient, oder?«

Er drehte sich zu ihr um, lächelte leicht verschmitzt und warf ihr einen Blick zu, der ihr so vertraut vorkam, als hätte die Zeit ihre Kindheit nicht längst davongetragen.

Früher hatte sie oft hier gestanden und ihren Vater dabei beobachtet, wie er akribisch den Himmel studiert hatte. In den Wolken lesen, hatte er es immer genannt. Es gehörte zu seinen täglichen Aufgaben als Leuchtturmwärter, das Wetter vorherzusagen. Und er war gut darin von jeher. Dafür hatte sie ihn stets bewundert.

Else erwiderte kurz sein Lächeln, während sie ihm ebenfalls in die Augen sah. Dann räusperte sie sich. Sie wollte so gerne noch einmal versuchen, mit ihm über ihre Mutter zu sprechen. Doch da veränderte sich plötzlich der Blick ihres Vaters. Sein Lächeln wich einem beinahe flehenden Gesichtsausdruck. Er schüttelte dabei sachte den Kopf, so als wolle er sie davon abhalten, die Worte auszusprechen, die ihr bereits auf der Zunge lagen. Das wohlige Gefühl, das Else eben noch zwischen sich und ihrem Vater gespürt hatte, verflüchtigte sich so schnell wie die zarten Wolkenfäden am Himmel.

Else zögerte und wandte schließlich ihren Blick ab. »Ich muss zur Arbeit«, sagte sie. Die Enttäuschung schwang in ihrer Stimme mit. Ihr Vater nickte und Else glaubte, ein kleines erleichtertes Lächeln auf seinen Lippen zu erkennen. Sie rang sich ebenso zu einem versöhnlichen Lächeln durch, bevor sie sich auf den Weg zurück zum Gehöft machte.

Else trat kräftig in die Pedale ihres Fahrrads. Der Rückenwind half ihr nicht nur, die Gedanken an ihren Vater hinter sich zu lassen, sondern auch die verlorene Zeit aufzuholen. Margot, die Wirtin, in deren Gaststätte sie angestellt war, hasste es, wenn sie unpünktlich war.

Sie fuhr an den Feldern entlang, auf denen die Bauern das trockene Wetter nutzten, um die Ernte einzufahren. Die Traktoren röhrten mit den Staren um die Wette, die in großen Vogelschwärmen über die Äcker zogen, um in der aufgewühlten Erde Nahrung zu suchen. In der Ferne waren bald die ersten Häuser Lüstrows zu sehen.

Als sie das Ortseingangsschild passiert hatte, fuhr sie an grau verputzten Einfamilienhäusern vorbei, deren Fassaden schon seit dem Krieg vor sich hinbröckelten. Doch die schlichten Mietshäuser, die aufgrund des Wohnungsmangels in den letzten Jahren aus dem Boden gewachsen waren, bestachen auch nicht unbedingt durch Schönheit und Einzigartigkeit.

Else bog in die grob gepflasterte Hauptstraße ein, in der

sich die wichtigsten Geschäfte des täglichen Bedarfs wie die Apotheke, die Schusterei, die Fleischerei sowie das kleine HO-Warenhaus befanden. Vor dem Konsum hatte sich eine lange Schlange gebildet. Offensichtlich gab es heute wieder etwas Delikates im Angebot. Doch Else machte sich keine Hoffnung. Wenn sie Feierabend hatte, waren die Regale sicherlich schon wieder restlos leer gekauft worden. Als sie an der Bäckerei vorbeifuhr, stieg ihr der Geruch nach feinem Sauerteig in die Nase, der sie ein Stück des Weges begleitete.

Als sie in die Straße einbog, die zum Hafen hinabführte, konnte sie die Masten der großen Fischkutter sehen. Auch die Schornsteine der Werft, die ebenso am Hafen lag, ragten hinter den Häusern bereits hervor.

Der Gasthof war im unteren Geschoss eines eher unauffälligen Eckwohnhauses gelegen. Unmittelbar an der kleinen vorgelagerten Terrasse bremste sie ab und stieg vom Fahrrad. Die Tür zum Schankraum stand bereits offen, und die Vorhänge der großen Fensterfront waren aufgezogen. Durch die Scheiben sah sie die Wirtin Margot mit ihrer kräftigen, fast burschikosen Statur und dem nach hinten gesteckten grauen Haar am Tresen stehen und geschäftig die Gläser spülen.

An der Wand hinter ihr thronte in einem schlichten großen Bilderrahmen das Porträt Walter Ulbrichts, seines Zeichens Staatsratsvorsitzender der DDR. Ganz unweigerlich zuckte Else jedes Mal kurz zusammen, wenn sie die Schwarz-Weiß-Aufnahme des beinahe freundlich dreinblickenden Mannes sah. Doch Margot bestand darauf, dass sie dort hängen blieb, was Else mehr als überraschte. Schließlich hätte die alte Dame allen Grund dazu gehabt, Ulbricht und die Partei zum Teufel zu jagen.

Der Gasthof hatte nämlich einmal ihr gehört. Über viele Jahre hatte sie die Gaststätte, die ihr Großvater einst eröffnet hatte, als selbstständige Unternehmerin geführt. Selbst zu Kriegszeiten war das Lokal nicht einen Tag geschlossen gewesen, um den gebeutelten Menschen in der Stadt für kleines Geld eine warme Mahlzeit bieten zu können. Manchmal hatte sie sogar ein Auge zugedrückt, wenn jemand nicht einmal einen Heller für ein Stück Brot zahlen konnte.

Als sich die sowjetische Armee in Lüstrow breitgemacht und Angst und Schrecken, insbesondere unter den verwitweten Frauen, verbreitet hatte, hatte sie auch deren gesetzesuntreuen Soldaten erhobenen Hauptes Gulasch und Blinis serviert.

Doch es hatte nichts genützt. Wenige Jahre nach der Gründung der Deutschen Demokratischen Republik war ihr Gasthaus zwangsenteignet worden. Statt allerdings wie viele andere in ihrer Situation das Heil im Westen zu suchen, war Margot geblieben. Und mehr noch, sie war in die Partei eingetreten und seitdem eine der treuesten Anhängerinnen, die Else kannte.

Sie selbst weigerte sich, das Parteibuch anzunehmen, glaubte Else doch schon lange nicht mehr daran, dass der Sozialismus wirklich funktionieren konnte. Sonst würde er sich wohl kaum hinter Mauern und Stacheldraht verbarrikadieren müssen.

Else schob ihr Fahrrad an der Terrasse vorbei, als sie plötzlich Stimmen hörte. Sie drangen aus einem weit geöffneten Fenster direkt über ihr, das zu einer kleinen Mietswohnung im ersten Stock gehörte. Zuerst verstand Else nicht, was gesagt wurde, doch sie erkannte eine aufgebrachte Männerstimme und eine weibliche Stimme, die beinahe flehend, fast schon verzweifelt klang. Else blieb stehen und lauschte.

»Das können die doch nicht einfach machen«, hörte Else den Mann sagen. Er klang dabei sehr entschlossen.

»Bitte, Frank! Mit deiner Starrköpfigkeit machst du alles kaputt, was wir uns aufgebaut haben«, gab die Frau fast bettelnd zurück.

»Nicht ich bin starrköpfig, sondern die. Und von Literatur haben die auch keine Ahnung. Ich werde noch einmal mit Maier sprechen«, antwortete wiederum die männliche Stimme.

»Nein, tu das nicht. Ich ...«

Plötzlich hörte Else ein Zischen. Ertappt drehte sie sich um und sah Margot, die auf der Terrasse stand und sie strafenden Blickes ansah.

»Mädchen ...«, ermahnte sie Else. »Manche Dinge sind nicht für unsere Ohren bestimmt. Außerdem hat deine Schicht vor fünf Minuten angefangen. Komm rein, wenn du nicht nacharbeiten willst.«

Else nickte gehorsam. Margot konnte streng sein, aber Else wusste, dass sie auch heute keine Minute länger als notwendig arbeiten würde. Sie lehnte ihr Fahrrad an die Mauer und folgte der Wirtin eiligen Schrittes in die Gaststätte hinein – auch wenn sie gerne gewusst hätte, wie das belauschte Gespräch weiterging.

Lulu
1962

Lulu schob die schwerfällige Eisentür des backsteinroten Gebäudes auf und trat auf den Hof hinaus. Die Werfthallen, die das Hauptgebäude umgaben, warfen bereits lange Schatten. Doch die Sonne vermochte zu Lulus freudiger Überraschung noch ausreichend zu wärmen. Sie zog ihre Strickjacke aus und atmete dabei tief durch. Auch wenn die Luft hier nach Öl, Lack und Holzschutzmittel roch, sog sie diese in genüsslichen Zügen ein. Duftete sie doch ebenso nach Feierabend und wohlverdienter Freizeit.

Beschwingt lief sie über den Hof. Bei jedem Schritt hinterließen ihre Pfennigabsätze auf den Pflastersteinen ein klackerndes Geräusch. Ihr blaues Kleid, für das sie fast einen ganzen Monatslohn in einem HO-Bekleidungsgeschäft in Rostock hingeblättert hatte, schwang dabei im Takt mit.

Noch herrschte auf dem Gelände rege Betriebsamkeit. Die Schicht der Arbeiter dauerte noch an, obwohl der Tag in zügigen Schritten dem Ende entgegentrat. Geschäftig luden einige Arbeiter Baumaterial von einem Lastwagen.

Auf die Lieferung aus Stahl, Aluminium und Holz hatten sie wieder einmal mehr als zwei Wochen warten müssen, wie Lulu wusste. Sie hatte den Werftleiter in den letzten Tagen mehrmals durch seine geschlossene Bürotür laut und aufbrausend telefonieren gehört. Anschließend war er jedes Mal wütend ins Vorzimmer gestapft, in dem auch sie in einer Ecke ihren Schreibtisch zu stehen hatte, und hatte sich aus der Schublade bedient, in der die Chefsekretärin Frau Friedrich den guten Brandwein für besondere Anlässe aufbewahrte.

Die Partei interessierte sich nicht für Lieferengpässe, das Plansoll musste trotzdem auf Biegen und Brechen erfüllt werden.

Unter den Argusaugen des Schiffbaumeisters trugen die Arbeiter das Baumaterial, aus dem die Rümpfe für die Fischereiboote gebaut werden sollten, in eine Lagerhalle. Zu Vorkriegszeiten hatte die Werft vornehmlich Yachtboote hergestellt. Doch nachdem sie im Zweiten Weltkrieg beinahe zerstört wurde und nun in staatlicher Hand lag, hatte sie sich auf den Kutterbau spezialisiert. Für luxuriöse Freizeitboote gab es ohnehin keinen Bedarf mehr.

Als Lulu an zwei Arbeitern, die gerade einen Stapel Holzlatten trugen, vorbeiging, pfiffen diese ihr hinterher. Mehr aus Jux, wie ihren grinsenden Gesichtern anzusehen war. Doch bei Lulu bissen sie mit ihrem albernen Balzverhalten auf Granit. Sie drehte sich um und warf den Männern einen kessen Blick zu.

»Hey, ich bin doch kein Hund, der bei jedem Pfiff apportiert.«

Die Männer stießen ein verblüfftes Jauchzen aus, verkniffen sich aber jeglichen weiteren Spruch. Etwas kleinlaut wandten sie sich stattdessen wieder dem Baumaterial zu. Mit ihrer Schlagfertigkeit hatten sie wohl nicht gerechnet.

Lulu ging weiter, ein kleines Schmunzeln konnte sie sich

jedoch nicht verkneifen, und wenn sie ehrlich war, genoss sie diese Aufmerksamkeit der Männer sogar ein wenig.

Als sie durch das große gusseiserne Tor hindurchtrat, waren sie jedoch längst wieder vergessen. Ein wenig aufgeregt blickte Lulu sich um. Etwas abseits, auf der anderen Straßenseite, lehnte ein junger Mann lässig an einem lindgrünen Moped. Das Zweirad war zwar nur etwas größer und kompakter als ein Herrenrad, aber immerhin war es motorisiert. Der Mopedfahrer war schlaksig. Seine Schultern, schmal und etwas vorgebeugt, ließen ihn kleiner wirken, als er eigentlich war. Auf der Nase trug er eine runde Brille und seine dunklen lockigen Haare machten auf seinem Kopf offenbar, was sie wollten. Zwar strotzte er auf den ersten Blick nicht unbedingt vor Selbstsicherheit und Charme, doch strahlte er eine gütige Bodenständigkeit aus, die ihn überaus sympathisch wirken ließ. Als er Lulu sah, winkte er ihr zu. Sofort legte sich auf ihr Gesicht ein sonderbar seliges Lächeln, das ausschließlich Frischverliebten vorbehalten war. Eilig lief sie zu ihm hinüber, schlang ihre Arme um seinen Hals und begrüßte ihn überschwänglich mit einem Kuss. Als sie sich wieder voneinander lösten, blickte er sie verschmitzt an.

»Meine Sonne, stürmisch wie immer!«

Lulu zuckte spitzbübisch mit den Schultern. »Ach, Otto! Du weißt doch, man lebt nur einmal!«

Otto lachte auf. Sie deutete auf sein Moped. »Wo wollen wir heute hin?«, fragte sie.

»Lass dich überraschen«, antwortete er geheimnisvoll.

Lulu warf ihre langen braunen Haare, die sie locker mit einem Haarband zusammenhielt, zurück und blickte ihn betont skeptisch an. »Ich hasse Überraschungen!«

Er schüttelte den Kopf. Auf seinem Gesicht lag immer noch dieses Grinsen, das ihre Knie weich werden ließ. »Das tust du nicht! Du liebst Überraschungen.«

Sie griente zurück. »Hast recht. Aber nur, wenn es gute sind!«

»Na dann, steig auf!«, antwortete Otto, während er sich auf sein Moped setzte. Lulu nahm hinter ihm auf dem Bock Platz. Kräftig trat er in die fahrradähnlichen Pedale, sodass der dunkelbraune Koffer, der auf den Gepäckträger gespannt war, wackelte. Als der Motor endlich ansprang, bediente er den Gashebel, und mit einem ohrenbetäubenden Knattern ließen sie die Werft hinter sich.

Sie fuhren durch die engen Straßen der Kleinstadt. Lüstrow, zwar direkt an der Ostsee gelegen, war weniger beschaulich als andere Kur- und Badeorte rund um Rostock. Während auf deren Promenaden ein FDGB-Ferienhaus neben dem anderen stand, arbeiteten die Menschen hier vornehmlich in der Fischerei, Landwirtschaft oder in der Werft, in der auch Lulu angestellt war, seitdem sie vor fünf Jahren die Schule beendet hatte.

Otto lenkte seine Maschine in die Hafenstraße. Hinter dem Damm, der den Ort vor Hochwasser schützen sollte, war das Meer zu sehen. Unaufgeregt schwappten die Wellen gegen den grauen Beton. Ein paar Angler standen auf der Kaimauer und hatten ihre Ruten ausgeworfen. Über ihren Köpfen kreisten die Möwen in der Hoffnung, dem Angler zuvorkommen zu können.

Am Hafen war nicht mehr viel los, als sie ihn passierten. Die Fischer hatten ihre Boote bereits vertäut und den Tagesfang zur Weiterverarbeitung zum Fischkombinat Rostock gebracht. Andere Boote waren an den Holzstegen nicht zu sehen. War es doch außer der Küstenbrigade nur denjenigen erlaubt, auf die Ostsee zu fahren, die einen Fischereischein besaßen.

Ausflugsdampfer, Jollen oder auch nur Gummiboote durften in der DDR ausschließlich auf Binnengewässern gefahren werden. Zu groß war die Angst der obersten Genossen, dass jemand zu weit hinausschipperte.

Bald schon ließen sie den Hafen und auch die letzten Häuser Lüstrows hinter sich und steuerten auf die abgeernteten Felder zu. Vom Meer entfernten sie sich immer mehr, was Lulu mehr als überraschte. Sie beugte sich auf dem Moped zu Otto vor.

»Fahren wir nicht an den Strand? Heute ist wenigstens Badewetter«, rief sie gegen den Lärm des Motors an.

Otto schüttelte den Kopf, sodass seine Locken nur so nach links und rechts flogen.

»Wohin dann?«, fragte Lulu weiter.

Otto drehte seinen Oberkörper etwas zur Seite. »Fünf Worte!«, rief er ihr zu, während er weiter auf die Straße vor sich schaute. »Lass dich überraschen …«

Lulu stutzte. »Das sind nur drei!«

Er drehte seinen Kopf nun noch ein kleines Stück weiter zu ihr, sodass Lulu das verschmitzte Lächeln auf seinem Gesicht sehen konnte. »… meine Sonne!«, vollendete er seinen Satz.

Lulu seufzte leicht, doch mehr aus Ungeduld und Neugier.

Nach einer kurzen Weile verließen sie die Landstraße und bogen in einen Buchenwald ein. Der Waldboden links und rechts des immer schmaler werdenden Weges wurde feuchter. Moose, in prächtigen Grüntönen, überzogen das Gehölz, das sich zwischen den hochgewachsenen Bäumen nicht zu verstecken brauchte. Die Blätterkronen ließen das Sonnenlicht nur spärlich durchschimmern und zauberten mit dem Wind ein zartes Lichtspiel. Lulu ahnte nun, wohin die Fahrt ging.

Das Lüstrower Moor lag etwas vergessen inmitten der Rostocker Heide. Lulu selbst war bisher nur ein paarmal als Kind hier gewesen. Wandernd hatte sie mit ihrer Mutter dieses versteckte Fleckchen Natur erkundet, das schon damals etwas Märchenhaftes gehabt hatte.

Aus den Wanderschuhen war sie jedoch längst herausgewachsen, und auch der Wanderstock ihrer Mutter staubte seit Jahren auf dem Dachboden ein. Lulu hatte keine Ahnung, wann und warum sie diese Art der Ausflüge, die Lulu so geliebt hatte, aufgegeben hatten.

Hinter moosbewachsenen Erlen tauchte zu Lulus Überraschung ein kleiner See auf. Das Wasser war geruhsam und spiegelglatt, soweit sie das durch den Gürtel aus hochgewachsenem Schilf und Sumpfgras erkennen konnte, der das Gewässer umrundete. Otto lenkte sein Moped über dichtes Wurzelwerk zu einer kleinen Stelle, an der das Ufer sandig und das Wasser scheinbar nicht allzu tief war. Dort bremste er ab und klappte mit seinem Fuß den Mopedständer aus. Lulu stieg nach ihm ab und sah sich immer noch ein wenig verwundert um. Sie hatte nicht gewusst, dass es im Moor einen See gab.

»Wie hast du diesen Ort gefunden?«, fragte sie.

Otto zuckte mit den Schultern. »Durch Zufall, vor ein paar Jahren. Ich komme gerne her zum Nachdenken. Und wenn wir am Strand sind, beschwerst du dich doch immer, dass du dich so beobachtet fühlst.«

Lulu nickte. »Von den Grenzern auf dem Beobachtungsturm. Ich hab das Gefühl, die können einem sogar beim Umziehen unters Handtuch gucken.«

»Hier kann dir niemand was abgucken. Außer vielleicht ein paar Schwarzspechte«, antwortete er, während er seinen Blick über die Baumkronen schweifen ließ. Dann sah er Lulu an, lächelte, und Lulu konnte nicht anders, als ihm einen Kuss auf die Wange zu geben.

Anschließend grinste sie und gab unumwunden zu: »Ist schön hier.«

Otto nickte zufrieden ob seiner geglückten Überraschung und schnappte sich die Picknickdecke, die hinter dem braunen Lederkoffer auf den Gepäckträger gespannt war. Er breitete sie auf einer kleinen erhöhten Lichtung aus, wo der Boden ausreichend trocken war, und setzte sich sogleich darauf. Keck zog er Lulu zu sich hinunter, die sich mit einem erstaunten Juchzen in seine Arme sinken ließ.

Lulu hatte Otto vor ein paar Wochen auf dem Betriebsvergnügen kennengelernt. Zuerst hatte sie nur wenig Lust gehabt hinzugehen, waren doch solche von der parteidurchzogenen Werftleitung organisierten Feierlichkeiten oftmals alles andere als vergnüglich. Doch Erscheinen war Pflicht gewesen, wenn man keinen Eintrag in die Kaderakte riskieren wollte. Zum Glück hatte sie ihre Freundin überreden können, sie zu begleiten.

Zuerst war die Feier mit den scheinbar endlosen Reden der Ortsparteiführer und des Werftleiters über die sozialistischen Errungenschaften unerträglich gewesen. Doch dann hatte sich ihre Meinung plötzlich geändert. Zwischen den Musikern des Rostocker Stadtorchesters, die auf der im Hof der

Werft aufgebauten Festbühne die Klassiker des sozialistischen Liedguts zum Besten gaben, war Otto ihr gleich aufgefallen. Seine Locken hatten in der spätsommerlichen Sonne geglänzt. Seine Finger hatten voller Gefühl den Bügel seiner Posaune bewegt und die perfekte Klarheit seiner Töne der drögen marschähnlichen Musik beinahe etwas Glanzvolles gegeben. Er hatte sein Instrument mit solch einer Selbstverständlichkeit gespielt, dass Lulu ihn dafür beneidet hatte.

Nach dem Auftritt hatte sie ihn aus den Augen verloren. Erst spät am Abend, ihre Freundin hatte schon gehen wollen, war er plötzlich vor ihr aufgetaucht und hatte sie zum Tanz aufgefordert. Erfreut und auch ein wenig nervös war sie ihm auf die Tanzfläche gefolgt. Als er ihre Hand genommen hatte, hatte es in ihrem Bauch gekribbelt. Und dieses schöne Gefühl, das sie seitdem jedes Mal in seiner Gegenwart spürte, wollte sie nie wieder missen.

Die Dämmerung war schneller hereingebrochen, als Lulu lieb war. Mit einem rot glühenden Abendhimmel verabschiedete sich die Sonne eindrucksvoll vom Tag, während der Mond noch etwas schüchtern zwischen den Erlen auf seinen Auftritt wartete.

Sie hatten die vergangenen Stunden mit Reden, Lachen und Küssen verbracht. Wobei es eher Lulu gewesen war, die geredet und gelacht hatte. Doch Otto war der erste Mann, bei dem sie nicht das Gefühl hatte, dass er ihr nur aus Höflichkeit zuhörte.

Lulu mochte noch nicht aufbrechen, auch wenn sie wusste, dass ihre Eltern sicherlich schon mit dem Abendessen auf sie warten würden. Nur widerwillig erhob Lulu sich deshalb aus

Ottos Armen. Während er die Decke zusammenlegte, ließ Lulu noch einmal ihren Blick über den See schweifen.

»Hier ist wirklich nie eine Menschenseele, oder?«

Otto zuckte mit den Schultern. »Nicht, dass ich wüsste.«

Lulus Gesicht erhellte sich plötzlich. Sie setzte ein schelmisches Grinsen auf. »Dann stört es ja niemanden, wenn ich noch kurz baden gehe.«

»Was? Aber …«, stotterte Otto etwas überrumpelt. »Ich habe keine Badesachen mit. Außerdem ist es schon spät …«

Lulu zuckte mit den Schultern. »Na und?«, erwiderte sie und zog bereits den seitlichen Reißverschluss ihres Kleides herunter. Ehe Otto antworten konnte, hatte sie den blauen Leinenstoff über ihren Kopf gezogen und stand nur in ihrer Unterwäsche bekleidet vor ihm. Lulu konnte förmlich sehen, wie Otto die Kinnlade herunterfiel. Natürlich war ihr bewusst, dass sich ihre kleinen Brüste unter dem dünnen Riemchenhemd abzeichneten. Einen Büstenhalter trug sie nicht. Sie sah, dass es Otto schwerfiel, seine Augen auf manierlicher Höhe zu halten.

Lulu kicherte, drehte sich um und lief die wenigen Schritte zum Ufer des Sees. Ihre Füße sackten in den weichen Sand ein, als sie durch das Wasser watete. Es war wesentlich kälter, als sie angenommen hatte. Die feinen Härchen auf ihren Unterarmen richteten sich auf, und ein kurzer Kälteschauer lief ihr über den Rücken. Doch kneifen und zurück zum Ufer gehen, wäre Lulu nicht in den Sinn gekommen. Rücklings ließ sie sich schließlich ins hüfttiefe Wasser fallen, dass es nur so spritzte.

Als sie wieder auftauchte, strich sie sich durch das nasse, lange Haar und sah erwartungsvoll zum Ufer. Otto, der noch immer die Decke in den Händen hielt, hatte sich keinen Zentimeter gerührt. Offensichtlich hatte sie ihn mit ihrer Spontaneität überrumpelt. Dabei wusste er doch, dass bei ihr mit allem zu rechnen war.

Lulu lachte. »Nun sei kein Frosch und komm rein«, rief sie ihm zu.

Wie aus einer Ohnmacht erwacht, zögerte Otto nun nicht mehr, ließ an Ort und Stelle die Decke fallen, zog sich bis auf die Unterhose aus und lief zu ihr. Lulu sah, wie sich seine Muskeln anspannten, als er das Wasser erreichte. Er hatte wohl ebenso geglaubt, dass es wärmer sein würde. Doch auch er ließ sich nicht abschrecken. Er kam zu ihr, tauchte kurz unter und direkt vor ihr wieder auf. Er legte seine Arme um ihre nassen Hüften und küsste sie. Lulu schmiegte ihren Oberkörper ganz nah an seinen, meinte zu spüren, wie das Herz in seiner Brust schnell und kräftig schlug, und genoss den Kuss mit jeder Faser ihres Körpers.

Als sie sich nach einer innigen Ewigkeit wieder voneinander lösten, war die Sonne bereits hinter den Bäumen verschwunden. Sie erhellte den Wald nur noch schwach, während der Mond nun schon matt am Himmel glänzte.

»Wir sollten uns auf den Weg machen!«, sagte Otto. Lulu nickte, auch wenn ihr Herz ihrem Kopf eigentlich befehlen wollte, heftig verneinend zu schütteln.

Da erblickte sie plötzlich am Ufer, nicht weit von ihrem Picknickplatz entfernt, eine kleine Holzhütte. Sie war nicht größer als ein Verschlag, und doch weckte sie Lulus Interesse.

Sie deutete auf die Hütte. »Sieh mal da!«

Otto drehte sich um und stutzte. »Vielleicht ein alter Unterschlupf vom Förster. Sieht aber unbenutzt aus.«

Entschlossen watete Lulu zurück zum Ufer.

»Lulu, wir sollten wirklich fahren. Bevor es ganz dunkel wird«, rief Otto ihr mahnend hinterher. Doch Lulu hörte nicht auf ihn. Zu groß war ihre Neugier, und Otto ahnte wohl, dass er seine Freundin nur schwerlich umstimmen konnte. Seufzend folgte er ihr durchs Wasser. Tropfend nass und so leicht bekleidet, wie sie waren, kletterten sie anschließend durchs Unterholz, um zur Hütte zu gelangen.

Die Wände waren morsch und brüchig. An der einen Seite klaffte ein großes Loch, wo vermutlich einmal ein Fenster gewesen war. Die Tür hing auf halb acht und war nicht verschlossen. Vorsichtig schob Lulu sie auf, um einen Blick in den Raum zu werfen. Drinnen war es noch kleiner und enger, als es von außen den Anschein machte. Vermutlich hatten nicht mehr als vier Leute Platz in dem kleinen Verschlag. Eine vermoderte Holzbank und ein schmaler Tisch standen darin. Auf einem Regalbrett darüber lagen teilweise umgefallen ein paar alte leere Dosen. Das Blech war bereits so verrostet, dass man nicht mehr erkennen konnte, was sie einst für konservierte Köstlichkeiten enthalten hatten. Gegenüber der Tür zierte ein kleines, an einem dicken Nagel angehängtes Geweih eines Rehbocks die Wand.

»Die Hütte muss wirklich dem alten Förster gehört haben«, sagte Otto mit Blick auf die Jagdtrophäe.

»Oder sie gehörte einem Landstreicher mit Geschmack«, warf Lulu scherzend ein.

Auch Otto lächelte kurz. »Der Förster ist vor fünf Jahren in den Westen abgehauen. Seitdem steht der Schuppen wohl leer«, führte er weiter aus.

Lulu setzte ein grüblerisches Gesicht auf, strich sich betont auffällig über das Kinn. »Mein Zimmer ist auch nicht größer.«

Otto schmunzelte. »Ja, aber bei dir regnet's nicht rein.« Er deutete auf ein paar kleine Löcher in der Dachkonstruktion, die abgesehen davon aber recht stabil aussah.

»Sicher?«, fragte Lulu mehr im Spaß zurück, während sie die Tür weiter aufstieß. Sie wollte gerade in die Hütte eintreten, als Otto sie aufhielt.

»Wir sollten wirklich!«, sagte er nun mit ernster Stimme. Lulu zögerte und nickte schließlich.

Zügig gingen sie zu ihrem Picknickplatz zurück. Behelfsmäßig trockneten sie sich mit der Decke ab, bevor sie in ihre Klamotten schlüpften und zum Moped gingen. Als Otto den Motor startete, hatte der Mond endgültig seine Pracht entfaltet und die Sonne in ihre Schranken gewiesen.

Vor dem Haus ihrer Eltern in Lüstrow setzte Otto Lulu ab.

Schon vor drei Jahren hatte Lulu einen Antrag für eine eigene Wohnung eingereicht, doch der würde wohl erst bewilligt werden, wenn sie heiraten und Kinder in die sozialistische Welt setzen würde. Aber auch dann war es nicht sicher, ob sich der Traum von den eigenen vier Wänden wirklich erfüllen würde. Zwar wuchsen überall diese neuen Plattenbauten aus dem Boden, doch Wohnraum war nach wie vor ebenso Mangelware wie Kaffee, Nylonstrümpfe oder eben Baumaterial.

Sie öffnete die Haustür und trat in den Flur hinein. In der kleinen Wohnküche, die fast am Ende des schmalen Ganges rechter Hand abging, brannte Licht. Lulu schlüpfte aus ihren

Sandalen und lief lautlos über den Flur. Nur hin und wieder knarrte eine der ergrauten Holzdielen unter ihren nackten Füßen.

An der Küchentür blieb sie stehen und blickte hinein. Auf dem Herd, der mit Kohle angeheizt wurde, stand ein großer Suppentopf, aus dem es würzig nach Speck und Bohnen duftete. Das Brot lag aufgeschnitten in einem geflochtenen Korb daneben. Der kleine Esstisch war bereits für drei Personen eingedeckt. Ihre Mutter saß dahinter auf der Holzbank und strickte. Die großen Nadeln bewegten sich in ihren Händen mit einer beachtlichen Geschwindigkeit und Gleichförmigkeit. Das beständige Klackern, das beim Aufeinanderschlagen der Nadeln entstand, schallte durch den kleinen Raum wie ein geheimes Morsezeichen.

Lulus Vater saß am Kopfende des Tisches. Die Tageszeitung, hinter der er sich tief vergraben hatte, kratzte leise raschelnd an dem Teller, der vor ihm stand. Sie sprachen nicht miteinander, und vermutlich hatten sie das den ganzen Abend noch nicht getan.

Lulu seufzte bei dem Gedanken daran, dass ihre Eltern sich sicherlich auch einmal mehr zu erzählen gehabt hatten.

Als ihre Mutter aufblickte, legte sich ein kleines Lächeln auf ihr Gesicht.

»Wir haben mit dem Essen auf dich gewartet.«

Lulu nickte und versuchte das Lächeln zu erwidern, als sie sich zu ihnen an den Tisch setzte.

Else
1962

Elses Magen knurrte bereits. Doch zuerst mussten die Gäste bedient werden, bevor sie Feierabend machen konnte. Viel war heute nicht losgewesen. Die wenigen Feriengäste, die in Lüstrow noch beherbergt wurden, hatte es an diesem für den fast schon vergangenen Sommer ungewöhnlich schönen Tag an den Strand gezogen. Erst zum Abendessen waren sie eingekehrt und ließen sich nun wahlweise das frisch gebackene Schwarzbrot mit Rührei, Schmalz und Schlagwurst oder Margots deftigen Eintopf schmecken.

Wenn Else nicht gerade die Bestellungen zu den Tischen brachte, stand sie hinter dem Tresen, zapfte Bier und schenkte Weinschorle, Fassbrause und Orangenlimonade aus. Margot war hinten in der Küche mit der Zubereitung der bestellten Speisen beschäftigt.

Als nach gut einer Stunde etwas Ruhe eingekehrt war, betrat ein Mann den Schankraum und setzte sich an den Tresen. Nach Elses Einschätzung war er Mitte dreißig. Er trug eine etwas ausgeleierte Strickjacke. Darunter blitzte ein Hemd hervor, das er augenscheinlich schon länger nicht mehr gewechselt hatte. Der Senffleck, den Else auf der Knopfleiste entdeckte, war bereits eingetrocknet.

Doch abgesehen von seinem etwas vernachlässigten Äußeren wirkte er recht stattlich. Seine dunklen Haare trug er nach hinten gekämmt, die schmalen feinen Gesichtszüge ließen ihn beinahe aristokratisch wirken. Er hatte eine kleine Reisetasche dabei, die er neben sich abstellte.

Else räusperte sich, um seine Aufmerksamkeit zu erhaschen. »Ich kann Ihnen unsere Tagessuppe empfehlen«, sagte sie dann.

Er schüttelte den Kopf, während er keine Miene verzog. »Nur ein Bier … und einen Kurzen, bitte!«, antwortete er.

Else nickte und ging zur Zapfanlage. Dabei ließ sie den neuen Gast nicht aus den Augen. Seine Stimme war ihr ungewöhnlich vertraut vorgekommen.

Als sie das gewünschte Herrengedeck vor ihm auf den Tresen stellte, nahm er das kleinere Glas, setzte an und kippte den Kornbrand ohne zu zögern seine Kehle hinunter. Auch das Bier trank er, als wäre es heilsames Wasser.

Erst als beide Gläser leer waren, sah er sie an. »Vielen Dank! Ich nehme noch mal das Gleiche!«, sagte er dabei.

Mit seiner zweiten Bestellung wusste Else nun, woher sie die Stimme kannte. Es war der Mann, der sich am Morgen bei geöffnetem Fenster mit der Frau in der oberen Etage gestritten hatte. Das heimlich belauschte Gespräch hatte Else beinahe schon wieder vergessen. Die Frau hatte ihn Frank genannt, wie Else sich zu erinnern glaubte.

Auch die nächsten Schnäpse trank er, ohne eine Miene zu verziehen. Mit dem Bier spülte er den Hochprozentigen hinunter. Die Verzweiflung, die Else glaubte, in seinen Augen sehen zu können, verschwand dadurch jedoch nicht, auch wenn er es vielleicht gehofft hatte. Offensichtlich hatten er und die Frau den Streit im Laufe des Tages nicht beilegen können.

Je länger Else ihn beobachtete, desto mehr Mitleid bekam sie mit ihm. Mitleid, das ihr nicht neu war.

Immer wieder war es vorgekommen, dass sich Gäste, vornehmlich männliche, zu ihr an den Tresen gesetzt und versucht hatten, ihren Kummer zu ertränken. Nicht selten hatte der Alkohol dabei ihre Zungen gelockert, und sie hatten begonnen, Else ihre Geschichten zu erzählen. Geschichten, die sich wiederholten. Die davon berichteten, wie ungerecht diese vermeintlich so gerechte neue Welt in Wirklichkeit war. Die von Unterdrückung handelten, von Schikanierungen, Zwangsumsiedlungen, Enteignungen oder gar Verhaftungen. Else versetzten die Geschichten jedes Mal einen Stich ins Herz, konnte sie doch nichts tun, außer ihr Mitleid auszudrücken und den nächsten Schnaps einzuschenken.

Doch Frank war nicht wie die anderen Männer. Er redete nicht, sondern bestellte nur ein Gedeck nach dem nächsten.

Nach gut einer Stunde erhob er sich schließlich etwas wackelig von seinem Tresenhocker und bezahlte. Dabei sah er Else an. Sein Blick wirkte so seltsam vertraut, dass ihr ein kleiner Schauer über den Rücken lief.

»Hast du das hier alles nicht auch manchmal satt?«, fragte er beinahe flüsternd.

Else stutzte, verstand im ersten Moment die Frage nicht richtig. Doch auch nachdem die Worte in ihrem Kopf erneut wiederhallten und sie deren Sinn endlich erfasst hatte, wusste Else nicht, was sie darauf antworten sollte. Deshalb schwieg sie.

Doch Frank schien gar keine Antwort von ihr zu erwarten. Nachdem er das Wechselgeld genommen hatte, drehte er sich um und verließ die Gaststube. Seine Frage hatte er jedoch nicht mitgenommen, sie schien noch immer mitten im Raum zu hängen und schwirrte nun in Elses Kopf herum.

Die Nacht war bereits hereingebrochen, als Else die Anhöhe zum Leuchtturm wieder hinauffuhr. Als sie das Gehöft erreichte, stieg sie von ihrem Fahrrad ab. Den Rest des Weges zum Schuppen schob sie.

Während sie durch das frisch gemähte Gras lief, blickte sie zum Leuchtturm hinüber. Das Leuchtfeuer schickte sein rotierendes Warnlicht seemeilenweit aufs Meer hinaus.

Im obersten Fenster brannte Licht. Ihr Vater hatte heute Wachdienst. Erst im Morgengrauen würde er sein Dienstzimmer dort oben wieder verlassen.

Else stellte ihr Fahrrad im Schuppen ab. Als sie den dunklen Verschlag wieder verließ, hörte sie plötzlich ein seltsames Pfeifen. Ein wenig erschrocken blickte sie sich um. Ihre Augen waren zwar an die Dunkelheit gewöhnt, dennoch konnte sie das weitläufige Gehöft nicht vollends überblicken.

Da hörte sie ein leises Kichern, das aus dem Gebüsch neben dem selbst gezimmerten Holzhäuschen kam. Sofort legte sich auf Elses Gesicht ein wissendes Lächeln, würde sie doch dieses freche Glucksen auch in der tiefsten Finsternis erkennen.

»Lulu, komm raus!«, rief sie schmunzelnd.

Die Zweige raschelten, als Lulu hinter dem Busch hervorkroch.

Beinahe überschwänglich fielen sich die Freundinnen in die Arme.

»Was machst du denn hier?«, fragte Else, als sie sich wieder voneinander lösten.

Lulu lächelte keck. »Ich hatte Sehnsucht nach meiner besten Freundin.«

Else musste ob der schmeichelhaften Antwort schmunzeln, gleichwohl sie kurz darauf ihre Freundin mit erhobener Augenbraue musterte.

»Sehnsucht, ja?«, fragte sie ein wenig provozierend. Dabei klang ihre Stimme weich und alles andere als verärgert. Doch seit Lulu einen festen Freund hatte, hatten sie sich so gut wie nicht mehr gesehen.

Lulu seufzte etwas, ahnte sie wohl, dass sie Else nur schwerlich anlügen konnte. »Zu Hause fällt mir die Decke auf den Kopf. Nach dem Abendessen musste ich einfach verschwinden. Und zu Otto nach Rostock ist es mit dem Rad ein bisschen weit.« Sie sah Else ein wenig zerknirscht an. »Bist du mir böse?«

Else winkte schnell ab. »Ach, quatsch! Wie könnte ich. Schön, dass du hier bist«, antwortete sie ehrlich.

Lulu lächelte erleichtert. »Leuchtturm?«, fragte sie dann fröhlich heischend.

Else nickte. »Leuchtturm!«

Bereits wenig später hatten sie es sich auf der Galerie des Leuchtturms gemütlich gemacht. Zwar war es dort oben zu der fortgeschrittenen Tageszeit weitaus kühler, und auch der Wind pfiff unruhig um das runde Mauerwerk, doch war der Ausblick einfach atemberaubend. Vor ihnen lag das Meer, und über ihnen wachte der sternenbehangene Nachthimmel, der noch immer beinahe wolkenlos erschien. Lediglich ein paar weiße feine Schleierfäden zogen am dunklen Horizont vorbei.

Lulu zitterte leicht, obwohl Else ein paar Decken für sie zusammengesucht hatte, bevor sie hinausgegangen waren. Else legte den Arm um ihre Freundin, um sie ein wenig zu wärmen.

Während sie aufs Wasser blickten, plapperte Lulu munter drauflos: »Die alte Frau Friedrich hat mich heute wieder mit Arbeit zugeschüttet. Der Stapel Papiere, den ich abtippen musste, ging bis unter die Decke. Irgendwann werde ich dieser Frau mal meine Meinung geigen. Das kannst du mir glauben. Nur weil sie die oberste Sekretärin ist, heißt das nicht, dass sie mich so herumkommandieren darf …«

Else nickte, folgte Lulus Ausführungen jedoch nur mit halbem Ohr. Noch immer hingen ihre Gedanken bei Frank fest. Und bei der Frage, die er ihr gestellt hatte.

Lulu hingegen ließ sich nicht beirren. »… Otto hat mich heute zu einem See mitgenommen. Im Moor. Da war eine Hütte, die war ganz zauberhaft, auch wenn sie völlig heruntergekommen war. Aber an der Wand hing das Geweih eines Rehbocks …«

Plötzlich hielt Lulu inne und warf ihrer Freundin einen skeptischen Blick zu. »Hörst du mir überhaupt richtig zu?«

Ein wenig ertappt erwiderte Else ihren Blick. »Doch, doch! Die Hütte und der Rehbock, der durchs Moor gesprungen ist«, antwortete sie schnell.

Doch Lulu stupste sie nur grinsend von der Seite an. Wie immer konnte auch Else ihrer Freundin nichts vormachen.

»Wie läuft es bei dir bei der Arbeit?«, fragte Lulu dann, um das Thema zu wechseln. »Ist Margot immer noch eine überzeugte Sozialistin?«

Else nickte. »Margot ist wie eh und je eine Hundertprozentige! Es ist ein Wunder, dass wir vor Öffnung des Lokals noch keinen Fahnenappell abhalten.«

Die Frauen kicherten einhellig.

»Schön, dass wir das mal wieder machen«, sagte Lulu plötzlich.

»An mir liegt's nicht«, erwiderte Else etwas spitzbübisch.

Lulu warf Else einen schiefen Blick zu und antwortete mit einem verschmitzten Lächeln: »Hast recht, ich geb Otto den Laufpass und komm ab jetzt jeden Abend zu dir. So wie früher.« Sie seufzte kurz versonnen. »Weißt du noch? Da haben wir uns oft den ganzen Nachmittag oben im Laternenraum versteckt und uns Geschichten erzählt.«

Else erinnerte sich gut und nickte. »Die Geschichten in den Büchern waren uns nicht gruselig genug. Deshalb haben wir uns selbst welche ausgedacht.«

»Über grässliche Meeresungeheuer, verzauberte Nixen und schreckliche Piraten«, warf Lulu ein und lachte kurz auf. »Ich habe mir manchmal vor Angst ganz schön in die Hose gemacht.«

»Ehrlich?«, rief Else erstaunt aus. »Aber du warst doch immer die Mutigere von uns beiden.«

Lulu schüttelte fast schon abwehrend den Kopf. »Ich und mutig? Quatsch!«

Else nickte und dachte kurz an ihren Vater. »Du sagst, was du denkst. Das ist mutig«, antwortete sie schließlich.

Lulu warf ihr einen langen Blick zu, bevor sie etwas leiser

antwortete. »Ich bin mir nicht sicher, ob das in diesem Land wirklich mutig ist oder dumm.«

Else lächelte warm. Sie verstand nur zu gut, was Lulu ihr damit sagen wollte.

Doch bevor sie etwas erwidern konnte, fiel Lulu ihr ins Wort. »Komisch, dass uns damals nie jemand gesucht hat. Ich meine, wir waren ja oft Stunden weg.«

Else musste ob Lulus plötzlicher Erkenntnis etwas kichern. »Ich glaube, meine Mutter wusste immer, wenn wir hier oben waren.«

»Ach, meinst du?«

Else nickte. »Oder meinst du, Nixen haben uns die Kekse und die frische Milch an die Tür gestellt?«

Lulu lachte auf. »Die hab ich ja ganz vergessen.« Sie rieb sich den Bauch. »Davon könnte ich jetzt auch einen vertragen.«

Else nickte lächelnd, wobei sie den kurzen Anflug von Wehmut, der beim Gedanken an den süßen Mürbeteig aufkam, nicht gänzlich ignorieren konnte.

Sie hatte ihrer Mutter stets zuschauen dürfen, wenn sie in der Küche den Teig vorbereitet hatte. Mit ihren zierlichen Händen hatte sie die buttrig-duftende Masse geknetet und mit einem Wallholz ausgerollt. Manchmal, wenn sie sich so vertieft in die Arbeit vorgebeugt hatte, hatte sich eine Strähne aus dem geflochtenen Zopf ihrer Mutter gelöst und war ihr ins Gesicht gefallen. Da ihre Hände voller Mehl und Teig gewesen waren, hatte Else ihr dann die Strähne wieder zurück hinters Ohr schieben dürfen.

Else schüttelte die Erinnerung ab und blickte aufs Meer hinaus. »Behalt Otto mal. Der tut dir gut«, sagte Else schließlich in die Nacht hinein.

Lulu warf ihr einen verblüfften Blick zu. »Wie meinst du das?«

Else zuckte mit den Schultern. »Er macht dich glücklich.«

Lulu blickte nun ebenso aufs Meer hinaus, lächelte kurz und zaghaft, wurde dann aber ungewohnt ernst. Die Heiterkeit, die sie eben noch versprüht hatte, schien plötzlich verflogen. In ihrem Blick lag eine ungewohnte Melancholie, die so gar nicht zu ihrem hellen Gemüt zu passen schien. »Manchmal gehört zum Glück auch mehr«, sagte sie nach einer kurzen Weile.

Else sah ihre Freundin fragend an.

Diese seufzte leise. »Meine Eltern waren zu Beginn ihrer Ehe bestimmt auch mal glücklich. So wie deine. Und sieh sie dir jetzt an.«

Else schluckte, doch Lulus Worte überraschten sie weit weniger, als sie angenommen hatte. Entsprachen sie doch der Wahrheit. Es wurde einem hier so verdammt schwergemacht, glücklich zu sein.

Else lehnte sich zurück und ließ ihren Blick erneut nachdenklich über das Wasser schweifen. Der Leuchtturm warf hell und weit sein Warnlicht über das Meer. Dreimal kurz und zweimal lang blinkte es auf. In einiger Entfernung flackerte der Suchscheinwerfer eines Bootes der Küstenbrigade. Und irgendwo dahinter, gar nicht so weit von hier, begann die westliche Welt.

Else erinnerte sich wieder an die Frage, die Frank ihr im Gasthof gestellt hatte. Sie hatte geschwiegen, obwohl sie die Antwort doch genau kannte. Nun, in Gegenwart ihrer besten Freundin traute sie sich, sie auszusprechen: »Manchmal habe ich es so satt hier!«

Nachdem die Worte ihren Mund verlassen hatten, fühlte sie sich erleichtert. Im Augenwinkel sah sie, wie ihre Freundin zustimmend nickte. Erst ganz sachte und dann immer heftiger.

Lulu
1962

Lulu lag auf ihrem Bett, die Arme hinter ihrer offenen, leicht zerzausten Haarpracht verschränkt. Der baumwollene Bezug ihrer dünnen Daunendecke schmiegte sich um ihre hüllenlosen Hüften. Ihre nackten Brüste blitzten ungeniert hervor. Ein wenig gedankenverloren starrte sie an die Decke.

Am Bettende saß Otto mit dem Rücken zu ihr. Seine Unterhose hatte er sich bereits wieder angezogen, sein Oberkörper war hingegen noch frei. Als Lulu sich auf die Seite drehte, zeichnete ihr Blick die sehnigen Rückenmuskeln nach, die seine Schulterblätter umschlossen.

Otto beugte sich über den braunen Lederkoffer, der geöffnet vor ihm am Fuße des Bettes lag. Mit einem vorsichtigen Handgriff holte er seine Posaune heraus und begann das Instrument mit einem Tuch zu polieren. Dabei fuhr er mit seiner Hand ebenso sanft über das Blech, wie er noch Minuten zuvor ihre Haut berührt hatte. Lulu erhob sich und schlang von hinten ihre Arme um Ottos Hals. Unter der Brille strahlten seine Augen, wie sie von der Seite aus sehen konnte.

»Na, meine Sonne, willst du doch noch mit dem Moped rausfahren? Zum Strand oder in den Wald?«, fragte er dabei.

Als Otto sie von der Werft abgeholt hatte, war Lulu nicht danach zumute gewesen, irgendwohin zu fahren, auch wenn sie sonst gern zu jeder Schandtat bereit war und allzu oft vor Unternehmungslust nur so sprühte. Doch die Müdigkeit, die sich schon den ganzen Tag an ihr Gemüt geklammert hatte, hatte ihren Elan geschmälert. So waren sie nur zu ihr gefahren und hatten den Nachmittag in ihrem Bett in der kleinen Dachkammer verbracht, was Otto gewiss ebenso recht gewesen war.

Lulu hatte mit ihrer Freundin in der vergangenen Nacht noch lange zusammen auf der Galerie des Leuchtturms gesessen und erzählt. Über ihren Wunsch, in den Westen zu gehen, hatten sie jedoch nicht mehr gesprochen. Es war bei diesem einen Satz der Frustäußerung geblieben. Deshalb wusste Lulu nun nicht, wie ernst es Else damit wirklich war. Doch Lulu hatte der Gedanke nicht mehr recht aus dem Kopf gehen wollen.

Schon vor einem Jahr, als mit großem Aufwand und Aufsehen die Mauer in Berlin gebaut worden war, hatte sie am liebsten in den Zug steigen und die vielleicht letzte Möglichkeit zur relativ gefahrfreien Flucht nutzen wollen. Doch sie hatte gezögert, hatte an ihre Eltern gedacht, deren einzige Tochter sie war. Und sie hatte an ihre Freundin Else gedacht, ohne die sie sich ein Leben nicht vorstellen konnte. Schließlich waren irgendwann die letzten Mauersteine verbaut worden, die Lücken geschlossen und die Chance vertan gewesen. Sie war wohl doch nicht so mutig, wie Else behauptet hatte.

Lulu seufzte und schüttelte schließlich den Kopf. »Ich will nicht raus.«

Otto drehte sich zu ihr um und musterte sie mit hochgezogener Augenbraue. »Ist alles in Ordnung mit dir? Du wirkst heute irgendwie anders. So nachdenklich. Bedrückt dich was?«

Lulu sah ihn verblüfft an, schüttelte dann aber schnell den Kopf.

»Spielst du mir was vor?«, fragte sie anschließend, um das Thema zu wechseln, während sie auf seine Posaune deutete.

Otto straffte seinen Rücken. »Jetzt?«, fragte er etwas verdutzt.

Lulu nickte.

Er legte das Poliertuch beiseite und sah Lulu fragend an. »Was soll ich spielen?«

Lulu zuckte mit den Schultern. »Irgendwas.«

Ein schelmisches Grinsen huschte kurz über sein Gesicht, bevor er das Instrument anhob, das Mundstück an seine Lippen legte und kräftig Luft holte. Er spielte die ersten Takte der Nationalhymne der DDR *Auferstanden aus Ruinen*.

Lulu verzog sofort das Gesicht und hielt rasch ihre Ohren zu. »Soll ich Ohrenschmerzen bekommen?«

Otto prustete vor Lachen, sodass seine Brustmuskeln zuckten. Er konnte nicht weiterspielen.

»Was denn? Ist doch ein klasse Hit! Wenn wir den aufm Parteitag spielen, stehen alle stramm und grölen mit«, sagte er, nachdem er sich beruhigt hatte.

»Grölen, ja?«, fragte sie ungläubig.

Otto zuckte mit den Schultern. »Na ja, oder nuscheln's in ihren Ulbricht-Bart.«

Lulu musste nun auch lachen. Dann sah sie ihn auffordernd an. »Spiel was Schönes. Was Amerikanisches. Jazz oder wie das heißt.«

Otto schluckte leicht überrumpelt.

»Das ist doch die Musik, die du gern spielst, oder?«, hakte Lulu nach.

Er zögerte kurz, warf einen Blick durch den Raum. Das kleine Giebelfenster stand offen.

Lulu verstand. »Mein Vater ist auf 'ner Versammlung in der LPG und meine Mutter draußen im Garten. Lass uns das Fenster schließen, dann hört sie uns nicht«, beruhigte sie Otto und warf ihm einen erwartungsvollen Blick zu. Gleichzeitig stand sie auf, schlang sich die Decke um ihren Körper und schlenderte zum Fenster hinüber, um es zu schließen.

Otto nickte kaum merklich und führte das Mundstück seines Instruments erneut an seine Lippen. Bedächtig begann er eine Melodie zu spielen, die so anders klang als die Musik, die im Radio zu hören war oder auf Betriebsfesten gespielt wurde. Die Töne, die aus Ottos Posaune drangen, waren rauer, ehrlicher, aber auch wärmer und voller Harmonie. Die Musik erfüllte die kleine Kammer und hinterließ auf Lulus Haut eine wohlige Gänsehaut.

Während er weiterspielte, blickte sie verträumt hinaus. Sie sah ihre Mutter, die im Garten auf dem Wäscheplatz Leinen zog. Neben ihr stand ein großer Korb. Die frische Wäsche leuchtete darin weiß und rein. Fast schon mechanisch wickelte sie das grobe Baumwollseil um den Haken, der an einer Stange befestigt war. Anschließend ging sie quer über den Platz zu einer anderen Eisenstange, wickelte das Seil erneut herum, um dann wieder zurück zur nächsten Stange zu gehen. So entstand im Zickzack ein straff gespanntes Netz. Während ihre Mutter quer durch den Garten lief, versuchte Lulu in ihr Gesicht zu blicken. Sie sah, wie sich über die Stirn ihrer Mutter tiefe Furchen zogen, obwohl sie mit gerade einmal vierzig Jahren noch in der Blüte ihres Lebens stand. Ihre Augen wirkten hart und ausdruckslos, kein Lächeln umspielte ihren Mund.

Plötzlich spürte Lulu eine Hand auf ihrer Hüfte. Sie hatte gar nicht gemerkt, dass Otto aufgehört hatte zu spielen und nun zu ihr herübergekommen war. Sie hörte ihn atmen, als er sich über ihre Schulter beugte, um ebenso einen Blick aus dem Fenster zu erhaschen. Doch er schien nicht ihre Mutter anzusehen, die nun damit begann, die Wäsche aufzuhängen. Er ließ seinen Blick über die abgeernteten Felder schweifen, die wie eine trostlose Steppenlandschaft hinter der Kleinstadt lagen.

»Ich würde gerne fort von hier«, sagte Lulu, während sie weiter aus dem Fenster sah.

»Dann zieh zu mir nach Rostock. Die Wohnung ist zwar klein. Aber mein Mitbewohner ist fast nie da«, antwortete Otto.

»Nein. Das reicht mir nicht. Ich will richtig weg. Verstehst du?«

Sie sah ihn an. Er nickte.

»Würdest du mitkommen?«, fragte sie etwas zögerlich.

»Ja!«

Seine Antwort kam wie aus dem Lauf eines Gewehrs geschossen, was Lulu ein wenig erstaunte.

»Ehrlich?«, fragte sie deshalb überrascht nach.

Er nickte. »Du bist meine Sonne! Ich würde dir überallhin folgen.« Er betonte die letzten Worte sonderbar, was Lulu stutzen ließ. Und dennoch löste seine Antwort eine seltsame Zufriedenheit in ihr aus.

Otto
1962

Otto trat aus der Seitentür des Rostocker Volkstheaters heraus. Er blinzelte in die Sonne, die sich in der braun getönten Fensterfront des klobigen, kastenähnlichen Gebäudes spiegelte. Seine Augen mussten sich erst an die Helligkeit gewöhnen. Im Orchestergraben war das Licht angenehmer gewesen.

Ottos Arme schmerzten noch etwas, als er den braunen Koffer über den Vorplatz trug und auf den Gepäckträger seines Mopeds spannte. Der Dirigent hatte seinen Musikern wieder viel abverlangt. Die Stücke, die sie gerade für ein Konzert vor der SED-Spitzengarde probten, waren nicht ohne. Otto war jedoch froh, dass sich der Orchesterleiter für ausnahmslos klassische Werke entschieden hatte. Denn es kam viel zu häufig vor, dass das Rostocker Orchester auch vor den sozialistischen Karren gespannt wurde, gerade wenn sie kommunistische Stücke im Staatstheater musikalisch begleiteten oder mit ihrer Kurmusik in Warnemünde auftraten. Auch wenn er für die Musik brannte und sein Instrument über alles liebte, dafür hatte Otto nicht Posaune spielen gelernt.

Eine Gruppe Musiker kam hinter ihm aus dem Künstlereingang heraus und lief quer über den Platz. Als sie Otto sahen, winkten sie ihm zu.

»Na, fährst du heut wieder nach Lüstrow zu deiner Liebsten?«, fragte der eine auf Ottos Moped deutend. Er trug seinen Kontrabass auf dem Rücken und Otto fragte sich jedes Mal, wenn er ihn sah, wie er mit dem überdimensionalen Koffer in die Rostocker Straßenbahn passte.

»Neidisch?«, antwortete Otto herausfordernd.

»Klar, nachdem du uns so viel von ihr vorgeschwärmt hast«, antwortete der Bassspieler grinsend. Die anderen stimmten in sein Lachen ein, stießen sich mit dem Ellenbogen gegenseitig in die Seite. Ein anderer pfiff anerkennend.

Doch Otto ließ sich nicht ärgern. Er schmunzelte ebenso bei dem Gedanken an seine Lulu, von der er sich auch gestern nach ihrem gemeinsamen Nachmittag in ihrer Kammer wieder nur schweren Herzens verabschiedet hatte. Keine war wie sie. Das hatte er gleich bei ihrem ersten gemeinsamen Tanz auf dem Betriebsvergnügen der Lüstrower Werft gemerkt. Statt ihm die Schrittführung zu überlassen, hatte sie den Takt angegeben. Verblüfft und auch ein wenig bewundernd hatte er es zugelassen, obwohl die Musik doch sein Metier war. Ohnehin fragte er sich seitdem, was sie an ihm fand. Außer seiner Musik hatte er doch nun wirklich nichts zu bieten. Mit seiner schmächtigen Statur, der Brille auf der etwas schiefen Nase, ohne die er keine zwei Ellen weit gucken konnte, und seinem in der sozialistischen Arbeitergesellschaft wenig angesehenen Beruf als Musiker war er nicht unbedingt das, was man als einen guten Fang bezeichnete.

»Heute fahre ich nicht zu ihr«, antwortete Otto schließlich.

»Dann komm doch noch mit auf einen Absacker. Morgen ist probenfrei. Da kannste ausschlafen.«

Otto schüttelte den Kopf. »Ich kann nicht«, antwortete er kurz.

Der Bassist sah ihn an, wartete offensichtlich, dass Otto eine Erklärung für seine Absage nachschob. Doch er blieb stumm. Nicht einmal Lulu hatte er verraten, warum er einmal die Woche keine Zeit für sie hatte. Da würde er es ganz sicher nicht seinen allzu neugierigen Musikerkollegen auf die Nase binden. Schließlich wusste er nur zu gut, dass in diesen Zeiten Schweigen Gold war und Plaudern brandgefährlich.

Otto hob die Hand zum Abschied. »Viel Spaß euch und schaut nicht zu tief ins Glas.«

Die Musiker feixten zur Antwort. »Bis übermorgen«, rief ihm ein anderer noch zu.

Otto sah, wie seine Kollegen die Straße hinuntergingen und in der nächsten Eckkneipe verschwanden. Vermutlich würden sie da erst zur Polizeistunde wieder herauskommen.

Otto schwang sich auf sein Moped, stieß sich mit seinen Füßen ab, bevor er kräftig in die Pedale trat. Röhrend und knatternd sprang der Motor an. Vom Theaterplatz bog er auf die Pflastersteinstraße ab, um sich in dem lichten Straßenverkehr vor einem beigefarbenen Wagen der Marke Wartburg einzureihen.

Er fuhr durch die Rostocker Innenstadt, die sich in den letzten Jahren sehr gewandelt hatte. Die vom Krieg zerstörten Häuser waren Stein für Stein abgetragen worden. Überall schossen betongraue Plattenbauten aus dem Boden, die mehr durch Gleichförmigkeit und Funktionalität bestachen als durch Anpassung an die alte Hansearchitektur.

Bald schon ließ er die Stadtmitte hinter sich und bog in ein belebtes Arbeiterwohnviertel ein, auf dessen Straßen die Kinder mit Kreide Hickelkästchen malten, Gummihopse spielten oder ihre Murmeln über die Betonplatten des Bürgersteigs kugeln ließen. Da bemerkte er im Rückspiegel, dass immer noch ein Wartburg der gleichen Farbe hinter ihm fuhr. Er stutzte, war sich nicht sicher, ob es sich tatsächlich um denselben Wagen handelte, der auch vorhin schon hinter ihm gewesen war. Schließlich war die Vielfalt an Automarken und Ausführungen auf den schlecht geflickten Straßen der DDR mehr als begrenzt. Und doch breitete sich in Ottos Magengegend ein unangenehm mulmiges Gefühl aus. Er spürte, wie sich der Schweiß auf der Stirn unter seiner Schiebermütze sammelte, wenngleich es doch ein trockener, aber nicht unbedingt heißer Tag war.

Vor ein paar Tagen hatte er sich schon einmal verfolgt gefühlt. Nach einem kleinen Umtrunk im Theater war er zu Fuß nach Hause gegangen. Im Schein der Straßenlaternen war ihm schon bald ein Mann aufgefallen, der mit einigem Abstand hinter ihm gelaufen war. Den Kragen seines dunklen Jacketts hatte er hochgeklappt, sodass Otto sein Gesicht nicht hatte sehen können. Kurz bevor er zu Hause angekommen war, war der Mann so plötzlich verschwunden gewesen, wie er aufgetaucht war. Otto hatte versucht, die seltsame Beobachtung auf den Alkohol zu schieben, doch recht gelingen wollte es ihm nicht.

Und nun war da dieses Auto. Das konnte nicht seiner Einbildung entspringen, oder doch?

Er bog in eine kleinere Straße ein, fuhr extra langsam, in der Hoffnung, das Auto würde ihn überholen. Doch es tuckerte ebenso im Schritttempo über die Pflasterstraße. Offensichtlich dachte der Fahrer, den Otto hinter der Windschutzscheibe nicht so recht erkennen konnte, nicht daran, den Blinker zu setzen. Otto wurde immer nervöser.

Eigentlich hätte er sein Ziel in ein paar hundert Metern erreicht. Aber was würden die anderen sagen, wenn er mit der Stasi im Gepäck auftauchen würde?

Er erinnerte sich, dass vor ein paar Monaten das Gerücht umgegangen war, dass ein ehemaliger Mitschüler des Rostocker Konservatoriums als Inoffizieller Mitarbeiter der Stasi enttarnt worden war. Er war fortan gemieden worden, von allen Seiten. Auch Otto hatte zugegebenermaßen seine wiederholten Bitten, mit ihm ein Feierabendbierchen trinken zu gehen, ausgeschlagen. Kurz nachdem das Gerücht auch den letzten Flötisten in Rostock erreicht hatte, hatte sein Kommilitone die Stadt verlassen, jedoch nicht ohne seine gesamte Notenblattsammlung sowie sein Instrument zu verbrennen. Otto hatte keine Lust, dass ihn das gleiche Schicksal ereilte, nur weil er unaufmerksam war.

Er bog scharf rechts in eine Kleingartensiedlung ab, in der motorisierte Fahrzeuge eigentlich verboten waren. Als er an den ersten Schrebergärten vorbeifuhr, hörte er auch prompt ein Wüten und Schimpfen hinter den akkurat geschnittenen Hecken. Der Wartburg folgte ihm, was Ottos Herz noch höher schlagen ließ. Das konnte einfach kein Zufall sein.

Am Ende der Gartenanlage führte der Weg wieder auf eine breitere Straße zurück, die sich an einem Waldrand entlangschlängelte. Otto fuhr weiter, der Wartburg folgte ihm auf den Fuß. Er überlegte, was er tun sollte. Es war sinnlos, aufs Gas zu drücken, konnte der Zweitakter hinter ihm doch ohne Mühe mit seinem Tempo mithalten. Schließlich glich sein Moped nur einem besseren Fahrrad. Zwar mussten die Räder nicht durch Muskelkraft angetrieben werden, doch steckte in dem Motor unter seinem Sitz auch nicht mehr als zwei lausige Pferdestärken. So würde er den Wagen ganz sicher nicht abschütteln können.

Plötzlich sah er vor sich einen kleinen Trampelpfad, der linker Hand zwischen zwei stämmigen Bäumen in den dicht bewachsenen Wald hineinführte. Otto bremste scharf ab, riss hinter dem ersten Baum seinen Lenker herum und fuhr in den Wald hinein. Der Weg war uneben, durchzogen von Schlaglöchern und Wurzelwerk. Dennoch versuchte er so schnell wie möglich zu fahren. Er hörte hinter sich, wie der Wartburg mit quietschenden Reifen zum Stehen kam.

Otto fuhr weiter in den Wald hinein, bis ihn nur noch das Zwitschern der Vögel und das Rascheln der Blätter umgaben. Dann bremste er ab. Erst jetzt bemerkte er, wie sehr sein Herz raste. Mit zittrigen Händen griff er nach seinem Instrumentenkoffer. Er war zum Glück heil geblieben. Otto stieg von seinem Moped ab und setzte sich auf einen Baumstumpf. Während er versuchte, tief durchzuatmen und seine Nerven zu beruhigen, überlegte er fieberhaft, was er nun tun sollte. Am liebsten wäre er zu Lulu gefahren, um sich in ihre Arme zu legen und den Vorfall zu vergessen. Doch er konnte die anderen, die sicherlich schon auf ihn warteten, nicht im Stich lassen. Außerdem, so beschloss er, nachdem er sich einigermaßen beruhigt hatte, wollte er sich nicht einschüchtern lassen.

So stand er auf und setzte sich wieder auf sein Moped. Nachdem er die Maschine auf dem sandigen Waldboden gewendet hatte, fuhr er den Weg zurück.

Die Straße, von der er gekommen war, schien in der nun schon bereits untergehenden Abendsonne wie leer gefegt.

Der Wartburg war nicht mehr zu sehen. Otto nahm die Straße zurück in die Siedlung, umfuhr aber dieses Mal die Kleingartenkolonie.

Vor einem unscheinbaren, grau verputzten Wohnblock blieb er stehen. Ein junger Mann mit Schnauzbart und Pomade im Haar lugte aus einem halbhohen vergitterten Kellerfenster heraus.

»Wo bleibst du denn? Wir wollten schon vor einer Dreiviertelstunde mit der Probe anfangen«, rief der Bartträger ihm zu, als Otto seinen Instrumentenkoffer vom Gepäckträger nahm.

Otto sah sich kurz hektisch um und fuhr ihn dann etwas zu harsch an: »Pst! Schrei hier nicht so rum!« Der andere zuckte nur mit den Schultern und antwortete: »Was denn? Für uns kleine Jazzmusiker interessiert sich die Stasi doch nicht.«

»Das glaubst du!«, erwiderte Otto vieldeutig. Doch sein Combokollege überhörte Ottos Unterton geflissentlich.

Otto seufzte, ging aber nicht weiter darauf ein. »Ich komm gleich«, vertröstete er ihn stattdessen. Der Mann im Keller nickte und schloss das Fenster.

Otto atmete noch einmal tief durch, während er in den Abendhimmel hinaufsah. Er hatte dabei wieder Lulus Worte im Ohr, als sie ihn gefragte hatte, ob er ihr überallhin folgen würde. Seine Antwort hatte er ernst gemeint. Und das nicht nur, weil er nach diesem Mädchen verrückt war.

Else
1962

Die Terrasse des Ausflugslokals am Warnemünder Hafen war gut besucht. Else musste mit Erstaunen feststellen, dass hier bei Weitem noch mehr Feriengäste einkehrten, als sie im Lüstrower Gasthaus den gesamten letzten Monat bedient hatte. Dabei waren die acht Wochen Schulferien längst schon vorbei.

Ein Gewirr aus Stimmen, Lachen und den fröhlichen Klängen einer Ziehharmonika, die ein Mann auf einer kleinen Bühne neben dem Ausschank spielte, umhüllte die ausnahmslos besetzten Tische. Kinder rannten herum, jagten Möwen, fütterten die Schwäne im angrenzenden Hafenbecken oder schleckten im Stehen ihr Softeis aus einer muschelförmigen Waffel. Der Tag war schon fortgeschritten und erreichte jene unentschlossene Zeit zwischen Nachmittag und Abend. Während einige noch mokkaschlürfend ihren Bienenstich verschlangen, erhoben andere bereits ihre Biergläser zum Wohl und ließen sich das Würzfleisch oder die Fischsuppe schmecken.

Else hatte sich für einen Eiskaffee entschieden. Doch die Sahnehaube war längst zu einem kleinen Häufchen zusammengefallen und tropfte nun über den Rand des Glases auf den Tisch. Die Kugel Speiseeis, deren Vanillearoma nur mit gutem Willen zu schmecken war, hatte sich ebenso aufgelöst und den dünnen Kaffee hell verfärbt.

Lulu und Otto, die ihr gegenübersaßen, hatten vor sich nur eine Fassbrause stehen. Doch auch ihre Gläser blieben unangerührt.

Else hatte sich gewundert, warum die beiden sie unbedingt hier treffen wollten, so weit entfernt von Lüstrow. Sie hatte fast eine Stunde mit dem Bus über Land fahren müssen und war dann am lang gezogenen Hafenbecken umhergeirrt, um das richtige Lokal zwischen den anderen Gasthäusern und Geschäften zu finden. Nun wusste Else es. Sie wollten sichergehen, dass sie ungestört blieben.

Nachdenklich blickte Else die beiden an. Otto kaute etwas nervös auf dem Nagel seines Zeigefingers herum. Sie war ihm zuvor nur einmal begegnet, und zwar auf dem Fest der Werft, auf dem er Lulu kennengelernt hatte.

Damals schon hatte er einen eher ruhigen Eindruck auf sie gemacht, sodass Else sich anfangs gefragt hatte, was Lulu an ihm fand. War er doch ganz anders als ihre Freundin. Aber Else merkte schnell, dass es gerade die Gegensätzlichkeit war, die Lulu anzog. Die Männer, die ihr zuvor den Hof gemacht hatten, und da gab es so einige, hatten sich mächtig ins Zeug gelegt, um ihr zu imponieren. Hatten versucht, mit ihr Schritt zu halten. Doch allesamt waren gescheitert. Mit Lulu konnte man nicht Schritt halten. Aber das verlangte sie auch nicht, wie sie selbst wusste.

Als Otto merkte, dass Else ihn ansah, zog er schnell seine Hand herunter, ballte sie aus Verlegenheit zu einer Faust. Elses Augen wanderten zu Lulu, die den Blick ihrer Freundin furchtlos erwiderte. Else seufzte, so recht konnte sie noch nicht glauben, was sie da eben gehört hatte.

»Und ihr wollt das durchziehen?«, fragte sie deshalb. Ihre Stimme hatte sie dabei gesenkt, sollte doch niemand ihr Gespräch mithören.

»Es war doch deine Idee«, antwortete Lulu mit einer Überzeugung und Lautstärke, die Else kurz zusammenzucken ließ. Lulu gab sich keine große Mühe, das Thema so diskret wie möglich zu behandeln. Dabei hatten die beiden ihr gerade erzählt, dass sie vorhatten, in den Westen zu gehen. Und Else sollte sie auf ihrer Flucht begleiten.

Es war richtig, sie hatte die Worte ausgesprochen. Sie hatte die Antwort auf Franks Frage gegeben. Doch hatte sie sie auch ernst gemeint? Hatte sie wirklich den Mut und die Courage, von hier fortzugehen, auch wenn ihr tausend Gründe für eine Flucht einfielen? Else dachte an ihren Vater. Würde sie ihn nicht vermissen? Und er sie? Und sie dachte an den Leuchtturm. An ihr Zuhause. Konnte sie es einfach so aufgeben? Nur diese beiden Gründe fielen ihr ein, um hierzubleiben. Doch wogen sie nicht schwerer als alle anderen? Else war hin- und hergerissen. Die Hoffnung, dass sich ihr Vater ihr gegenüber eines Tages doch noch öffnen und wieder alles so werden würde wie früher, hatte sie noch nicht aufgegeben.

»Überleg doch mal, was wir für Möglichkeiten da drüben hätten«, stoppte Lulu ihr Gedankenkarussell. »Otto könnte die Musik spielen, die er wollte.« Sie sah Otto an und nahm seine Hand, die immer noch zu einer Faust zusammengeballt auf dem Tisch lag. »Nie wieder *Auferstanden aus Ruinen*!«, flüsterte sie beinahe verschwörerisch. Er öffnete seine Faust, griff Lulus Hand und hielt sie ganz fest.

Dann wandte sich Lulu ihrer Freundin zu. »Und du müsstest nicht mehr nur als Kellnerin schuften. Du könntest dein eigenes Lokal eröffnen. So was wie das hier, nur dass es wirklich dir gehören würde.«

Else blickte sich kurz um, schwieg aber, sodass Lulu weiterredete. »Oder du könntest dein Abitur nachholen und doch noch studieren.« Lulu drehte sich zu Otto und fügte erklärend hinzu: »Else durfte damals nicht auf die Oberschule. Keiner weiß, warum. Sie war die Beste in unserer Klasse. Aber nicht einmal ihr Vater hatte sich für sie eingesetzt.«

»Lulu«, unterbrach Else sie scharf. »Das gehört nicht hierher.«

»Warum? Das war eine riesige Schweinerei damals. Seitdem hast du doch von diesem Unrechtssystem auch die Schnauze voll.« Lulu blickte sie auffordernd an, bis Else schließlich langsam nickte.

»Und du, Lulu?«, fragte Else anschließend zurück. »Was könntest du im Westen tun?«

Lulu zuckte kurz mit den Schultern. »Keine Ahnung! Aber ich bin mir sicher, egal was ich dort drüben anstelle: Alles wird mich glücklicher machen als dieses Leben hier.«

Sie warf Otto einen warmen Blick zu, fast um ihm zu beweisen, dass sie ihn um jeden Preis in ihr neues Glück miteinbeziehen wollte. Er verstand und lächelte.

Else seufzte, noch immer mehr als unsicher.

»Wie habt ihr euch das denn gedacht?«

Otto zog langsam seine Hand zurück und räusperte sich.

»Ich hab ein Faltboot. Ein Kajak«, antwortete er. »Es ist nicht groß, und es müsste vermutlich geflickt werden. Aber es ist noch intakt.«

Else fiel auf, dass sie Otto noch nie hatte reden hören. Seine Stimme klang fester und tiefer, als Else gedacht hatte. Keine Spur Unsicherheit lag darin. Vielleicht hatte sie ihn unterschätzt.

»Ihr wollt über die Ostsee rüber?«, fragte Else dennoch verblüfft.

Lulu nickte. »Das ist der kürzeste Weg. Keine Mauern, kein Stacheldraht.«

»Ja, aber dafür Beobachtungstürme, Suchscheinwerfer, Grenzpatrouillen am Strand und an der Küste und vierzig Kilometer Wasser zwischen hier und dem nächsten Festland«, polterte es aus Else heraus.

Lulu warf ihr einen Blick zu, den sie nur zu gut kannte. Schon als Kind war ihre Freundin eine heillose Optimistin gewesen. Während sie glaubte, jeden noch so hohen Obstbaum erklimmen zu können, um an die begehrten süßen Früchte heranzukommen, war es stets Else gewesen, die sie auf den Boden der Tatsachen zurückgeholt hatte. Und das nicht nur im übertragenen Sinne. Sie erwiderte Lulus Blick, zögerte und überlegte. Sollte sie Lulu erneut vom Baum holen?

»Euer Plan klingt ziemlich verrückt«, sagte Else schließlich. »Und gefährlich. Die schießen, wenn die euch erwischen. An der Mauer in Berlin, da sind schon Leute …«

Else schluckte, sie brachte es nicht übers Herz, den Satz zu vollenden.

Lulu schien keine Probleme damit zu haben, das Kind beim Namen zu nennen. »Draufgegangen. Das wissen wir. Deshalb ist es ja so wichtig, dass du mitmachst. Du kennst die Ostsee, das Wetter, die Strömungen.« Sie stockte kurz und sah Else freundschaftlich an. »Else, ich halte das nicht mehr aus. Und du doch auch nicht.«

Else seufzte und nickte leicht. Doch sie schwieg.

Lulu lehnte sich zurück und musterte ihre Freundin.

»Aber wenn du nicht mitkommen willst, kann ich das auch verstehen«, fügte sie schließlich hinzu. Sie nahm wieder Ottos Hand und drückte sie noch fester als zuvor. Else wusste, dass Lulu es durchziehen würde, egal ob sie mit an Bord war oder nicht.

Ganz unweigerlich musste sie an ihre Mutter denken. Heute Morgen hatte sie auf dem Dachboden die Schublade des alten Nähtisches, an dem ihre Mutter nach dem Krieg aus Tischdecken Kleider für sie genäht hatte, durchgewühlt. Die Nähmaschine selbst hatte ihre Mutter ein paar Jahre später auf dem Schwarzmarkt gegen Kohlen eintauschen müssen.

Nun hatte Else in der Schublade Stopfgarn gesucht, da ihr Vater keine vernünftigen Socken mehr in seiner Kleiderkommode hatte. Unter den Garnresten hatte sie auch ein altes Foto gefunden, das ihre Mutter in jungen Jahren zeigte. Zwar war die Aufnahme etwas verblasst, trotzdem konnte man ihre Mutter noch deutlich erkennen. Mit ihren dunklen vollen Haaren, die sie in Elses Erinnerung stets hochgesteckt getragen hatte, ihren zarten Wangenknochen und ihrer schmalen Nase war sie eine überaus hübsche Frau gewesen. Dennoch hatte man sie nicht unterschätzen dürfen. Sie war eine ebensolche Idealistin gewesen wie Lulu, hatte ihr Herz auf der Zunge getragen und sich nie unterbuttern lassen. Auch nicht von den Russen, die die kleine Erhöhung samt Leuchtturm am liebsten zum Sperrgebiet erklärt hätten. Doch sie hatte sich durchsetzen können, sodass ihre Familie das Leuchtfeuer weiter bedienen durfte. Else war da wohl eher nach ihrem Vater gekommen. Waren sie doch beide zurückhaltender und schweigsamer. Aber ebenso, wie er ihre Mutter für ihre Offenheit und ihren Mut liebte, hatte Else ihre Freundin Lulu ins Herz geschlossen.

Else hatte auf dem Dachboden nicht lange gezögert und das Foto nebst Stopfgarn mit hinunter in die Wohnung genommen. Ihre Mutter hatte darauf so freundlich in die Kamera geschaut, dass es ein Jammer gewesen wäre, es zwischen dem Nähzeug zurückzulassen. Else hatte das Foto auf die kleine Kommode im Flur neben den Aufnahmen aus ihren Kindertagen und einem Porträt ihres Vaters in Seemannskleidung gelegt.

Else seufzte, nahm nun doch einen Schluck ihres Eiskaffees und sah Lulu anschließend an. »Ich muss drüber nachdenken.«

»Klar!«, sagte Otto schnell. »So eine Entscheidung sollte man nicht übers Knie brechen. Deine Gründe sollten gut durchdacht sein.«

Lulu warf ihrem Freund einen kurzen irritierten Blick zu, den dieser jedoch geflissentlich übersah. Auch Else sah Otto überrascht an. Er wurde ihr immer sympathischer.

Als Else mit dem Fahrrad zurück zum Leuchtturm radelte, brach die Dämmerung herein. Ihr Vater hatte das Leuchtfeuer bereits angeschaltet, und so erleuchtete sein Signal gleichmütig rotierend das Meer. Das dunkle Wolkenband, das am Horizont entlangschlich und sich der Küste stillschweigend näherte, bemerkte Else nicht. Zu tief war sie in ihre Gedanken an das Gespräch mit Lulu und Otto vertieft. Die Entscheidung, ob sie die verheißungsvolle Flucht tatsächlich ebenso wagen oder doch lieber hierbleiben sollte, fiel ihr unendlich schwer. Sie würde ihre Freundin vermissen, die doch neben ihrem Tagebuch die Einzige war, der sie sich anvertrauen konnte. Doch brachte sie es wirklich übers Herz, ihren Vater und den Leuchtturm zurückzulassen?

Else stellte ihr Fahrrad in dem kleinen Holzschuppen ab. Sie sah, dass im Dienstraum des Leuchtturms bereits Licht brannte. Auch heute Nacht hatte ihr Vater wieder Wachdienst.

Als sie die Wohnung betrat, fiel ihr Blick auf die kleine Kommode im Flur und erstarrte. Die Schwarz-Weiß-Aufnahme ihrer Mutter fehlte. Nur die Bilder ihrer Kindheit lachten sie beinahe schadenfroh an. Ihr Vater musste das Foto entfernt haben. Vielleicht hatte er es sogar weggeschmissen. Wie eine ungestüme Welle brach die Enttäuschung über sie herein und riss die Hoffnung mit sich, von ihrem Vater mehr über ihre Mutter zu erfahren. Zurück blieb nur die Erkenntnis, dass sich ihr Vater vermutlich niemals ändern würde.

Else hob ihren Arm und wischte die Bilder einen Wimpernschlag später ungestüm von der Kommode. Laut scheppernd fielen sie zu Boden, sodass Else sich selbst kurz erschreckte. Etwas unschlüssig stand sie über den Bildern. Ein Rahmen war entzwei, das Glas gesprungen. Dann drehte sie sich um und ging in ihr Zimmer, ohne das Chaos zu beseitigen. Sie legte sich auf ihr Bett. Schon bald verwandelten sich die Gedanken, die ihr durch den Kopf schwirrten, in allzu unruhige Träume. Wie die dicken grauen Wolken, die sich mittlerweile vollends über den Leuchtturm und das Meer geschoben hatten, sich schließlich regenprasselnd entluden, bekam Else nicht mehr mit.

Hannes
1962

Meine geliebte Martha,
ich habe aufgehört zu zählen, wie viele Briefe ich dir schon geschrieben habe. Die Schublade meines Schreibtisches im Dienstraum klemmt schon, weil der Stapel ins Unermessliche wächst. Doch ich kann einfach nicht aufhören, dir zu schreiben, auch wenn ich natürlich weiß, dass all meine Worte für alle Zeiten ungelesen und unbeantwortet bleiben werden.

Doch mit wem soll ich sonst meine Gedanken teilen? Mit Else? Sie wird immer älter. Wenn du sehen könntest, wie reif, verantwortungsbewusst und hübsch unsere Tochter geworden ist, wärst du stolz. Sie hilft mir am Leuchtturm. Ohne Else würde ich die ganze Arbeit nicht schaffen, schließlich werde ich auch nicht jünger. Aber sie lebt nun auch ihr eigenes Leben, geht ihrer Anstellung in Margots Gasthof nach und verbringt nach wie vor Zeit mit ihrer Freundin Louise, die auch eine ganz anständige junge Persönlichkeit geworden ist. Vielleicht etwas zu redselig und aufmüpfig für das einfache Leben hier. Aber ich schweife ab …

Ich kann mit Else nicht über meine Gedanken sprechen. Wie du ja weißt, fällt mir das Reden schwer. Doch auch wenn ich besser darin wäre, was sollte ich ihr erzählen? Darf sie die Wahrheit doch ohnehin nicht erfahren. Und jede Lüge, die ich über dich verbreiten muss, schmerzt so unendlich, dass ich lieber schweige.

Neulich hat Else ein Foto von dir zu den anderen auf die Kommode im Flur gelegt. Ich habe es weggenommen, nicht nur weil es mir schwerfällt, dein hübsches Antlitz Tag für Tag zu sehen und doch zu wissen, dass du nicht mehr bei mir bist. Sondern auch, weil ich wusste, dass Else keine Ruhe geben und mir früher oder später ebenjene Fragen stellen würde, auf die ich nicht antworten kann.

Als ich das nächste Mal wieder in die Wohnung gekommen bin, lagen alle anderen Bilder auf dem Boden. Vermutlich hat sie sie aus Frust hinuntergeworfen. Doch lieber soll sie wegen eines Fotos sauer auf mich sein, als dass ich dafür unser Leben am Leuchtturm aufs Spiel setze.

Ich werde wohl meine Gedanken weiter mit mir selbst ausmachen müssen. Und dir schreiben, denn das tut mir gut.

Ach, und bevor ich es vergesse – du weißt, ich war nie gut darin, solche Tage gebührend zu feiern –, aber trotzdem wünsche ich dir nachträglich zum Geburtstag alles erdenklich Liebe. Ich würde dir so gerne Glück und Gesundheit wünschen, dir alle Blumen der Welt zu Füßen legen, dich fest an mich drücken und nie wieder loslassen. Aber ich musste dich schon vor langer Zeit loslassen, als du in meinen Armen gelegen und mir deinen letzten Atemzug geschenkt hast. Dieser Moment geht mir immer und immer wieder durch den Kopf, obgleich ich geschworen habe, ihn aus meiner Erinnerung zu löschen. Doch über Erinnerungen kann man schweigen, sie können verblassen, aber deshalb verschwinden sie nicht.

Dein dich liebender Hannes

Franzi
1992

23. September 1962
... Heute Morgen bin ich noch vor Sonnenaufgang losgeradelt. Die Straßen sind vom Regen noch ganz nass gewesen, und es ist wieder kühler geworden. Der Sommer hat sich nun wohl endgültig verabschiedet.

Als ich die Anhöhe hinuntergefahren bin, habe ich mich nicht umgedreht. Ich hatte Angst, dass ich es mir noch einmal überlege, wenn ich auf den Leuchtturm und das Haus meiner Kindheit zurückblicke.

In Lüstrow habe ich vor der Werft auf Lulu gewartet. Sie war ganz überrascht, als sie mich gesehen hat. Ich habe ihr gesagt, dass sie auf mich zählen kann. Dass ich dabei bin. Sie hat sich irre gefreut und ist mir in die Arme gefallen. Als sie mich umarmt hat, habe ich ein Kribbeln in meinem Bauch gespürt. Ob aus Vorfreude, Nervosität oder Panik, kann ich nicht sagen. Aber meine Entscheidung ist gefällt.

Franzi, die in der Stube am Sekretär saß, ließ das Tagebuch sinken. Sie blickte auf die Uhr und erschrak ein wenig. Der Vormittag war beinahe rum. Wieder hatte sie mehr Zeit mit dem Lesen des Tagebuchs verbracht als mit ihrem eigenen Roman.

Entschlossen legte sie das alte, in Leder gebundene Buch beiseite und versuchte sich nun wieder ihrer Arbeit zu widmen. Doch die Gedanken an Elses Worte sowie ein leichtes, aber stetiges Pochen hinter ihrer Schläfe hinderten sie daran.

Franzi begann die Staubkörner, die durch das glänzende Licht der einfallenden Mittagssonne angestrahlt wurden, zu beobachten. Wie kleine Schneeflocken tanzten sie, suchten sich mal federleicht und ruhevoll, mal eilig und beschwingt ihren Weg. Die meisten von ihnen fielen neben Franzi auf den Fußboden, einige auch auf ihren Schreibtisch, auf dem ihr Notizbuch lag, in das sie zuletzt jedoch nur noch ihre Einkaufslisten notiert hatte. Auf die schwarzen runden Typenhebel der Schreibmaschine hatte sich bereits eine feine Staubschicht gelegt. Franzi seufzte beim Anblick des immer noch weitestgehend leeren Blattes, das in die Schreibwalze gespannt war. Zwei Wochen war sie nun schon hier und hatte noch immer keine einzige sinnvolle Zeile verfasst. Langsam wurde sie nervös. Der Abgabetermin rückte näher, und noch immer wusste sie nicht, worüber sie schreiben sollte.

Die ersten drei Romane waren ihr ohne Schwierigkeiten von der Hand gegangen. Die Worte waren ihr nur so zugeflogen, hatten ihr die Geschichte ins Ohr geflüstert, sodass sie nur hatte zuhören und mitschreiben müssen. Ihre Bücher waren ein Erfolg gewesen, gefeiert von Kritikern und Publikum gleichermaßen. Die Lesungen waren bis auf den letzten Platz ausverkauft, die Schlange bei den Signierstunden lang gewesen. Und während sie unzählige Male ihr Kürzel auf die erste Buchseite geschmiert, das Publikum mit den stets gleichen Anekdoten zum Schmunzeln gebracht und lokalen Reportern Rede und Antwort gestanden hatte, war sie sich manchmal wie eine Hochstaplerin vorgekommen. Denn schließlich waren ihr die Wörter beim Schreiben doch lediglich zugeflogen.

Franzis Blick löste sich von den Staubkörnern. Sie wandte sich wieder ihrer Schreibmaschine zu, sah auf das weiße Blatt Papier. Sie versuchte sich zu konzentrieren, zu lauschen. Doch nichts passierte. Außer dem Wellenrauschen des Meeres, das durch das geöffnete Fenster drang, und den Möwen, die ab und zu aufkreischten, war es still um sie herum. Quälend still.

Eine Weile saß sie so da. Doch schließlich nahm das Pochen hinter ihrer Schläfe zu, und die Erkenntnis, auch heute vor der Schreibblockade kapitulieren zu müssen, setzte sich durch.

Franzi stand auf und ging ins Schlafzimmer. Sie kramte in ihrer Waschtasche. Kopfschmerztabletten konnte sie darin nicht finden, obwohl sie felsenfest davon überzeugt war, in Hamburg welche eingepackt zu haben. Sie seufzte, überlegte kurz, schnappte sich dann ihren Rucksack, in den sie ihre Geldbörse, das Notizbuch sowie Elses Tagebuch hineinwarf, und verließ kurzerhand die Wohnung.

Als sie auf das Gehöft hinaustrat, hatte die Sonne längst ihren Zenit überschritten. Der Leuchtturm warf seinen Schatten über die wildwuchernde Wiese. Franzi blickte hinauf zur Kuppel, in deren Glas sich die Sonne spiegelte. Noch immer hatte sich der Bürgermeister nicht blicken lassen, um ihr den Schlüssel für den Leuchtturm vorbeizubringen. Dabei hatte sie damals beim Verhandeln des Mietvertrages darauf bestanden, zu allen Gütern Zugang zu bekommen.

Ihr Blick wanderte die rote Backsteinmauer hinunter und blieb an den mit Brettern provisorisch zugenagelten Fenstern hängen. Sie fragte sich, wie es wohl dahinter aussah. Als Kind war sie die Wendeltreppe unzählige Male hoch- und runtergelaufen, hatte die Stufen gezählt. 97 waren es insgesamt bis zur Kuppel. Damals hatte sie jede freie Minute im Leuchtturm verbracht, hatte auf der Galerie den Schiffen nachgesehen oder ihrem Vater bei der Arbeit, die er so sehr geliebt hatte, Gesellschaft geleistet.

Als sie ihrem Vater von der Idee erzählt hatte, den Sommer am Leuchtturm verbringen zu wollen, hatte er seltsamerweise äußerst verhalten reagiert. Kurz hatte sie sogar das Gefühl gehabt, dass er ihr das Vorhaben am liebsten ausgeredet hätte, was sie mehr als verwunderte. Unterstützte er sie doch normalerweise bei all ihren Vorhaben. Selbst als sie ihr Politikstudium abgebrochen hatte, um zu schreiben, hatte er, im Gegensatz zu ihrer Mutter, ihren Mut befürwortet.

Er selbst war, nachdem er versetzt und der Leuchtturm auf Automatikbetrieb umgestellt worden war, noch nicht wieder hier gewesen. Knapp fünf Jahre nach der Versetzung hatten ihre Eltern einen Ausreiseantrag gestellt, der ein Jahr später bewilligt worden war. Etwa zur gleichen Zeit war der Leuchtturm gänzlich abgeschaltet und durch ein Leuchtfeuersignal auf dem Meer ersetzt worden. Doch nicht einmal als die Mauer 1989 gefallen war, hatte ihr Vater Anstalten gemacht, zu diesem Ort, der ihm doch einmal so wichtig gewesen war, zurückzukehren.

Franzi schüttelte die Gedanken an ihren Vater ab und ging über den Hof zum Schuppen. Schon kurz nach ihrer Ankunft, als sie das Gehöft ausgiebiger erkundet hatte, hatte sie in dem alten Maschinenhaus ein Fahrrad gefunden, das nach kurzer Reparatur wieder fahrtüchtig gewesen war. Nun holte sie den alten Drahtesel heraus, schwang sich auf den Sattel und fuhr die Anhöhe Richtung Landstraße hinunter.

Mit dem Rad brauchte sie nicht einmal eine halbe Stunde bis nach Lüstrow. In der Hauptstraße, die oberhalb des Hafens entlangführte, hielt sie vor der Apotheke. Nicht viele Menschen waren auf dem Bürgersteig unterwegs, was wohl auch daran lag, dass die meisten Ladenräume, die sich im unteren Geschoss der Wohnhäuser befanden, leer standen. Nur ein Bäcker und ein Fleischer hatten noch geöffnet sowie der kleine Supermarkt, über dessen Tür im grauen Putz noch schwach die Buchstaben KONSUM zu lesen waren. Für größere Einkäufe fuhr man augenscheinlich nach Rostock.

Als sie, jetzt mit einer Packung Aspirin in der Tasche, wieder aus der Apotheke heraustrat, blickte sie sich um. Sie hatte noch keine Lust, gleich wieder zum Wärterhaus zu fahren. Der Gedanke, an die Schreibmaschine zurückzukehren, um doch wieder nur stoisch davorzusitzen, schien wenig reizvoll. Außerdem spürte sie neben ihren Kopfschmerzen ein Hungergefühl in ihrer Magengegend aufkommen. Seit dem Frühstück hatte sie nichts mehr gegessen.

Sie schob ihr Fahrrad die Hauptstraße entlang und entdeckte an deren Ende einen Gasthof, der zwar von außen nicht sonderlich einladend wirkte, aber laut ausgehängter Speisekarte eine regionale und deftige Küche versprach. Sie stellte ihr Fahrrad ab und ging hinein.

Der spärlich beleuchtete Schankraum des Lokals war nicht sonderlich gut besucht. Die meisten Tische waren leer. Nur am Stammtisch in der Ecke saßen ein paar Männer, die jedoch so aussahen, als gehörten sie zum Inventar der Gastwirtschaft. Zumindest wurde ihnen stets nachgeschenkt, wenn ihre Biertulpe oder ihr Schnapsglas leer waren.

Das Mobiliar war alt und abgenutzt, schien seit Jahrzehnten nicht mehr ausgetauscht worden zu sein. Selbst die Bilder an den Wänden zeigten nur verstaubte Ansichten Lüstrows. Die Kirche, die auf einem der leinwandgroßen Postkartenmotive zu sehen war, hatte bereits vor Jahren dem Antiklerikalismus der DDR weichen müssen. Das gotische Bauwerk wurde zugunsten eines Plattenbaus weggesprengt, wie Franzi gelesen hatte. Nur über dem Tresen war offensichtlich ein Bilderrahmen entfernt worden. Der helle Fleck auf der grauen Raufasertapete, der übrig geblieben war, wirkte wie ein Mahnmal längst vergessener Zeiten. Franzi ahnte, wessen Politiker-Antlitz dort vor der Wende auf die Gäste hinabgeblickt hatte.

Franzi setzte sich an einen Tisch in der Mitte des Raumes. Eine ältere Dame kam zu ihr. Die Schürze, die sie um ihre rundlichen Hüften trug, war strahlend weiß und gebügelt. Ein kleiner Kamm lugte aus der Seitentasche hervor. Offensichtlich hatte sie ihn stets dabei, um ihre getönte dauergewellte Kurzhaarfrisur, die viele Frauen in ihrem Alter zu tragen pflegten, zwischendurch in Form zu bringen. Auf ihrem Namensschild, das an ihrer Brusttasche klemmte, stand *Gisela*.

»Was darf's sein?«, fragte die Kellnerin mit einem ehrlichen Lächeln.

Franzi überlegte kurz. »Ein großes Glas stilles Wasser, bitte. Und eine Soljanka.«

Die russische Spezialität kannte sie bisher nur aus der Erzählung einiger ostdeutscher Schriftsteller, die sie auf der letzten Frankfurter Buchmesse kennengelernt hatte. Sie war gespannt, ob das suppenähnliche Gericht wirklich so gut schmeckte, wie die Kollegen es angepriesen hatten.

Gisela nickte und verschwand in der Küche. Bereits wenige Augenblicke später kam sie mit einer dampfenden Suppenschüssel zurück an ihren Tisch. Auch das Glas Wasser stellte sie vor ihr ab.

Franzi holte sogleich die Pillenpackung aus ihrer Tasche, drückte zwei Tabletten aus dem Blister heraus und spülte sie mit dem Wasser herunter.

Gisela, die noch an ihrem Tisch stand, setzte ein mütterliches Lächeln auf. »Liebes, warum haben Sie nicht gleich gesagt, dass Sie Kopfschmerzen haben. Ich hätte Ihnen doch meinen Spezialtrunk gebraut«, sagte sie dabei und fügte augenzwinkernd hinzu: »Hilft gegen Kopfschmerzen und Kater.«

Franzi sah sie etwas verwundert an.

Die Kellnerin beugte sich verschwörerisch vor. »Kaffee mit Zitronensaft und einem gut gemeinten Schuss Boone.«

Fragend hob Franzi die Augenbraue. »Bohnen?«

Gisela schüttelte den Kopf. »Boonekamp! Ein Magenbitter. Das Sternanis ist gut gegen Verspannungen. Den Schnaps kennt ihr im Westen wohl nicht?«

Franzi warf der älteren Frau einen verdutzten Blick zu.

»Liebes, seit der Wende verirren sich nur noch wenige Feriengäste nach Lüstrow. Und Besucher aus dem Westen erkenne ich drei Seemeilen gegen den Wind.« Sie stupste sich wie zum Beweis gegen die Nase.

Franzi nickte verstehend.

»Was führt Sie denn hierher?«, fragte Gisela weiter. »Verstehen Sie mich nicht falsch. Ich will nicht neugierig sein«, ruderte sie jedoch sogleich ein wenig zurück, als sie Franzis überraschten Blick sah. »Das ist hier im Osten nicht so gern gesehen.«

»Schon gut«, antwortete Franzi lächelnd. Sie hatte seit Tagen mit niemandem mehr so richtig gesprochen. Schnell hatte sie feststellen müssen, dass man Fremden hier eher wortkarg gegenübertrat. Ein Schwätzchen an der Supermarktkasse oder in der Bäckerei schien nur den Einheimischen vorbehalten zu sein. Außerdem war ihr die Kellnerin sympathisch.

»Ich bin zum Arbeiten hier. Ich bin Schriftstellerin.«

Die Kellnerin horchte auf. »So, so. Sie schreiben so richtige Geschichten und Bücher?«

Franzi nickte. »Mit Buchstaben und Sätzen drin«, antwortete sie augenzwinkernd.

»Über was schreiben Sie denn?«, hakte Gisela neugierig nach. »Doch wohl nicht über uns, oder?«

Franzi schüttelte den Kopf. »Ich schreibe keine regionalen Romane.«

»Was dann?«

»Thriller!«

»Ach so«, antwortete Gisela etwas enttäuscht. »Ich lese immer abends im Bett. Da sind mir solche Schauergeschichten viel zu spannend. Am liebsten mag ich diese kleinen Heftchen, die es am Kiosk gibt. Mit den Ärzten und so. Haben Sie so was auch schon geschrieben?«

»Nein!«

»Schade!«, sagte Gisela. Dann überlegte sie kurz. »Aber warum sind Sie dann hier? Wenn ich mir aussuchen könnte, wo ich arbeite, dann würde ich sicherlich nicht nach Lüstrow fahren. Seit die Grenzen offen sind, liegt hier doch der Hund begraben.«

»Ich habe hier früher gelebt. Als Kind.«

»Ach, Sie sind eine von hier?« Ihr Gesicht hellte sich plötzlich auf. Sie setzte sich nun.

»Mein Vater war hier Leuchtturmwärter«, erklärte Franzi.

»Wie war Ihr Name noch einmal?«

Franzi musste etwas schmunzeln. »Ich habe ihn noch nicht genannt. Ich heiße Franziska. Franziska Schubert.«

»Schubert?!«, grübelte sie. »Sagt mir nix. Dabei lebe ich seit über 45 Jahren hier. Meine Eltern sind damals aus Hinterpommern vertrieben worden, und wir sind praktisch hier gestrandet.«

»Ich war schon mal verheiratet«, antwortete Franzi und verkniff sich, so gut es ging, einen leisen Seufzer. Mit festerer Stimme fügte sie dann hinzu: »Mein Vater heißt Gebhardt mit Nachnamen. Rudolf Gebhardt.«

Wieder grübelte Gisela. Plötzlich bildete sich auf ihrer Stirn eine kleine Falte, bevor sie kurz zusammenzuckte. Sie schien sich an ihn zu erinnern. Doch statt zu antworten, fuhr sie sich nur fahrig durch ihre dünnen Locken. Sie erhob sich etwas ruckartig und deutete auf die Suppenschüssel, die vor Franzi auf dem Tisch stand. »Essen Sie die Soljanka, bevor Sie kalt wird!«

Franzi sah sie irritiert an, ging auf ihren Appell nicht ein. »Kannten Sie meinen Vater?«, fragte sie stattdessen aufhorchend.

»Nun … ja … nein«, stotterte die Kellnerin verlegen herum und winkte dann ab. »Das ist alles schon so ewig her.«

»Was denn?«, bohrte Franzi nach.

Gisela zögerte, schüttelte schließlich den Kopf. »Nichts. Ich kann über Ihren Vater nichts sagen.«

Franzi musterte die alte Frau, die ihrem Blick geflissentlich auswich. Ein merkwürdig beklemmendes Gefühl stieg in ihr auf. Nur ganz sachte und leise, aber es war da. Doch Franzi ahnte, dass es nichts nützte, weiter nachzuhaken.

Gisela wollte sich schon zum Gehen wenden. Da hielt Franzi sie doch noch einmal auf.

»Vielleicht wissen Sie etwas über ein anderes Mädchen, das auch einmal im Leuchtturm gewohnt hat. Anfang der 60er-Jahre.«

»Sie meinen bestimmt Else. Else Schwarz. Ja, die kannte ich.« Die Falte auf ihrer Stirn verschwand umgehend. »Ein nettes Mädchen war das«, fuhr sie wieder sichtlich in Plauderlaune fort. »Sie arbeitete auch in diesem Lokal hier als Kellnerin, bevor die alte Margot plötzlich auf Nimmerwiedersehen verschwand und mein Mann und ich den Laden von der HO übernehmen durften. Elses Freundin plapperte viel. Luise hieß sie, glaube ich. Und ihr Vater, der Leuchtfeuerwärter, war ein Eigenbrötler. Zumindest seit dem Selbstmord seiner Frau. Er hat den Leuchtturm so gut wie allein betrieben, obwohl es immer zwei Wärter sein sollten. Er und Else lebten sehr zurückgezogen. Aber die Flucht 62 hat hier im Ort für viel Aufsehen gesorgt. Das war eine ganz komische Geschichte.«

Franzi horchte verblüfft auf. Die Worte, die sie in dem Tagebuch gelesen hatte, schienen also der Wahrheit zu entsprechen. Einer Wahrheit, die es wert war zu ergründen.

Franzis Neugier war geweckt. Die Irritation über ihren

Vater rückte prompt in den Hintergrund. Doch bevor Franzi auch nur eine der Fragen stellen konnte, die ihr plötzlich unter den Nägeln brannten, wurde die Schwingtür zur Küche aufgestoßen. Ein Mann, dessen Schürze alles andere als rein war, winkte der Kellnerin herrisch zu.

»Gisela! Schwatz nicht so viel rum. Die anderen Gäste wollen auch ihr Essen haben.«

Gisela blieb weitestgehend unbeeindruckt, zumal die Gästeanzahl weiterhin überschaubar war. Sie nickte ihm nur zu, bevor sie sich noch einmal Franzi zuwandte: »Viel Glück für Ihr Buch. Und vielleicht wird es ja doch ein Arztroman. Dann lese ich es«, sagte sie augenzwinkernd und verschwand schließlich doch in die Küche.

Franzi griff in ihre Tasche und holte das Tagebuch heraus. Sie blätterte zum nächsten Eintrag vor und las aufmerksam weiter, während sie begann, die Soljanka zu löffeln.

Lulu
1962

Lulu fand die Stelle im Wald schnell wieder. Der See glitzerte zwar nicht mehr, da dichte graue Wolken seit Tagen die Sonne in Schach hielten und nicht einen hellen Sonnenstrahl entfleuchen ließen. Die Blätter in den Baumkronen begannen sich ebenso zu verfärben. Das leuchtende Grün des Sommers wurde allmählich dunkler. Hier und da waren schon zarte gelbe Farbtupfer zu erkennen. Auch das Moosbett hatte sich seit ihrem letzten Besuch verändert. Es war feuchter. Ein sanfter Nebel überzog bodentief den Wald, der kühlend um Lulus Knöchel schlich, als sie durch das Geäst stieg.

Else folgte ihr. Die Fahrräder hatten die Freundinnen an derselben Stelle abgestellt, an der Otto damals auch sein Moped geparkt hatte.

Lulu war etwas aufgeregt. Gleich nachdem Else bei ihr gewesen war und ihr gesagt hatte, dass sie mitkommen würde, hatten sie vereinbart, sich hier zu treffen. In der Hütte wollten sie das Boot verstecken, bis sie alles für die Flucht vorbereitet hatten. Noch bevor der Herbst endete, wollten sie im Westen sein. Lulu konnte es kaum erwarten, den Duft der Freiheit, den Duft des wahren Glücks, endlich in vollen Zügen einatmen zu können.

Ob es Else genauso ging, konnte Lulu nicht sagen. Über

die Gründe, warum sie sich umentschieden hatte, schwieg ihre Freundin. Lulu hoffte, dass Else keine kalten Füße bekommen und es sich nicht noch einmal anders überlegen würde. Hatte Else doch vorhin, als sie sich an der Kreuzung vor dem Wald getroffen hatten, nicht mehr so euphorisch gewirkt wie an dem Tag, als sie Lulu vor der Werft abgefangen hatte. Ohne ihre Freundin würde sie vielleicht nicht den Mut aufbringen, wirklich zu gehen. Lulu wollte im Westen eine Zukunft mit Otto. Aber eine ohne Else konnte sie sich partout nicht vorstellen.

Lulu schob einen dichten blattbehangenen Ast beiseite, der die Sicht auf die Hütte freigab.

»Das ist sie?«, fragte Else, die neben Lulu stehen geblieben war und nun ebenso durch das Geäst schaute.

Lulu nickte und blickte Else erwartungsvoll an. Doch im Gesicht ihrer Freundin konnte sie keinerlei Reaktion ablesen.

»Die Hütte ist gut versteckt. Hier ist keine Menschenseele«, erklärte Lulu. »Hier kannst du nackt tanzen, und niemand sieht dich«, fügte sie grinsend hinzu.

Doch über Elses Lippen huschte nur ein kleiner, gefälliger Schmunzler. Mehr ging sie nicht darauf ein.

»Und wie weit ist es bis zur Ostsee?«, fragte sie stattdessen.

»Gut sieben Kilometer, wenn man quer durchs Moor läuft.«

Else seufzte kurz auf. »Ganz schön weit.«

»Ja, aber …«, fiel Lulu ihr schnell ins Wort. »Wir können das Boot ja schlecht bei uns zu Hause lassen. Otto wohnt mit einem anderen Musiker zusammen, und das Haus meiner Eltern ist nicht größer als eine Sardinenbüchse. Und bei euch auf dem Gehöft ist die Gefahr auch zu groß, dass es dein Vater entdeckt.«

Else nickte stumm, ging an Lulu vorbei die letzten Meter bis zur Hütte. Sie schob die Tür auf, die nur noch an der oberen Befestigung hing, und trat hinein. Lulu folgte ihr auf den Schritt.

Während ihre Freundin hier und da an das morsche Holz klopfte oder eine Ecke näher in Augenschein nahm, blieb Lulu in der Mitte des kleinen Raumes stehen und beobachtete sie dabei. Schließlich drehte Else sich zu ihr um. In ihrem Blick lag immer noch diese Skepsis, die Lulu zunehmend nervös werden ließ. Doch sie versuchte sich weiterhin nichts anmerken zu lassen.

»Und wo hat Otto das Faltboot genau her?«, fragte Else.

»Es hat seinem Großvater gehört. Der ist vor ein paar Jahren verstorben. Und seitdem liegt das Kajak wohl in irgendeiner Garage rum.«

»Aha!«, gab Else nur von sich und warf ihr einen bohrenden Blick zu. »Und weißt du, warum Otto in den Westen will?«

Lulu zuckte mit den Schultern. »Aus denselben Gründen wie wir«, antwortete Lulu und fügte hinzu, als Else sie immer noch musterte: »Wir wollen eine Zukunft zusammen. Eine bessere als hier.«

»Aber du kennst ihn doch erst seit ein paar Wochen«, antwortete Else eine Spur zu argwöhnisch, wie Lulu fand.

Sie ahnte, worauf ihre Freundin hinauswollte.

»Du kannst Otto vertrauen. Ich würde für ihn meine Hand ins Feuer legen«, antwortete Lulu aus tiefster Überzeugung heraus.

Else blickte sie an und zögerte, als plötzlich ein röhrendes Geräusch im Wald zu hören war.

Lulu sah, dass Else erschrocken zusammenzuckte. »Keine Sorge! Das ist nur Otto.«

Elses Schultern lockerten sich ein wenig, auch wenn der Rest ihres Körpers noch unter Anspannung zu stehen schien.

Gemeinsam verließen sie die Hütte und liefen zurück zur Picknickstelle. Durch die Bäume sahen sie, wie Otto sich mit seinem Moped, an das ein Anhänger gespannt war, den Weg zum See entlangschlängelte. Im Schritttempo versuchte er den Wurzeln auszuweichen und den klobigen Anhänger, dessen Ladefläche mit einer grauen Plane abgedeckt war, auf Spur zu halten. Doch das schien gar nicht so einfach zu sein, wackelte der zweirädrige Kasten hinter ihm doch kräftig hin und her. Hin und wieder drehte Otto sich um und schaute prüfend über seine Schulter, anscheinend um sicherzugehen, dass ihm niemand folgte. Doch der Wald hüllte sich, abgesehen von den drei Fluchtwilligen, in eine tiefe beruhigende Einsamkeit.

Otto stellte das Moped samt Anhänger neben den Rädern ab. Lulu lief zu ihm, umarmte Otto und gab ihm einen Kuss.

»Da bist du ja endlich. Ist da das Kajak drin?« Neugierig lugte Lulu unter die Plane des Anhängers.

Otto nickte Else, die Lulu gefolgt war, zur Begrüßung knapp zu.

»Ja. Niemand hat gemerkt, dass ich es aus der Garage geholt habe«, sagte er, während er die Plane abnahm. Zum Vorschein kamen zwei große, proper gefüllte Seesäcke. Der eine war länglich und schmal, der andere rund und klobig.

Der Stoff der Säcke war von Stockflecken übersät, die Naht an einigen Stellen bereits aufgeplatzt. Die zwei Kajakpaddel, die im Anhänger daneben lagen, waren von Spinnweben überzogen. Das Holz der Eintauchblätter an den Enden der langen Holzgriffe war, abgesehen von ein paar kleinen Einrissen, intakt.

Lulu versuchte, sich vom Anblick nicht entmutigen zu lassen. Else hingegen wirkte mal wieder zweifelnder. Sie deutete auf die Säcke. »Und du meinst, das Kajak da drinnen ist vollständig?«

»Das werden wir gleich sehen«, antwortete Otto, während er die schweren Säcke links und rechts auf seine Schultern wuchtete. Else und Lulu nahmen je ein Paddel und folgten Otto zu der kleinen Lichtung.

Sie brauchten gut drei Stunden, um das Kajak aufzubauen. Eine Anleitung lag natürlich nicht bei, doch Otto schwor Stein und Bein, dass er wisse, wie das in dem länglichen Sack verstaute Holzgerüst des Faltboots zusammengesetzt werden musste. Er hatte, wie er erklärte, seinem Opa als Kind oft genug zugesehen, wie dieser das Boot im Nu aufgebaut hatte. Dennoch blickte Otto eine ganze Weile grübelnd auf die einzelnen Holzteile, die Lulu an die Rippenknochen eines Saurierskeletts erinnerten, das sie einmal in einem Lehrbuch in der Schule gesehen hatte. Doch schließlich schaffte er es tatsächlich, die einzelnen Holzbögen und Querstreben richtig anzuordnen.

Der Bootsmantel des Kajaks, der in dem rundlichen Sack verstaut war, bestand aus zwei Stoffen. Die obere Seite war aus blauem festem Baumwollstoff, der Rumpf selbst aus einem wasserdichten gummiähnlichen Material, das Lulu an den Planstoff ihres alten Zeltes erinnerte. Beide Stoffe waren an einigen Stellen eingerissen oder löchrig, vornehmlich an den Nähten. Stockflecken wiesen sie zum Glück jedoch nicht auf.

Unter Ottos Anweisungen schoben sie das halb aufgebaute Gerüst in den Bootsmantel und setzten die letzten Teile im Mantel zusammen. Zum Schluss montierten sie das kleine drehbare Steuerruder, das über einen Seilzug mit zwei Fußpedalen verbunden war, sowie die zwei Sitzschalen, auf die Else überrascht blickte.

»Nur zwei Sitze?«

Otto nickte. »Mein Opa liebte seine Enkelkinder. Zu seinen Paddelausflügen hat er stets alle mitgenommen. Alle sechs.«

»Na, dann wird es uns doch wohl auch über die Ostsee bringen«, sagte Lulu.

»Wir werden zwar langsamer vorankommen, aber dafür könnt ihr euch mit dem Paddeln abwechseln und so eure Kräfte einteilen«, fügte Otto zustimmend hinzu.

»Wenn es denn überhaupt seetauglich ist. Wir sollten es testen«, mahnte Else.

»Natürlich! Am besten gleich hier im See.«

Elsc und Lulu nickten einverstanden. Zu dritt hoben sie das Kajak hoch und trugen es zu der kleinen Badestelle, an der Lulu vor ein paar Tagen noch leichtfüßig und leicht bekleidet hineingelaufen war. Nun schoben sie das Kajak ins Wasser. Es schien in den letzten Tagen noch kälter geworden zu sein. Otto setzte sich hinein, während Else und Lulu am Ufer zurückblieben. Mit dem Paddel stieß Otto sich vom Schilf ab und ließ sich einige Meter hinaus auf den See treiben. Doch schon nach kurzer Zeit füllte sich der Boden des Kajaks mit Wasser. Gleich an mehreren Stellen war es undicht, wie auch Lulu und Else vom Ufer aus sehen konnten. Zügig versuchte Otto zurück zum Ufer zu paddeln. Doch auch das Ruder schien defekt zu sein und machte es ihm schwer, sein Ziel zu erreichen.

Lulu seufzte tief. Sie sah ihre Freundin an. »Ich würde verstehen, wenn du es dir jetzt anders überlegst.«

»Du glaubst, ich will einen Rückzieher machen?«

Lulu zuckte die Schultern. »Die Hütte ist morsch und mitten im Nirgendwo. Du vertraust Otto nicht, was völlig in Ordnung ist, weil du ihn nicht kennst. Und zu allem Überfluss ist das Boot so undicht wie ein Teesieb.«

Else blickte wieder zu Otto, der sich immer noch abmühte, einigermaßen trockenen Fußes ans Ufer zu kommen.

»Du sagst, du würdest deine Hand für ihn ins Feuer legen?«, fragte sie schließlich.

Lulu nickte.

»Na, dann hoffe ich, dass wir uns beide nicht verbrennen.«

Lulu sah ihre Freundin mehr als überrascht an.

»Du bist trotzdem noch dabei?«, stotterte sie fast.

Else nickte. »Margot hat eine Nähmaschine. Wir können den Bootsmantel reparieren.«

Lulu gab ihrer Freundin einen dicken Schmatzer auf die Lippen und grinste erleichtert und glücklich übers ganze Gesicht.

Als Otto endlich das Ufer erreichte und aus dem Boot stieg, umarmte Lulu ihn beinahe überschwänglich. »Else ist dabei. Wir fliehen in den Westen.«

Otto blickte verwirrt zwischen dem kaputten Boot und der stürmischen Lulu hin und her. »Habe ich irgendetwas verpasst?«

Else schüttelte lächelnd den Kopf. Lulu winkte sie zu sich heran. Schließlich legte auch Else den Arm um Otto und ihre Freundin.

Otto
1962

Otto stoppte das Moped vor dem Elternhaus seiner Freundin. Er stieg von seinem Sitz ab und ging die wenigen Schritte zu dem Anhänger, der an sein Fahrzeug gespannt war. Lulu folgte ihm. Sie hielt die Plane hoch, während er ihr Fahrrad aus dem sonst leeren Laderaum hob. Otto hatte darauf bestanden, Lulu nach Hause zu fahren.

Nachdem sie das Faltboot wieder auseinandergebaut hatten, hatten sie die schweren Säcke sowie die Paddel in einer großen Kiste verstaut, die Otto ebenso aus der Garage seines Großvaters mitgenommen hatte. Die Kiste hatten sie zu dritt in die Hütte hineingetragen und unter der Sitzbank versteckt. Selbst wenn sich doch einmal ein Wanderer so tief ins Moor verirren sollte, würde er das Boot so leicht nicht entdecken.

Anschließend hatten sie noch eine ganze Weile zusammengesessen, über die Flucht gesprochen und die Vorbereitungen, die sie sich teilen wollten. Else und Lulu hatten angeboten, den Bootsstoff zu reparieren. Die Risse im Oberverdeck wollten sie vernähen. Für das Unterverdeck benötigten sie Flickmaterial, da die Löcher größer waren. Doch wenn Otto eines in der DDR gelernt hatte, dann, dass immer irgendjemand jemanden kannte, der aushelfen konnte.

Ebenso mussten das Holz aufbereitet und das Ruder repariert werden. Diese Aufgaben wollte Otto übernehmen, wie er vorgeschlagen hatte. Und sie hatten auch vereinbart, so oft wie möglich den Strand zu beobachten, um die Wege der Grenzpatrouille, den Beobachtungsturm und die Brigade auf dem Wasser auszukundschaften und Informationen zu sammeln. Else wollte zudem heimlich die Seekarten ihres Vaters studieren, um Strömungen, etwaige Gefahren und die beste Paddelroute auszuloten.

Dann hatten sie sich verabschiedet und die Tür zur Hütte so gut es ging verschlossen. Bis zum Waldrand war er in langsamer Geschwindigkeit den Frauen auf ihren Rädern gefolgt. Dann hatten sie sich von Else verabschiedet, die in die entgegengesetzte Richtung zum Leuchtturm weitergeradelt war. Lulu und Else hatten sich dabei so innig umarmt, dass Otto sich ein wenig fehl am Platz gefühlt hatte. Doch nur für einen kurzen Moment, schließlich wusste er, wie wichtig Lulu die Freundschaft mit Else war.

Auch Otto mochte Else. Sie machte einen klugen, feinfühligen Eindruck auf ihn. Ihr Blick hatte etwas Durchdringendes, das Otto jedoch nicht selten das Gefühl gab, von ihr ganz und gar durchschaut zu werden. Durch die Spur Ernsthaftigkeit, die ihre Mundwinkel umspielte, wirkte sie stets etwas traurig. Jedoch war es jene stolze Traurigkeit, die sich jegliches Mitleid verbat.

Otto stellte nun Lulus Fahrrad am Gartenzaun ab und wandte sich dann seiner Freundin zu. Sie lächelte ihn an, warm und zuversichtlich. Er war froh, dass sie sich nicht so leicht entmutigen ließ. Als sie das Kajak zusammengebaut hatten, hatte er nicht damit gerechnet, dass es in einem so schlechten Zustand war. Zwar hatte zum Glück keines der

Einzelteile gefehlt oder war zerbrochen gewesen, doch dass der Bootsmantel so undicht war, hatte er nicht gewusst. Er hoffte inständig, dass sie das Faltboot tatsächlich reparieren konnten.

Lulu strich ihm sanft über seine Locken. »Vielleicht sollten wir uns nicht mehr sehen.«

Otto wich erschrocken zurück. Nur langsam ließ Lulu ihre Hand, die nun nicht mehr seinen Kopf berührte, sinken. Hatte er sich eben verhört? Erstaunt sah er Lulu an. Entschlossen erwiderte sie seinen Blick. Ihr warmer Blick passte nicht zu den Worten, die sie gerade ausgesprochen hatte.

»Wie meinst du das?«, fragte er deshalb immer noch perplex.

Sie seufzte kurz, blieb dennoch nüchtern. »Else und ich, wir kennen uns schon ewig. Wenn wir zusammen sind, schöpft niemand Verdacht. Aber wenn wir zu dritt gesehen werden, könnte das schon auffallen. Außerdem, wenn etwas schiefgeht, wir vorher auffliegen …« Erneut seufzte sie kurz. »Die Stasi muss uns ja dann nicht alle drei auf dem Kieker haben.«

Otto fiel wieder der Wagen ein, der ihn kürzlich verfolgt hatte und der Mann im Laternenschein nach der Feier im Theater. Er nickte. Das Letzte, was er wollte, war, Lulu in Gefahr zu bringen.

»Was schlägst du vor?«, fragte er.

»Kein Abholen von der Werft nach Feierabend, keine Treffen, keine gemeinsamen Ausflüge. Wir telefonieren nur, wenn es notwendig ist. Du hast ja Elses Nummer vom Gasthof und wir deine vom Theater. Und … Meinen Eltern sage ich, dass es aus ist zwischen uns.«

Otto schluckte. Die letzten Worte, die Lulu ausgesprochen hatte, versetzten ihm einen tiefen Stich ins Herz.

Lulu, die seine Reaktion offensichtlich deuten konnte, trat wieder einen Schritt näher an ihn heran. Sie schlang ihre Arme um seinen schlaksigen Körper. Er spürte ihren wohltuenden Atem an seinem Hals.

»Es ist doch nur vorübergehend. Wenn wir drüben sind, fangen wir ganz neu an«, hauchte sie ihm fast flüsternd ins Ohr.

Otto erwiderte ihre Umarmung, drückte sie fest an sich und wäre am liebsten für immer so stehen geblieben. Doch Lulu hatte recht. Wenn sie ein neues gemeinsames Leben wollten, musste er sie loslassen. Er gab ihr noch einen Kuss, bevor er auf sein Moped stieg und davonfuhr.

Den Anhänger brachte er zurück zu der alten Garage seines Großvaters, bevor er durch die Straßen Rostocks nach Hause fuhr. Es dämmerte bereits, als er sein Moped vor dem mehrstöckigen Mietshaus abstellte. Noch etwas in Gedanken an die letzten Stunden versunken betrat er das schmale Treppenhaus, in dem es immer ein wenig nach Putzmittel und billiger Schuhcreme roch. Die drei Stockwerke stieg er behäbigen Schrittes hoch, den Blick auf die grauen Steinstufen gerichtet. Aus den Wohnungen, an deren Türen er vorbeischritt, drangen leise Stimmen, denen er nur bedingt Beachtung schenkte. Beinahe hätte er auch den schwarzen Koffer, der auf dem Fußabtreter vor seiner Wohnungstür stand, übersehen. Als er ihn doch entdeckte, stutzte er. Er blickte sich etwas ratlos um. Außer ihm war niemand im Treppenhaus. Schnell schloss er die Tür zu seiner Wohnung auf, stieg über den Koffer, betrat den Flur und ging schnurstracks zu seinem Mitbewohner, der das größere Zimmer bewohnte. Er war über einen Plattenspieler gebeugt. Die Haare, die er sich gerade wachsen ließ, fielen über die breiten Ohrmuscheln seiner Kopfhörer, die er sich erst kürzlich für sein hart zusammengespartes Geld besorgt hatte. Otto musste seinen Namen dreimal rufen, bevor er endlich aufsah. Er nahm die Kopfhörer ab und sah Otto irritiert an.

»Was ist denn?«, fragte er etwas genervt.

»Michael, weißt du, wer den Koffer abgestellt hat?«

»Welchen Koffer?«

»Der vor unserer Tür steht.«

Michael zuckte mit den Schultern. »Was ist denn drin?«

»Keine Ahnung!«, antwortete Otto.

Michael stand auf, ging an Otto vorbei zur Wohnungstür. Er holte den Koffer herein, und stellte ihn auf den Küchentisch. Otto folgte ihm. Nun begutachteten sie beide den Koffer. Michael kratzte sich am Hinterkopf. »Ist der vielleicht von deiner kleinen Freundin? Will die hier einziehen?«

»Luise?« Kurzzeitig überlegte Otto, ob er Lulus Idee, allen weißzumachen, dass sie ihre Beziehung beendet hätten, in die Tat umsetzen sollte. Doch er brachte es nicht übers Herz, die schmerzhafte Lüge auszusprechen. »Nein!«, antwortete er deshalb nur knapp und verkniff sich jede weitere Erklärung.

»Hm!«, gab Michael nur monoton zurück, beugte sich über den Koffer und streckte seine Hände über den Deckel aus. Otto sah ihn dabei erschrocken an. »Du willst ihn öffnen?«

»Klar!« Prompt ließ er auch schon die beiden Verschlüsse, die an der Längsseite angebracht waren, aufschnappen. Der

Deckel sprang auf und öffnete den Blick ins Innere. Das Innenfutter des Koffers war mit rotem Samt überzogen, darin eingefasst lag in zwei Einzelteilen auseinandergeschraubt eine matt glänzende funkelnagelneue Tenorposaune. Otto erkannte auf den ersten Blick, dass das Konzertinstrument hochwertig verarbeitet war. Das Goldmessing war sehr dünnwandig, was für einen besseren Klang sorgte. Am Zug verschönerte eine kleine Schlangenverzierung den wohlgeformten Bogen des Instruments. Das Kesselmundstück war etwas breiter, was auf eine amerikanische Bauweise hindeutete. Hier im Osten das Landes gab es eine solche Posaune nirgends zu kaufen.

Im vorderen Schallbecher steckte eine kleine Karte. Michael nahm sie heraus und klappte sie auf.

»Ein Gruß von einem Freund Ihrer Musik«, las Michael etwas stockend vor. Er reichte Otto die Karte. »Die ist wohl für dich!«, sagte Michael etwas schmunzelnd.

Otto nahm die Karte und starrte auf die kleine, kaum lesbare Schrift. Er hatte nicht die geringste Ahnung, wer sie geschrieben geschweige denn ihm ein solches Geschenk vor die Tür gestellt haben könnte.

Else
1962

Else stand am Tresen und spülte die Gläser. Nur noch eine Handvoll Leute saß im Schankraum, die meisten davon Stammgäste, die seit Jahr und Tag im Gasthaus ein- und ausgingen. Else kannte ihre Trinkgewohnheiten, Speisevorlieben sowie kleineren und größeren Macken in und auswendig. Sie wusste, wann sie bei einer Meinungsverschiedenheit einzugreifen hatte, damit diese nicht in eine Kneipenschlägerei eskalierte, wer keinen Korn vertrug, wessen Jägerschnitzel gut durchgebraten sein musste und wer beim halbjährlich ausgetragenen Skatturnier gern mit gezinkten Karten spielte.

Während sie die gespülten Gläser polierte, blickte sie ungeduldig auf die Kneipenuhr, die über der Eintrittsglocke der schweren Eingangstür hing. Nur träge schritten die Zeiger der Polizeistunde entgegen. Werktags mussten um Mitternacht auch die treuesten Gäste ihre Zeche zahlen und den zumeist etwas taumeligen Gang nach Hause antreten. Ob sie wollten oder nicht. Am Sonnabend durfte bis eins gefeiert werden. Else konnte es kaum erwarten, dass die beiden Zeiger endlich den höchsten Punkt überschritten. Denn Lulu wollte heute noch vorbeikommen, damit sie mit der Reparatur des Bootsmantels beginnen konnten.

Als Else die Gläser in die offenen Wandregale hinter dem Tresen räumte, kam Margot aus der Küche in den Schankraum. Mit einem Wischtuch, mit dem sie vermutlich auch schon die Arbeitsflächen in der Küche spiegelblank geputzt hatte, begann sie den Tresen zu reinigen. Jeder kleinste Fleck wurde von ihr akribisch weggeschrubbt.

Else zögerte kurz, schließlich räusperte sie sich. »Wenn Sie mögen, kann ich den Gasthof heute dichtmachen.«

Margot hielt in ihrer Wischbewegung kurz inne, sah Else ein wenig überrascht an. Doch Else ließ sich nicht verunsichern. Sie setzte ein freundliches Lächeln auf. »Sie leiten das Gasthaus ganz allein. Jeden Tag stehen sie hier am Herd und kochen für unsere Gäste, auch wenn es wegen Lieferengpässen mal wieder kein Fleisch oder keine Eier gibt. Sie lassen sich nicht unterkriegen. Und dafür bewundere ich Sie, Margot. Sie sind ein Vorbild für mich … auch im sozialistischen Sinne.«

So ernst gemeint die ersten ausgesprochenen Sätze waren, so hinterhältig fühlten sich die letzten vier Worte an. Doch Else bemühte sich, auch ihnen Nachdruck zu verleihen.

»Nun ja … Danke!«, stammelte Margot etwas überrumpelt. Sie errötete dabei leicht, was Else registrierte.

»Ich würde Ihnen gerne mehr helfen, wenn Sie mögen«, fügte Else nun hinzu.

»Na gut, in Ordnung. Ich freue mich, dass du dich mehr einbringen möchtest. Unsere sozialistische Gesellschaft braucht junge Leute mit solch einem Arbeitseifer.«

»Also darf ich heute den Gasthof abschließen?«, fragte Else schnell.

Margot nickte. »Meinetwegen!«

Else lächelte zufrieden. Sie hielt Margot auffordernd ihre Hand hin. Die Wirtin zögerte kurz, doch schließlich reichte sie Else das Wischtuch. Else nahm es und begann, die Tresen weiter zu wischen. Im Augenwinkel beobachtete sie zufrieden, wie Margot ihre Schürze auszog.

Nachdem Margot gegangen war, regten sich auch langsam die letzten Gäste. Etwas schwermütig tranken sie ihre Gläser leer, zogen ihre Jacken an und traten in die kühle Nacht hinaus, nachdem sie ihre Zeche gezahlt hatten. Else blieb freundlich und geduldig, obgleich in ihr die Aufregung mit jeder Minute wuchs. Lulu müsste bald da sein.

Am letzten Tisch in der Ecke das Schankraumes saß ein älterer Mann, den Kopf tief auf seine geballte Faust abgestützt. Die andere Hand ruhte an seinem Bierglas, bald so, als würde er sich daran festhalten. Else war sich nicht sicher, ob er noch wach war oder bereits schlief. Seine Augen waren durch den Anglerhut, den er tief in seine Stirn gezogen hatte, verdeckt. Sie hatte den Gast hier noch nie gesehen.

Else stellte sich vor den Tisch und räusperte sich. Als er nicht reagierte, stupste sie den Herrn an. Nur sachte, damit er nicht erschrak. Sie wusste, dass man Männern in seinem Alter keinen allzu großen Schrecken einjagen sollte. Trotz der Jahre, die vergangen waren, schlummerte in den meisten noch immer der Wehrmachtssoldat, der darauf trainiert war, auch im Halbschlaf kampfbereit zu sein. Zum Glück sah dieser nur müde auf, als Else ihn weckte.

»Bitte entschuldigen Sie, mein Herr, es ist Sperrstunde. Zeit, nach Hause zu gehen«, sagte sie mit freundlicher Stimme.

»Welches Zuhause?«, murmelte er nur. Dabei leckte er sich

über die Lippen, die anscheinend vom Alkohol ganz trocken geworden waren.

Else zögerte kurz, sah auf die Uhr. Schließlich ging sie zum Tresen, füllte ein Glas mit Leitungswasser und kam anschließend zum Tisch zurück.

»Ein paar Minuten hab ich ja noch, bevor ich zusperren muss«, sagte sie, während sie ihm das Wasserglas reichte. Er lächelte dankbar und trank das Glas in einem großen Schluck leer. Dann deutete er Else, an seinem Tisch Platz zu nehmen. Else zögerte, hatte sie doch gehofft, ihn mit der kleinen Erfrischung auf die Beine zu bringen. Doch sie merkte, dass er noch nicht willig war aufzustehen, und so setzte sie sich.

Er musterte sie, einen Moment zu lang, wie Else fand. Sie erwiderte seinen Blick fragend, bis er sich etwas aufrichtete. »Du bist schön …«, sagte er mit nun klarer Stimme.

Else sah sich kurz hastig um. Er war der letzte Gast. Die anderen waren bereits gegangen. Ein ungutes Gefühl stieg in ihr auf. Sie wollte schon aufstehen, da hielt er ihre Hand fest. Jedoch auf eine sanfte, höfliche Art.

»Versteh mich bitte nicht falsch. So habe ich das nicht gemeint. Keine Sorge! Ich wollte dir nur sagen, dass du so schön wie deine Mutter bist.«

Else verharrte nun doch auf ihrem Stuhl und sah ihn überrascht an. Ihre Hand zog sie dennoch vorsorglich zurück. »Sie kannten sie?«

Er nickte. »Vor vielen Jahren haben wir zusammengearbeitet. In der Werft.«

Else warf ihm einen skeptischen Blick zu. »Ich habe Sie hier in Lüstrow und auch auf dem Werftgelände noch nie gesehen. Meine Freundin arbeitet dort.«

Er räusperte sich kurz verlegen. »Ich war einige Jahre weg.«

Else sah ihn an und verstand. »In Bützow?«

Er nickte. Die JVA gehörte zu den *drei großen B*, wie die Bevölkerung die Verwahrungsanstalten stets mit einem ängstlich-ehrfürchtigen Schaudern nannte. Bautzen, Bützow und Brandenburg. Hier sperrte man die ein, die sich dem Regime gegenüber kritisch äußerten und die Richtigkeit der Regierungsführung infrage stellten. Wer in einer dieser Strafanstalten inhaftiert wurde, kam selten ungezeichnet wieder heraus. Zu hart waren die Methoden, mit denen die Häftlinge hier behandelt wurden. »Eigentlich hat man mir nach meiner Entlassung gesagt, dass ich nicht mehr herkommen darf. Grenzgebiet. Die haben wohl Angst, dass ich türme. Stattdessen haben sie mir eine Arbeitsstelle in einer Papierfabrik in Sachsen zugewiesen.« Er lachte kurz auf. Doch in seinem Lachen lagen die ganze Bitterkeit und Enttäuschung, die sich in den Jahren der Haft angestaut haben mussten. Dann seufzte er tief.

»Ich wollte die Ostsee noch einmal sehen. Mein Zuhause. Und ich wollte deine Mutter sehen. Mich bei ihr bedanken.«

Else stutzte. »Wofür?«

»Ohne sie wäre ich heute tot«, antwortete er etwas kryptisch.

Else warf ihm einen perplexen Blick zu. Doch bevor sie nachhaken konnte, fiel er ihr ins Wort.

»Ich habe aber schon gehört, dass sie bedauerlicherweise das Zeitliche gesegnet hat. Das tut mir sehr leid. Mein aufrichtiges Beileid.«

Else nickte. »Danke!«, antwortete sie knapp.

»Allerdings ...«, fuhr er etwas grübelnd fort, »... will es einfach nicht in meinen Kopf gehen, dass sie so ganz freiwillig aus dem Leben geschieden sein soll.«

Else blickte ihn überrascht an. »Wie meinen Sie das?«

»Na ja, sie war so eine lebensbejahende Frau. Sie war voller Tatendrang, hatte Pläne, auch für uns Arbeiter in der Werft. Außerdem schwärmte sie immer von dir, ihrer wunderbaren Tochter. Sie wurde nicht müde zu betonen, dass sie keinen Tag deines Heranwachsens verpassen möchte.«

Else konnte kaum glauben, was sie soeben gehört hatte. Die Gedanken wirbelten in ihrem Kopf herum, wie tosende Wellen, die in einer Gewitternacht ungestüm ans Ufer preschten.

Else hätte dem Fremden, der ihre Mutter offensichtlich gut gekannt hatte, so viele Fragen stellen wollen. Doch im Moment fiel ihr keine einzige ein. Und da erhob sich der Mann auch schon.

»Ich will dir keinen Ärger machen. Deshalb gehe ich jetzt lieber. Und wie schon gesagt, ich dürfte eigentlich auch gar nicht hier sein.«

Er stand auf und verließ ohne ein weiteres Wort den Schankraum. Else blickte ihm stumm hinterher, immer noch ihre Gedanken sortierend. Sie erinnerte sich an das Foto ihrer Mutter, das sie auf dem Dachboden gefunden hatte und das kurz darauf von der Kommode verschwunden war. Hatte ihre Mutter darauf nicht auch gelacht? Ein Lachen, das herzlich und von Grund auf ehrlich gewirkt hatte? Else war sich nicht mehr sicher.

Erst ein lautes Klopfen riss sie wieder aus ihrer Gedankenwelt heraus. Wie lange sie darin abgetaucht war, konnte sie nicht mit Bestimmtheit sagen. Erneut klopfte es beinahe wild und wütend gegen die Tür des Gasthauses. Sie stand auf, ging zur Tür und öffnete sie. Lulu stand vor ihr, die Hände in die Hüften gestemmt, und blickte sie forsch an.

»Ich stehe mir hier schon seit fünf Minuten die Beine in den Bauch«, sagte sie dabei leicht verärgert. »Hast du mein Klopfen nicht gehört?«

»Entschuldige«, antwortete Else etwas fahrig. »Ich war in Gedanken.«

Lulu warf ihr einen fragenden Blick zu, doch Else ging nicht weiter darauf ein.

»Komm rein, bevor dich noch jemand sieht«, sagte sie stattdessen.

Lulu betrat den spärlich beleuchteten Schankraum. Else schloss die Tür hinter ihr, aber nicht ohne einen prüfenden Blick hinauszuwerfen. Doch die Straßen waren wie leer gefegt. Nur der herbstliche Wind pfiff an den Häuserzeilen vorbei.

Sie verriegelte die Tür und löschte das Licht im Schankraum. Dann gingen sie gemeinsam in die Küche.

»Hat alles geklappt?«, fragte Lulu dabei.

»Margot hat nichts gemerkt«, bejahte Else die Frage.

»Gut! Und Otto? War er da?«

Else nickte. »Heute Nachmittag. Als Margot einen kurzen Spaziergang gemacht hat, hat er den Bootsmantel vorbeigebracht. Wir haben ihn durch die Hintertür reingetragen.«

Else bückte sich neben den alten Ofen, der nicht mehr in Gebrauch war. Aus einer Klappe, die seitlich des Ofens leicht zu übersehen war, zog sie den zusammengefalteten Bootsmantel heraus und legte ihn auf die Arbeitsfläche. Anschließend trat sie durch die schmale Tür, die in die Kammer führte. Im hintersten Regal neben alten Töpfen, Bratpfannen und Trinkgefäßen, die entweder einen Sprung im Glas oder eine kerbe in der Keramik aufwiesen, stand Margots alte Nähmaschine. Sie holte sie heraus und trug sie in die Küche. Das Ding war schwer und unhandlich, sodass Lulu ihr zu Hilfe kam. Gemeinsam stellten sie die Maschine auf einem kleinen Tisch neben der Spüle ab.

Anschließend beäugte Lulu die Nähmaschine etwas skeptisch. »Ganz schön eingestaubt das Ding.«

»Die alte Wirtin hat nicht mehr genäht, seit es Kleidung auf Zuteilung gab.«

»Funktioniert die denn noch?«

Else nickte. »Habe ich schon geprüft. Zwirn ist auch ausreichend da.«

»Großartig!« Lulu krempelte ihre Ärmel hoch. »Dann ran ans Garn!«

Else nickte, zog sich einen Hocker heran, platzierte ihn vor der Nähmaschine und setzte sich darauf. Heute würden sie sich auf die Risse im Oberverdeck konzentrieren, schließlich musste Otto für das Unterverdeck erst noch ausreichend Flickstoff besorgen.

Sie schob den Bootsmantel unter den Nähfuß. Mit dem Pedal brachte sie die Nähnadel in Gang, die schwerfällig, aber präzise den festen Baumwollstoff bearbeitete. Lulu, die neben Else Platz genommen hatte, ging ihr zur Hand. Sie hielt den schweren Stoff des Bootsmantels, der für den schmalen Tisch viel zu groß war, und reichte Else auf Ansage Schere, Garn und Stecknadeln.

Eine Weile arbeiteten sie so schweigend nebeneinander

her. Dann räusperte sich Else leise. »Kannst du dich an meine Mutter erinnern?«, fragte sie beinahe nebenbei.

Lulu stutzte bei der Frage kurz, nickte dann aber. »Natürlich!«

»Ich meine so richtig. Hast du Erinnerungen an sie?«

»Warum fragst du das?«

»Antworte bitte. Es ist wichtig«, drängte Else. Sie sah kurz auf, konzentrierte sich dann aber wieder auf die Nähmaschine. Die Naht, mit der sie die Risse zusammennähte, war präzise und schnurgerade.

Lulu überlegte. Else hatte das Gefühl, beinahe die Rädchen in ihrem Kopf rattern zu hören, so angestrengt schien sie in ihrem Gedächtnis zu kramen. »Wenn ich zu euch zu Besuch kam …«, begann Lulu nun den offensichtlich ersten Gedanken an Elses Mutter, der ihr in den Sinn kam, auszuformulieren. »Dann hat sie mir zur Begrüßung übers Haar gestrichen. Nur kurz, aber ich mochte es. Gab es mir doch immer das Gefühl, bei euch willkommen zu sein.«

Else hielt kurz inne und sah Lulu an, dankbar für diese Erinnerung. Sie wollte nicht, dass ihre Freundin aufhörte, über ihre Mutter zu sprechen. Es tat ihr gut, das zu hören.

Nach einem Moment des Schweigens fuhr Lulu schließlich fort: »Sie hat sich immer gut gekleidet. Sie achtete auf ihr Äußeres, egal ob sie deinem Vater auf dem Leuchtturm zur Hand ging oder uns am Lüstrower Hafen einen mit Zuckerglasur überzogenen Spritzkuchen kaufte. Das habe ich immer bewundert. Und sie hat so herrlich schön gelacht, dass man einfach mitlachen musste.«

Else nickte. Ein kleines Lächeln huschte über ihr Gesicht, während sie an der Nähmaschine innehielt. Dann wurde sie ernst. Sie seufzte und begann nun selbst zu erzählen: »Einmal hat Vater beim Abendessen versucht, einen Witz zu erzählen. Über einen Pinguin, einen Storch und einen Hasen. Zuerst hat er die Tiere total durcheinandergebracht. Dann hat er nicht mehr gewusst, was der Pinguin zum Hasen sagen sollte, und die Pointe hat er dann auch noch vermasselt. Aber meine Mutter hat aus vollem Herzen gelacht. Nicht etwa über meinen Vater, weil er einfach kein guter Witzeerzähler ist. Und natürlich hat sie auch nicht über den Witz gelacht. Sondern weil sie den Moment so schön fand. Mit uns zusammen an diesem scheinbar ganz normalen Abend im Wärterhaus zu sitzen.«

Lulu nickte verstehend. »Das sah ihr ähnlich.«

Nun sah Else auf. Ihr Blick wirkte dabei seltsam klar. »Ich habe unzählige solcher Erinnerungen an meine Mutter. Verstehst du? Ich habe sie nie traurig erlebt.«

»Weil sie es gut vor dir verstecken konnte. Ihre Traurigkeit«, antwortete Lulu wie selbstverständlich.

»Sicher, dass es daran lag?«, fragte Else zurück.

Lulu sah Else irritiert an.

»Was ist, wenn meine Erinnerungen mich nicht täuschen? Sondern wenn es gar kein Selbstmord war?«, fügte Else hinzu und sprach das aus, was ihr in der letzten Stunde durch den Kopf gegangen war.

Ratlos schwieg Lulu. Augenscheinlich wusste sie darauf keine Antwort.

Otto
1962

Otto stand vor einem großen, von Stacheldraht gesäumten Gitterzaun. Durch die Drahtmaschen war ein flaches, wenig ansehnliches Gebäude mit einem großen Schiebetor zu sehen, das sich nach oben manuell öffnen ließ. Auf dem betonierten Vorplatz standen zahlreiche Traktoren und Landmaschinen unterschiedlicher Größe, deren Karosserien augenscheinlich darauf warteten, endlich wieder bessere Zeiten zu erleben. Mal war ein Reifen platt, mal fehlte der Motor oder ein anderes wichtiges Teil, ohne das die großen Fahrzeuge sich keinen Zentimeter fortbewegen konnten.

Otto sah sich suchend um. Auf dem Werkstattgelände der LPG war weit und breit niemand zu sehen. Otto war sich nicht mehr sicher, ob die Wegbeschreibung, die er hastig auf ein Notenblatt in der Garderobe des Staatstheaters geschmiert hatte, richtig gewesen war. Klaus, der Violinist im Staatsorchester, hatte ihm Ort und Zeitpunkt des Treffens mit dem Händler in einer Konzertpause zugeflüstert. Otto war dabei ganz angespannt gewesen, schließlich hatte er bisher mit dem Schwarzmarkt wenig am Hut gehabt.

Auch die Straße, die am Stadtrand Lüstrows gelegen war, lag zu seiner Linken und Rechten mehr als verlassen und vergessen da. Sein Moped hatte er in einer Seitenstraße abgestellt, nur um sicherzugehen, dass wirklich niemand auf ihn aufmerksam wurde. Den neuen schwarzen Instrumentenkoffer hatte er ausnahmsweise auf dem Gepäckträger gelassen und war den restlichen Weg bis hierher gelaufen.

Otto sah etwas ungeduldig auf seine Armbanduhr. Den blickdichten Stoffbeutel, den er über seiner Schulter trug, hielt er mit der anderen Hand gut fest. Dabei trat er versehentlich auf einen Zweig, der unter seinem Schuh laut knacksend zerbrach. Plötzlich hörte er ein Bellen, das schnaufend und ungestüm näher kam. Von seitlich des Werkstattgebäudes stürmte ein großer schwarzer Schäferhund zähnefletschend auf ihn zu. Erst der Zaun konnte ihn, zu Ottos Erleichterung, stoppen. Ein Mann mit Stoppelbart, grau verwaschener Arbeitshose und einem marineblauen Strickpullover, wie ihn auch die Fischer trugen, tauchte nun ebenso hinter dem Zaun auf. Er legte Zeigefinger und Daumen zwischen seine Lippen und gab einen lauten Pfiff von sich, der in Ottos Ohren unangenehm klingelnd nachhallte. Dabei war er aus dem Orchestergraben laute Töne gewöhnt.

»Bienchen, bei Fuß!«, rief der Mann seinem Hund über den Platz zu, während er auf Otto zuschritt. Der Vierbeiner, dessen Name Ottos Meinung nach doch etwas irreführend war, hörte aufs Wort. Gesenkten Schwanzes schlich er zu seinem Herrn und platzierte sich an dessen Seite, als dieser auf Ottos Höhe stehen blieb. Er musterte den Musiker durch den Maschendraht des Zaunes von Kopf bis Fuß.

»Kann ich Ihnen helfen?«, fragte er mit gepresster Stimme und noch immer skeptischen Blickes.

Otto trat von einem Bein auf das andere, blickte sich dabei zögernd um. »Ich bin mir nicht sicher. Ich …«

Plötzlich lüpfte der Automechaniker seine Augenbraue. »Sind Sie Klaus' Freund?«, fragte er nun schon etwas freundlicher.

Otto nickte überrascht.

Dann legte sich ein Lächeln auf das Gesicht des Mannes.

»Warum stehen Sie da draußen rum wie Falschgeld? Kommen Sie rein!« Er deutete mit einer Handbewegung auf das große Tor. Otto zögerte jedoch noch, warf dem Schäferhund einen kurzen Blick zu. Der Mann verstand, winkte jedoch gleich ab. »Bienchen tut nur so, als wäre sie gefährlich. Dabei rückt sie nicht einmal den Mardern hier auf den Leib.«

Otto nickte schließlich und setzte sich Richtung Eingang in Bewegung. Der Mann auf der anderen Seite des Zaunes folgte ihm auf dem Fuße. »Ich bin Manfred«, begann er dabei zu erzählen. »Ich dachte schon, Sie hätten Muffensausen bekommen. Warum haben Sie nicht geklingelt?« Manfred deutete auf eine Klingel neben dem Tor, während er einen Schlüsselbund aus seiner Latztasche zog und den richtigen Schlüssel für das schwere Kettenschloss suchte.

»Ich wusste nicht, ob ich hier richtig bin«, antwortete Otto.

»Ah, verstehe! Klaus hat mal wieder einen auf Geheimniskrämer gemacht.«

»Nun ja …«, verteidigte Otto seinen Musikerkollegen, während er noch einmal kurz nach links und rechts blickte. »Es ist ja auch nicht ganz ungefährlich, was wir hier machen.«

Doch Manfred blieb gelassen. »Erstens sind wir nur zwei alte Freunde, die sich gegenseitig einen Gefallen tun, und zweitens trauen sich die Männer in ihren frisch gereinigten

Anzügen hier eh nicht her. Und Bienchen ist zwar harmlos, aber Sie haben selbst gesehen, wie gut sie schauspielern kann«, fügte er augenzwinkernd hinzu.

Otto nickte, wenn auch nicht unbedingt aus Zustimmung. Vorsicht war immer noch besser als Nachsicht. Doch er fand den Mann in seiner Arbeiterkluft sympathisch. Offensichtlich betrieb er die Werkstatt allein.

Endlich hatte Manfred den richtigen Schlüssel gefunden, schloss auf und öffnete für Otto das große Tor. Tatsächlich verzog Bienchen kein Schnauzhaar, als er eintrat.

Manfred führte Otto über den Vorplatz an den ausrangierten Traktoren vorbei. Durch eine Stahltür, die seitlich des Gebäudes lag, gingen sie in die Werkstatt hinein. Im Inneren war es nicht weniger unaufgeräumt. Undefinierbare Autoteile, Werkzeuge in allen Größen und Arten lagen herum. Auf der Hebebühne war ein kleiner Kastenwagen aufgebockt. Es roch nach Benzin, Öl und Schmutz.

Manfred blieb vor einem Regal stehen, in dem eine zusammengefaltete alte Lkw-Plane lag. Der wasserabweisende PVC-Stoff war dreckig und an der einen oder anderen Stelle offenbar eingerissen. Doch für ihre Zwecke würde er allemal genügen.

Manfred drehte sich zu Otto um und sah ihn aufmerksam an. »Haben Sie sie dabei?«, fragte er.

Otto nickte, zog den Stoffbeutel von der Schulter, holte sechs Schallplatten heraus und hielt sie Manfred hin. Dieser wischte kurz seine Handflächen an der Arbeitshose ab, bevor er sie freudig entgegennahm. Behutsam begutachtete er die Papphüllen, wendete sie in seinen Händen und zog zur Kontrolle vorsichtig die Vinylscheiben aus ihrer Verpackung.

Alle Platten waren in einem einwandfreien Zustand, wie auch Manfred feststellte.

Otto hatte mit der Sammlung von amerikanischer Jazzmusik schon vor seinem Musikstudium begonnen. Es war für ihn nicht leicht, sich von den wertvollsten Sammlerstücken zu trennen. Doch auf die Flucht würde er sie ohnehin nicht mitnehmen können, und bevor er sie achtlos zurückließ, konnte er sie auch als Tauschware für ein gutes Gelingen ihrer Pläne einsetzen.

Die Scheiben hatte er über die Jahre von seinem Großonkel aus Westberlin zugesteckt bekommen. Er arbeitete dort in der Kulturabteilung im Kaufhaus des Westens – auch KaDeWe genannt – und hatte seinem Großneffen die Stücke bei seinen Besuchen zugesteckt. In der BRD gab es die Jazzmusik frei zu kaufen. Sie war nicht verboten wie hier im Osten. Hier wurde die ursprünglich von Afroamerikanern in den Südstaaten Amerikas gespielte Musik als Affenkultur und Gift des Imperialismus verunglimpft. Nur wenige Musiker in der DDR wagten sich mit ihren rhythmisch-melodischen Instrumentalkompositionen auf die Bühne. Nicht selten zogen etwaige Engagements für die mutigen Musiker Auftritts- und Berufsverbot nach sich. Auch Otto spielte mit seiner Combo vornehmlich Jazz, doch bisher hatten sie sich aus ihrem Kellerloch in dem Mietshaus noch nicht herausgetraut. Und Otto war sich nicht sicher, ob es überhaupt klug wäre, dies jemals zu tun.

Manfred, der augenscheinlich um den materiellen, aber auch ideellen Wert der Schallplatten wusste, blickte Otto zufrieden an. Er nickte. »Einverstanden. Der Tausch geht in Ordnung.« Er deutete auf eine Schere, die neben dem Regal lag. »Nimm dir so viel du brauchst.«

Otto nickte, nahm die Schere und schnitt die Plane auseinander. Viel Stoff benötigte er zum Glück nicht, denn das Schneiden der groben und etwas unhandlichen Plane war schwieriger als gedacht. Kleine Schweißperlen bildeten sich deshalb auf seiner Stirn, während er ein wenig ächzte. Doch Manfred dachte nicht daran, ihm zu helfen.

Als er ein gutes Stück Plane herausgeschnitten und zusammengefaltet hatte, steckte er diese in den nun leeren Stoffbeutel. Dann wandte er sich erneut Manfred zu. Otto warf dabei einen letzten etwas wehmütigen Blick auf die Schallplatten, die Manfred in seinen Händen wie einen Schatz hielt. Dann musterte er den stämmigen Mechaniker.

»Wenn ich Sie auf der Straße getroffen hätte, wäre ich nicht auf die Idee gekommen, dass Sie gern Jazzmusik hören«, sagte Otto dabei mit einem freundschaftlichen Lächeln.

»Das ist ja das Schöne am Jazz. Die Musik ist für den einfachen Mann«, antwortete Manfred. »Doch das will den Genossen nicht in die Birne gehen. Schade eigentlich! Sonst wäre es hier fast aushaltbar.« Ein kleines schelmisches Schmunzeln flog über Manfreds Lippen.

Dann wurde er plötzlich ernst. »Apropos! Was haben Sie mit der Plane eigentlich vor?«, fragte Manfred und fügte beinahe drohend hinzu: »Ich will nicht in irgendetwas verwickelt werden.«

Otto schluckte unmerklich, versuchte ein selbstbewusstes Gesicht aufzusetzen. »Mein Zelt. Es ist undicht. Die Plane brauche ich, um es zu reparieren«, antwortete er betont arglos. Die Ausrede hatte er sich für den Fall der Fälle vorher schon zurechtgelegt. Nun war er froh, eine Antwort auf die Frage zu haben.

Doch Manfred blieb skeptisch. »Es ist bald Winter. Da geht niemand zelten. Warum reparieren Sie Ihr Zelt nicht wie alle anderen im Frühling?«

Für diese Frage war er nicht gewappnet, stutzte kurz, bevor er improvisierte. »Das will ich ja. Aber Sie wissen doch, wie schwierig es ist, an gutes wasserdichtes Material heranzukommen.« Otto klopfte wie zum Beweis auf seinen Stoffbeutel, der proper gefüllt wieder über seiner Schulter hing. »Deshalb bin ich jetzt schon hier. Der frühe Vogel fängt den Wurm«, fügte Otto mit einem beinahe übertriebenen Augenzwinkern hinzu.

Es dauerte einen Moment, der Otto wie eine kleine Ewigkeit vorkam, bis Manfred reagierte. Schließlich setzte er ein zustimmendes Grinsen auf. »Guter Mann!«, sagte er nickend. Otto war erleichtert.

Dann setzten sich die Männer wieder in Bewegung. Manfred und seine Hündin, die die ganze Situation brav beobachtet hatte, brachten Otto zum Tor zurück. Mit einem kräftigen Händedruck verabschiedeten sich die Männer, dann schloss Manfred das Tor hinter Otto.

»Wenn du wieder was benötigst, sag Klaus gerne Bescheid.«

Otto nickte, hoffte jedoch insgeheim, dass er bald nicht mehr dazu genötigt war, Schwarzhandel zu betreiben, um an solch profane Dinge wie Planstoff heranzukommen. Seine getauschten Schallplatten wollte er auf jeden Fall nachkaufen, sobald die Flucht geglückt und sie im Westen angekommen sein würden. Mit der Möglichkeit, das Unterverdeck nun mit geeignetem Material zu reparieren, waren Lulu, Else und er diesem Ziel nun ein gutes Stück näher gekommen.

Die Abendluft zog feucht und kühl durch die Straßen Rostocks, als Otto sein Moped vor seinem Wohnhaus abstellte. Er nahm den Stoffbeutel, in dem noch immer die PVC-Plane steckte, sowie den schwarzen Instrumentenkoffer vom Gepäckträger und ging schlendernden Schrittes zum Hauseingang. Morgen früh gleich wollte er den Flickstoff zu Else in den Gasthof bringen. Heute war es dafür schon zu spät.

Er bemerkte nicht die Gestalt, die unweit des Parkplatzes aus dem Schatten eines Baumes trat und ihm folgte. Erst als er den Schlüssel ins Schloss steckte, hörte er ein leises Zischen hinter sich. Erschrocken drehte Otto sich um und sah einen Mann am Fuße der Stufe zum Hauseingang stehen, der einen langen grauen Mantel trug und seinen farblich passenden Hut tief ins Gesicht gezogen hatte. Beinahe hektisch sah Otto sich um. Die verkehrsarme Straße war menschenleer. Dann fasste er sich und blickte dem Fremden direkt in die Augen.

»Kann ich Ihnen helfen, Herr …?«, fragte er und setzte dabei ein betont freundliches Gesicht auf.

»Müller mein Name!«, antwortete der Mann, bevor er auf den Instrumentenkoffer in Ottos Hand deutete. »Wie ich sehe, haben Sie unsere kleine Zuwendung erhalten.«

Otto blickte ihn überrascht an. »Die Posaune ist von Ihnen?«

»Natürlich! Vom wem hatten Sie denn gedacht?«

Otto schluckte. Tatsächlich hatte er in den letzten Tagen versucht, die Frage zu verdrängen, wer ihm den Koffer vor die Tür gestellt hatte. Dass es ein »Geschenk« der Staatssicherheit sein konnte, dagegen hatte er sich mit all seinen geistigen Mitteln zu wehren versucht. Der Klang der Posaune, als er sie das erste Mal gespielt hatte, war zu verführerisch gewesen.

»Sie gefällt Ihnen, die Posaune. Stimmts?«, fragte Herr Müller mit einem mehr als zufriedenen Gesichtsausdruck.

Otto schluckte ertappt, überlegte angespannt, was er antworten sollte. Schließlich trat er einen Schritt vor und stellte den Instrumentenkoffer auf dem betonierten Gehweg ab. Den Stoffbeutel hielt er dabei fest umklammert.

»Vielleicht ist es besser, wenn Sie sie wieder zurücknehmen«, sagte Otto dabei.

Herr Müller hob seine Hände abwehrend und machte nun seinerseits ein paar kleine Schritte nach hinten, jedoch nicht zu viele, um in Ottos unmittelbarer Nähe zu bleiben. »Nicht doch! Geschenkt ist geschenkt!«

»Und was wollen Sie dafür?«, fragte Otto nun forscher.

»Aber Herr Thiele …«, begann der Mann zu antworten, während er ein Lächeln aufsetzte, das Otto nicht einordnen konnte. »Es ist die sozialistische Pflicht der Gemeinschaft, die musikalischen Brüder und Schwestern unseres Landes zu unterstützen, die mit so einem außergewöhnlichen Talent ausgestattet sind wie Sie. Sie sollen spielen! Beethoven, Händel oder meinetwegen auch Schlager oder andere Musik. Das möchten wir!«

Otto sah ihn irritiert an. Die letzten Worte hatten ihn stutzig gemacht. Wusste er von der Jazzcombo, mit der er einmal die Woche probte? Doch noch eine Frage interessierte ihn brennend. »Wenn es ein Geschenk war, weil Ihnen mein Spiel gefällt, warum haben Sie mir die Posaune dann heimlich vor die Tür gestellt, statt sie mir im Theater zu überreichen?«

»Herr Thiele, wie sähe das denn aus? Wir predigen als Partei die Gleichbehandlung und schenken nur Ihnen ein neues Instrument«, antwortete er mit einem süffisanten Augenzwinkern. »Manchmal muss man eben den inoffiziellen Weg wählen, um keinen Neid zu schüren.«

Otto wusste nicht, was er darauf antworten sollte. Die Ausrede klang nicht sonderlich einleuchtend und hatte einen trügerischen Beigeschmack, den Otto nicht ignorieren konnte.

Erneut machte er einen Schritt nach hinten, entfernte sich von dem Instrumentenkoffer. Doch bevor er etwas sagen konnte, trat der Fremde bereits wieder auf den Bürgersteig.

»Machen Sie es gut, Herr Thiele. Und bis bald mal wieder!«, sagte er, bevor er gänzlich im Schatten zwischen den Straßenlaternen verschwand. Otto rührte sich nicht, blieb wie angewurzelt stehen und blickte auf die nun wieder leere Straße hinaus. Ein Gefühl des Unbehagens kroch in ihm hoch, das ihn nicht mehr loslassen wollte.

Lulu
1962

Lulu saß auf dem kleinen Schemel in der Küche des Gasthofes und war hundemüde. Augenreibend versuchte sie, sich ein Gähnen zu verkneifen, was ihr nicht allzu gut gelang. Der Tag in der Werft war anstrengend gewesen. Weil Frau Friedrich krank gewesen war, hatte sie an der Sitzung der Betriebsparteileitung teilnehmen müssen, um deren Beschlüsse zu protokollieren. Sie war längst nicht so geübt in Stenografie, weshalb sie sich ungemein hatte konzentrieren müssen, um die Weisungen und Beschlüsse für die Arbeiter mit der Eilschrift auch sinnhaft aufs Papier zu bringen.

Else hingegen, die neben ihr an der Nähmaschine saß und fast schon routiniert den Bootsstoff unter dem Nähfuß entlangzog, wirkte wundersamerweise hellwach. Lulu fragte sich, wie ihre Freundin es schaffte, trotz fortgeschrittener Stunde so konzentriert zu bleiben.

Die ganze letzte Woche hatten sie nachts in der Küche zusammengesessen. Geschickt hatte Else ihre Schichten so getauscht, dass Margot früher Feierabend gemacht hatte und sie nach der Sperrstunde den Gasthof allein zuschließen konnte. So hatten sie ungestört arbeiten können und waren mit der Reparatur des Bootsstoffes gut vorangekommen. Die Risse im Oberverdeck hatten sie bereits allesamt vernäht. Nun waren sie dabei, die Löcher im Unterverdeck mit dem PVC-Stoff zu flicken, den Otto besorgt hatte. Allerdings erwies sich diese Aufgabe als weitaus kniffliger als angenommen. Else fluchte immer wieder leise, weil die Nadel abbrach oder die Naht nicht halten wollte. Sie saßen nun schon seit zwei Stunden an einem Flicken.

Lulu stöhnte, ihre Hand tat ihr vom Halten des Stoffes weh.

»Lass uns eine kleine Pause machen!«, forderte sie ihre Freundin auf.

Doch Else ignorierte Lulus Aufforderung und brütete weiter stoisch über der nicht halten wollenden Naht.

Etwas trotzig ließ Lulu schließlich den Bootsstoff los und stand auf. Sie ging zur Speisekammer hinüber und öffnete die kleine Holztür. Sie spürte Elses verdutzten Blick im Rücken, als sie den kleinen Verschlag betrat.

»Was suchst du?«, hörte sie Else aus der Küche fragen.

»Margot hat doch bestimmt hier irgendwo ein Geheimversteck«, antwortete Lulu vieldeutig, während sie ihren Blick über die mit allerlei Vorräten gefüllten Regale schweifen ließ. Und tatsächlich fand sie hinter den Einweckgläsern, die wahlweise mit Essiggurken, Silberzwiebeln und Rote Beete befüllt waren, vier Flaschen besten ungarischen Rotweins. Sie nahm eine und ging triumphierend zurück in die Küche. »Wusste ich es doch!«

Else blickte sie erschrocken an. »Den willst du doch nicht etwa trinken?!«

Lulu zuckte mit den Schultern, während sie den Staub vom Etikett wischte. »Warum nicht? Du hast doch selbst gesagt, dass die alte Wirtin nie Alkohol trinkt. Wenn sie sich also schon nicht vorne bedient, wird sie ihren kleinen Vorrat hinten auch nicht brauchen. Wäre doch schade um den guten Tropfen.«

Ohne eine Antwort abzuwarten, stellte sie die Flasche vor Elses Nase neben der Nähmaschine ab und begann in den Schubladen des Küchenschrankes nach einem Korkenzieher zu suchen.

Else zögerte, seufzte und hob schließlich ihren Zeigefinger, um auf die Schubladen neben der Vitrine zu deuten. »Oben rechts.«

Lulu lächelte verschmitzt und öffnete die besagte Schublade. Mit dem Korkenzieher und zwei Gläsern in der Hand setzte sie sich zurück an den kleinen provisorischen Nähtisch. Sie öffnete die Flasche Wein und goss sich und Else ein. Dann hob sie ihr Glas.

»Auf was wollen wir trinken?«, fragte sie dabei.

Mit Blick auf den Bootsstoff antwortete Else: »Auf dass ich irgendwann diesen verflixten Flicken festbekomme!«

Lulu nickte. »Auf das Boot und unseren Fluchtplan!«

Die Gläser klirrten nur stumpf, als sie anstießen. Der Wein schmeckte penetrant süß. Doch während Else leicht angewidert die Mundwinkel verzog, schmeckte Lulu der gegorene Traubensaft. Sie nahm gleich noch einen großen Schluck.

Dabei musterte Else sie etwas merkwürdig. Lulu stutzte und erwiderte ihren Blick fragend. Ihre Freundin räusperte sich.

»Otto! Du vermisst ihn, stimmt's?«, fragte sie unvermittelt.

Lulu verschluckte sich fast an dem Wein, hustete leicht und stellte ihr Glas dann ab. Sie sah Else an. Ihr war klar, dass sie ihre Freundin nicht anlügen konnte. Aber wieso sollte sie auch? Deshalb nickte sie schließlich. »Ich habe das Gefühl, dass jede Minute, die ich ohne ihn bin, eine vergeudete ist«, antwortete sie etwas wehmütig. Sie hatte nicht gedacht, dass es ihr so schwerfallen würde, ihn nicht zu sehen.

»Ich glaube, ihm geht es genauso. Zumindest wirkte er etwas zerstreut, als er den Flickstoff heute Morgen vorbeigebracht hat.«

Lulu seufzte kurz versonnen. Sie trank ihr Glas leer und versuchte, die Gedanken an Otto beiseitezuschieben. Dafür setzte sie wieder eine fröhliche Miene auf und sah Else plötzlich keck an.

»Wenn ich im Westen bin …«, begann sie unvermittelt.

Else stöhnte, wusste sie doch genau, worauf ihre Freundin mit diesem Satzanfang hinauswollte. »Ach nein. Nicht dieses Spiel! Wir sind doch längst erwachsen«, flehte sie ihre Freundin etwas zu theatralisch an.

Lulu schmunzelte. Als sie Kinder waren, hatten sie das Fragespiel, das sie sich selbst ausgedacht hatten, sehr oft gespielt. Sie hatten sich ausgemalt, was sie tun würden, wenn sie erwachsen wären. Lulu hatte es immer gemocht, sich ihre Zukunft auszumalen, und wollte es sich nun auch nicht nehmen lassen. Also fuhr sie fort: »Wenn ich erwachsen bin … also …«, korrigierte sie sich räuspernd. »Wenn ich im Westen bin, will ich mir Zitronen kaufen, ohne dafür stundenlang anzustehen.«

»Zitronen? Fällt dir nichts Besseres ein?«

»Spiel mit!«, forderte Lulu sie erneut auf.

»In Ordnung«, gab Else schließlich nach. »Wenn du Zitronen hast, was willst du dann tun?«

»Wenn ich Zitronen habe, will ich daraus Limonade machen.«

»Wenn du Zitronenlimonade gemacht hast, was willst du dann tun?«

»Dann will ich mich damit an den Strand setzen.«

»Am Strand sitzen kannst du aber auch hier!«, stutzte Else.

»Ja, aber nicht mit selbst gemachter Zitronenlimonade!«

Elses Blick blieb skeptisch.

»Frag weiter!«

Else stöhnte leicht, fuhr dann aber fort: »Na gut! Also, wenn du mit deiner Limonade am Strand sitzt, was willst du dann tun?«

»Wenn ich am Strand sitze, will ich sie trinken und warten, bis die Sonne untergeht, um mir dann die Sterne anzusehen, ohne dass irgendjemand mich wegscheucht.«

Nun entfuhr Else doch ein kleines Lächeln. Augenscheinlich gefiel ihr der Gedanke ebenso.

Lulu sah ihre Freundin an. »Nun bist du dran! Was willst du tun, wenn du im Westen bist?«

Zu Lulus Überraschung musste Else nicht lange überlegen. »Wenn ich im Westen bin, will ich mein Abitur nachholen«, antwortete sie gedankenvoll.

»Wenn du Abitur hast, was willst du dann tun?«

»Dann will ich Medizin studieren!«

Lulu lächelte versonnen. »Finde ich gut!«, antwortete sie.

Die Freundinnen blickten sich an. In Elses Augen sah Lulu zum ersten Mal seit Langem wieder ebenjene Zuversicht und Hoffnung, die ebenso vergessen schien wie dieses kindliche Fragespiel.

Doch dann, nach diesem besonderen Moment der Einigkeit, konnte Lulu sich ein lautes Gähnen nicht verkneifen. Der Wein hatte sie noch müder gemacht.

Lulu hielt sich die Hand vor den Mund und kicherte laut auf. Else musste unweigerlich mitlachen.

»Ich glaube, wir können Schluss machen«, sagte Else dann, nachdem sie sich beruhigt hatte. »Den Flicken kriegen wir heute eh nicht mehr dran.«

Lulu nickte einverstanden und stand auf. »Soll ich dir noch mit der Nähmaschine helfen?«, fragte sie.

Else schüttelte den Kopf. »Ich räume gleich auf. Fahr du mal nach Hause«, sagte sie und begleitete ihre Freundin in den dunklen Schankraum. Lulu griff sich ihren Mantel, der über dem Tresen lag. Als sie ihn anzog, fiel ihr noch etwas ein.

»Ich habe ja noch etwas für dich!«, sagte Lulu. Else warf ihr einen fragenden Blick zu, während Lulu in ihrer Manteltasche kramte und einen kleinen Zettel herausholte.

»Was du letztens über deine Mutter erzählt hast, dass du sie nur fröhlich in Erinnerung hast, hat mich nicht losgelassen. Ich habe die ganze Zeit gegrübelt, wie man mehr über sie herausfinden kann. Dein Vater erzählt ja nichts. Und da fiel mir ein, dass sie bis zu ihrem Tod in der Werft gearbeitet hat.«

»Ja, stimmt. Und?«, fragte Else, die offensichtlich immer noch nicht wusste, worauf ihre Freundin hinauswollte.

»Die Kaderakten. Du weißt doch, dass jeder Mitarbeiter in der Werft eine hat.«

Else hielt sich kurz den Magen, während sie verdrossen seufzte. »Klar, so wie jeder Betrieb hier«, antwortete sie dabei.

Lulu wusste genau, was in Else vorging. So wie ihrer Freundin drehte sich auch ihr der Magen um, wenn sie daran dachte, dass über jeden DDR-Bürger eine solche Akte existierte, unabhängig davon, ob man bei der Stasi unter

Beobachtung stand oder nicht. In der Kaderakte waren zum einen dienstliche Leistungen verzeichnet, aber auch der Klassenstandpunkt, sprich die politische Einstellung, notiert sowie jede kleinste Verfehlung festgehalten. Die Akte wurde von Arbeitgeber zu Arbeitgeber weitergereicht. Die darin enthaltenen Informationen konnte man weder einsehen, geschweige denn dagegen Widerspruch einlegen. Mit der Akte wurde man klassifiziert, kategorisiert und, wenn man Pech hatte, auch stigmatisiert.

Lulu fuhr fort: »Unsere Akten werden sehr sorgsam gepflegt. Jeden Monat wird darin notiert, ob die Mitarbeiter ihr Plansoll erfüllt haben oder nicht.«

»Woher weißt du das?«

»Die Akten wandern regelmäßig über Frau Friedrichs Tisch.« Lulu zog betont unschuldig die Schultern hoch. »Manchmal fällt eine Akte herunter. Dann muss ja jemand den Zettelwirrwarr wieder aufsammeln.«

»Hast du deine schon mal gesehen?«, fragte Else neugierig.

Lulu schüttelte den Kopf. »Meine Akte ist bestimmt zehn Zentner schwer, und vermutlich steht drin, dass ich wenig vertrauenswürdig bin, keinerlei Taktgefühl habe und sowieso der Chefsekretärin nur eine Last bin.« Sie versuchte ein argloses Lächeln aufzusetzen, was ihr schwerer fiel, als sie zugeben mochte. Else warf ihrer Freundin einen kurzen verständnisvollen Blick zu.

»Jedenfalls …«, fuhr Lulu schließlich fort. »Alle Akten werden im Keller archiviert. Auch die der verstorbenen Mitarbeiter. Die werden nicht weggeschmissen.«

Else stutzte sichtlich überrascht. Lulu fuhr fort: »Ich war heute im Keller. Musste mich ganz schön beeilen, weil die

Pause während der Betriebsparteisitzung sehr kurz war. Aber ich konnte einen Blick in die Akte deiner Mutter werfen. Ein Name fiel in den Protokollen immer wieder. Elisabeth Behrend.«

Else nickte. »Ich erinnere mich an Elisabeth. Sie war eine Freundin meiner Mutter.«

»Vielleicht kann sie dir mehr erzählen.«

Else schüttelte den Kopf. »Sie ist schon vor Jahren weggezogen, glaube ich.«

Lulu hielt Else den Zettel hin. »Ich weiß. 1953, um genau zu sein. War gar nicht so einfach, ihre neue Adresse herauszufinden.«

»Du hast …«, stotterte Else mehr als erstaunt.

Lulu nickte grinsend, während sie ihr den Zettel immer noch unter die Nase hielt. Doch zu ihrer Überraschung griff Else nicht zu.

»Aber ich kann doch nicht einfach zu ihr gehen und klingeln.«

Lulu blickte sie an. »Klar kannst du das.«

Else zögerte immer noch, warf nur einen kurzen Blick auf den Zettel. Mit einem Kopfnicken deutete sie auf die Adresse. »Und das ist in Greifswald.«

Lulu zuckte mit den Schultern. »Na wenigstens nicht in Sibirien. Irgendwie wirst du da schon hinkommen. Zur Not fragst du eben Otto, ob er dich mit dem Moped hinfährt.«

Abwehrend hob Else ihre Hände. »Auf keinen Fall! Das ist viel zu gefährlich. Wenn uns jemand zusammen sieht.«

Lulu seufzte kurz. Manchmal konnte ihre Freundin ein richtiger Esel sein – zögerlich, eigensinnig und viel zu vorsichtig.

»Mensch, Else!«, antwortete Lulu deshalb etwas bärbeißig. »Rede mit der Frau und finde mehr über deine Mutter heraus. Noch hast du Gelegenheit dazu.«

Nun endlich nahm Else den Zettel. Zufrieden drückte Lulu ihre Freundin zum Abschied und machte sich dann auf den nächtlichen Weg nach Hause.

Else
1962

Nachdem Else hinter ihrer Freundin die Tür abgeschlossen und den Schlüssel in ihre Rocktasche gesteckt hatte, ging sie zurück in die Küche. Den Zettel mit der Adresse von Elisabeth Behrend, den Lulu ihr gegeben hatte, steckte sie ebenso in die Tasche. Sie war sich immer noch nicht sicher, ob sie die Freundin ihrer Mutter tatsächlich besuchen fahren sollte. Sicherlich wollte sie mehr über ihre Mutter erfahren. Wollte wissen, ob sie nun lebensfroh oder doch sterbensunglücklich gewesen war. Doch konnte sie einfach so bei der Frau, die sie nur flüchtig aus ihren vagen Kindheitserinnerungen kannte, auftauchen und sie über das Leben oder besser gesagt über den Tod ihrer Mutter aushorchen? Das schien ihr doch sehr übergriffig und unangebracht.

Else schob den Gedanken vorerst beiseite und begann die Küche aufzuräumen. Sie nahm die Weingläser. Während ihres noch halb voll war, war Lulus Glas bis zum allerletzten Tropfen ausgetrunken.

Else schmunzelte leise in sich hinein. Es war schön, wieder mehr Zeit mit ihrer Freundin zu verbringen. Es fühlte sich fast wie früher an, als sie nach dem Schulunterricht oder den FDJ-Nachmittagen jede freie Minute zu zweit verbracht hatten. So waren sie etwa stundenlang durch die Dünen geschlichen, um kleine Strandschätze zu finden, hatten die Pferde auf dem nahe gelegenen Gestüt beim Grasen auf der Weide beobachtet, aus den Gärten in Lulus Nachbarschaft Kirschen stibitzt oder gar heimlich Zuckerrüben von den Feldern der LPG gezogen, nur um die roten Früchte und süßen Wurzeln sogleich zu verputzen.

Ob der Erinnerungen lächelnd trank Else schließlich ihr Glas ebenso bis zum letzten Schluck aus. Von dem süßlichen Wein musste sie aufstoßen. Doch da sie allein war, hatte es zum Glück niemand gehört.

Dann spülte Else die Gläser ab, polierte die glatt geschliffene Oberfläche und stellte sie zurück an ihren Platz. Die Weinflasche, in der sich noch etwas mehr als der Anstandstropfen befand, verschloss sie mit dem Korken und stellte sie ebenso zurück in die Kammer zu den anderen Flaschen.

Als sie sich daranmachte, das Nähzeug zusammenzusuchen, klopfte es plötzlich an der Tür des Schankraumes. Auf Elses Gesicht legte sich ein ahnungsvolles Lächeln, war sie doch sicher, dass es Lulu war, die wohl wieder irgendetwas vergessen hatte. Beschwingt verließ sie deshalb die Küche und ging durch den Schankraum zur Tür. Doch kaum hatte sie arglos aufgeschlossen, erschrak sie. Es war nicht Lulu, die dort vor ihr stand, sondern ein Mann, den sie im ersten Moment nicht erkannte. Erst als sich ihre Augen an die Dunkelheit, die draußen herrschte, gewöhnt hatten, konnte sie die Gesichtszüge des nächtlichen Ruhestörers zuordnen.

Es war Frank, der dort vor ihr stand, der Mann, der diese Sehnsucht nach einem anderen Leben in ihr geweckt hatte. Wieder trug er die Strickjacke, die er damals anhatte, als er sich bei ihr am Tresen schweigend betrunken hatte. Doch dieses Mal wirkte sie noch ausgeleierter. Auch seine dunklen Haare waren zerzauster. Zudem trug er einen kleinen Bart, der ihm überraschenderweise stand. Er machte ihn nahbarer und interessanter, wie Else zugeben musste.

Nachdem sie sich von ihrem kleinen Schrecken erholt hatte, sah Else ihn freundlich, aber entschieden an. »Es ist Sperrstunde«, sagte sie.

»Ich weiß! Darf ich trotzdem reinkommen?«

Else zögerte. Sie kannte Frank ja praktisch gar nicht. Außerdem wollte sie auf keinen Fall die Aufmerksamkeit der VoPo auf sich ziehen, indem sie gegen die Polizeistunde verstieß.

»Bitte!«, sprach er weiter. »Mein Freund, auf dessen Sofa ich gerade campiere, ist nicht zu Hause. Ich habe keinen Schlüssel für seine Wohnung und ...«, er schluckte kurz, bevor er fortfuhr. »Ich weiß sonst nicht wohin. Also bitte, lassen Sie mich rein. Nur kurz!«

Nachdem er die letzten Worte ausgesprochen hatte, sah er sie beinahe flehend an. In seinem Blick lag eine seltsame Traurigkeit. Seine damalige stumme Verbitterung war augenscheinlich einer stillen Verzweiflung gewichen.

Else seufzte und nickte schließlich. Sie trat einen Schritt beiseite und ließ Frank in den Schankraum eintreten. Bevor Else die Tür hinter Frank verschloss, warf sie einen kurzen prüfenden Blick hinaus. Doch niemand war zu sehen, was Else ein wenig beruhigte. Dennoch zog sie die Vorhänge, die vor den großen Fenstern hingen, noch ein Stück weiter zu. Dann ging sie an Frank vorbei zum Tresen.

»Möchten Sie etwas trinken?«, fragte sie dabei.

Frank folgte ihr, wenn auch zögerlich, und schüttelte den Kopf.

»Die Küche ist aber schon geschlossen«, fügte sie etwas zu harsch hinzu, während sie sich umdrehte. Er schwieg. Dennoch konnte sie die leise Enttäuschung in seinen Augen sehen. Offensichtlich war er gekommen, weil er Hunger hatte.

Else überlegte kurz, blickte etwas nervös Richtung Küche, in der immer noch der halb geflickte Bootsmantel neben der Nähmaschine lag.

Schließlich siegte jedoch ihr Mitgefühl. »Aber vielleicht haben wir noch etwas Schmalz da. Und Brot. Es ist zwar nicht mehr backfrisch, aber das stört Sie doch nicht, oder?«, sagte Else.

Er schüttelte den Kopf.

»Warten Sie hier!«, sagte Else. Sie zwängte sich durch die Schwingtür, die sie nur einen Spaltbreit öffnete, um dem Fremden nicht allzu viel Einblick in die Küche zu gewähren. Bevor sie Brot, Schmalz, Salz sowie ein Messer und einen Teller aus den Schränken holte, verstaute sie zügig den Bootsmantel sowie die Nähutensilien und die Nähmaschine. Dabei versuchte sie so wenig Geräusche zu machen wie möglich, was gar nicht so einfach war. Wog die Nähmaschine doch beinahe einen halben Zentner.

Als sie in den Schankraum zurückkehrte, hatte Frank sich an einen der Tische gesetzt, an denen Else die Stühle noch nicht hochgestellt hatte. Sie setzte sich ihm gegenüber und stellte den Teller vor ihm ab. Sofort griff er zu und ließ sich die geschmierte Schmalzstulle schmecken. Else beobachtete ihn dabei schweigend. Während er das Brot beinahe hinunterschlang, fielen ihm ein paar einzelne Strähnen ins Gesicht. Er machte keine Anstalten, seine Frisur zu ordnen.

Als nur noch ein paar Krümel auf dem Teller übrig waren, blickte er auf. »Danke!«, sagte er ehrlich.

Else nickte. Nur ein stummes Lächeln huschte dabei über ihre Lippen.

Dann sah Frank sie an, musterte sie beinahe, was Else etwas unangenehm war. Doch sie rührte sich nicht, blickte ihn nur weiter abwartend an. Schließlich lehnte er sich in seinem Stuhl zurück.

»Irgendwie habe ich das Gefühl, dich zu kennen.«

Else stutzte kurz. »Ich habe Sie hier am Tresen schon mal bedient. Vor ein paar Wochen«, antwortete sie.

»Ich weiß. Aber das meine ich nicht.«

Else sah ihn überrascht an.

»Dein Gesicht kommt mir so bekannt vor. Als hätte ich es im Traum schon einmal gesehen.«

»War es denn ein guter Traum?«

Frank zögerte und nickte schließlich. »Du warst ein Engel und hast mich gerettet«, antwortete er mit einem sanften Lächeln, das Else unter die Haut ging. Sie spürte, wie die Verlegenheit ihre Wangen rot färbte. Nur ganz leicht, doch sie hoffte, dass es ihm im schwachen Schein des Lichts verborgen blieb.

»Musst du denn gerettet werden?«, brachte sie schließlich über ihre Lippen, als sich die Scham verflüchtigt hatte.

Er schnaubte kurz verdrießlich auf. »Mich kann niemand retten.«

Else sah ihn fragend an.

Frank seufzte tief, bevor er antwortete. »Ich darf nicht mehr als Deutschlehrer arbeiten, und meine Frau hat mich auch verlassen. Und das alles wegen eines einzigen Buches.«

»Wegen eines Buches?«, fragte Else irritiert.

Er nickte. »Von Kafka!«

Sie sah ihn fragend an.

»Franz Kafka ist einer der größten Literaten unseres Jahrhunderts«, erklärte er. »Hochgeschätzt und verehrt für seine surrealen Texte, zumindest in freieren Literaturkreisen. Im neuen Halbjahr wollte ich mit meinen Schülern *Die Verwandlung* lesen. Das ist eine seiner bekanntesten Erzählungen. Kennst du sie?«

Else schüttelte den Kopf.

»Die Schulleitung auch nicht. Zumindest nicht richtig. Sie haben mir verboten, das Buch im Unterricht zu behandeln. Sie halten es für zu kleinbürgerlich. Dabei erkennen sie die Kritik daran nicht.«

»Wie meinen Sie das?«

»In der Erzählung geht es um einen Mann, der sich in einen Käfer verwandelt. Es geht also um die Entfremdung von eben dieser kritisierten kleinbürgerlichen, bürokratischen Welt.« Er seufzte kurz. »Doch manchmal ist es wohl einfacher, einen Autor zu ächten und seine Bücher zu verbannen, als sich mit seinen Worten ernsthaft auseinanderzusetzen.«

»Und Sie haben sich das nicht gefallen lassen«, vermutete Else.

Er nickte. »Ich habe es meinen Schülern trotzdem zum Lesen gegeben.«

Seufzend fuhr er fort. »Gerda, meine Frau, hat mich noch gewarnt. Auch danach, als mich eine Mutter gemeldet hat, nachdem sie das Buch im Ranzen ihres Sohnes gefunden hatte, versuchte sie mich zu überreden, bei der Schulleitung klein beizugeben. Ich sollte mich entschuldigen.«

Else erinnerte sich an den Streit, den sie am offenen Fenster seiner Wohnung gehört hatte. Darum musste es wohl damals gegangen sein.

»Aber Sie wollten nicht?«, fragte Else in die unverhofft vertraute Zweisamkeit hinein, die sie umgab.

Statt zu antworten, lehnte er sich zurück, zog ein Zigarettenetui aus seiner Jackentasche. »Darf ich?«, fragte er.

»Natürlich!«

Nachdem er eine Zigarette aus dem Etui herausgeholt hatte, hielt er Else die flache, silberne Schatulle hin. Sie schüttelte den Kopf. Frank nickte, steckte das Etui zurück in seine Tasche und zündete sich die Zigarette an. Er nahm einen tiefen Zug, sog den Qualm förmlich ein, bevor er ihn langsam hinauspustete. Die Rauchfäden schwebten kurz über ihren Köpfen, bevor sie sich verflüchtigten. Else sah ihn immer noch interessiert an.

Dann endlich sprach er weiter. »Ich habe einmal an dieses Land geglaubt. An den Aufbau des Sozialismus. Deshalb bin ich auch Lehrer geworden. Ich wollte meinen Teil dazu beitragen, und Kinder sind schließlich die Zukunft.«

Er klopfte seine Zigarette kurz an dem Rand des getöpferten Aschenbechers ab, den Else noch nicht abgeräumt hatte. Die Asche zerfiel, bevor sie den Keramikboden berührte.

»Über die Jahre habe ich die Entscheidungen des Ministeriums für Volksbildung hingenommen, auch wenn ich immer öfter anderer Meinung gewesen bin«, fuhr er fort. »Ich habe die Lehrpläne, die zunehmend propagandistisch und hetzerisch wurden, kommentarlos umgesetzt. Ich habe geschwiegen, als Lehrer verhaftet wurden, weil sie sich mit den Aufständischen des 17. Juni solidarisiert hatten. Und auch als wir unseren Schülern letztes Jahr erklären sollten, warum da nun eine Mauer in Berlin steht, habe ich brav den uns vordiktierten Wortlaut wiedergegeben, auch wenn ich innerlich unsere ach so freiheitliche Welt nicht mehr verstand. Doch dieses Mal … Dieses eine Mal wollte ich für meine Meinung einstehen.«

Er seufzte kurz, nahm einen letzten Zug aus seiner Zigarette, bevor er sie im Aschenbecher ausdrückte.

»Sie haben mir erst meine Klasse weggenommen und mir dann Berufsverbot erteilt«, erzählte er ernüchtert weiter. »Ich darf nie wieder als Lehrer arbeiten. Für meine Frau war das zu viel. Sie hat mich vor die Tür gesetzt. Und das wegen eines einzigen Buches!«

Else sah ihn an, wusste nicht recht, was sie nun sagen sollte. Vermochten Worte ihn doch ohnehin nicht aufzumuntern. Plötzlich sah er sie fragend an.

»Der Sozialismus, wenn er doch so großartig ist, warum fürchtet er sich dann vor ein paar Büchern?«

Wieder überraschte er sie mit einer Frage, mit der sie nicht gerechnet hatte. Doch dieses Mal wusste sie eine Antwort. »Weil er nicht großartig ist«, sagte Else leise.

Frank sah sie überrascht an. »Wie bitte?«

Else schluckte. Normalerweise hütete sie sich, ihre Meinung offen kundzutun. Passierte doch dann genau das, was Frank widerfahren war. Doch irgendetwas bewog sie dazu, ihren Mund endlich einmal aufzumachen.

Frank sah sie plötzlich an, seltsam vertraut und auf eine beinahe liebevolle Art und Weise. Elses Herz begann zu pochen, als er sich langsam erhob und sich zu ihr herüberbeugte. Seine Lippen suchten die ihren. Else zuckte kurz zurück.

Frank war ein verheirateter Mann und sie drauf und dran, Republikflucht zu begehen. Doch schließlich ignorierte sie die Vernunft und ließ es geschehen. Sie küssten sich, und für einen Moment schien die Welt um sie herum vollkommen in Ordnung zu sein.

Else konnte nicht sagen, wie lange sich ihre Lippen berührt hatten. Doch irgendwann entzog sie sich ihm doch. Zwar gefiel es ihr, Frank so nah zu sein. Sogar mehr, als sie zu sagen vermochte. Doch ihr schlechtes Gewissen rieb ihr unter die Nase, dass es nicht richtig war.

Frank verstand. Etwas verlegen strich er sich über seine Lippen, bevor er aufstand. »Es ist wohl besser, wenn ich jetzt gehe. Danke für das Essen und …«, er zögerte kurz, bevor er fortfuhr: »Und für dein Verständnis!«

Sie lächelte etwas schief und nickte schließlich.

Else begleitete ihn zur Tür. Als sie aus ihrer Rocktasche den Schlüssel herausholte und aufschloss, fiel der Zettel zu Boden. Frank hob ihn auf und warf einen Blick darauf.

»Elisabeth Behrend ist eine alte Kollegin meiner verstorbenen Mutter.«

»Du musst mir nicht erklären, wer das ist«, sagte er schnell.

»Ich weiß, aber …«, antwortete Else, ohne ihren Satz zu beenden. Sie hatte das Bedürfnis, ihm davon zu erzählen. »Meine Freundin hat mir die Adresse besorgt. Ich will mehr über meine Mutter herausfinden, aber mein Vater redet nicht über sie. Nur ich kann doch nicht einfach so zu ihr gehen.«

Frank, der ihr aufmerksam zugehört hatte, nickte verstehend. »Ich finde, deine Freundin hat recht. Du solltest mit der Frau sprechen. Wenn du willst, kann ich dich nach Greifswald fahren«, antwortete er schließlich.

Else blickte ihn überrascht an, wusste im ersten Moment nicht, was sie sagen sollte.

»Mein Freund, bei dem ich gerade wohne, hat ein Auto.«

Frank zückte aus seiner Tasche einen Stift und drehte den Zettel um. Auf die andere Seite schrieb er eine Adresse in Lüstrow.

»Das ist seine Adresse. Überleg es dir.« Zärtlich strich er Else übers Haar, während er ihr den Zettel gab. Dann sah er sie liebevoll an. »Ich würde mich freuen, dich zu begleiten.«

Else sah ihn zögernd an. Doch ohne eine Antwort abzuwarten, drehte er sich um und ging zur Tür des Schankraumes hinaus.

Franzi
1992

Ungeduldig lief Franzi vor der Telefonzelle auf und ab. Doch die Frau, die darin ein Dauergespräch zu führen schien, kümmerte das wenig. In aller Seelenruhe wickelte sie das Kabel des Telefonhörers um ihren Finger, während sie immer wieder ihren Kopf nach hinten warf und laut auflachte.

Seit einer gefühlten Ewigkeit wartete Franzi darauf, dass sie endlich an der Reihe war. Dreimal schon hatte sie an die Scheibe der Telefonzelle geklopft, doch die Telefonierende hatte sie lediglich mit Ignoranz gestraft.

Ein wenig genervt griff Franzi schließlich in ihre Tasche und zog die Zigarettenschachtel heraus, die sie immer noch bei sich trug, obwohl sie das Rauchen doch längst hatte aufgeben wollen. Doch gerade wenn sie nervös war, frustriert oder gelangweilt, erstarkte das Bedürfnis, sich an eine Zigarette zu klammern. Und momentan kamen alle drei Gefühle zusammen.

Während sie noch mit ihrem Vernunftgefühl haderte, legte die Frau in der Telefonzelle endlich den Hörer auf die Gabel. Sie stieß die schwere Tür auf und ging an Franzi vorbei, ohne sie eines Blickes zu würdigen. Also ignorierte auch Franzi die unfreundliche Fremde, steckte schnell die Zigarettenschachtel zurück in ihre Tasche und betrat die Zelle, zwischen deren

Glaswänden noch der penetrant süßliche Duft billigen Parfüms klebte. Sie nahm den Hörer ab und schob ein paar Groschen in den Schlitz. Kurz überlegte sie, bevor sie eine Nummer über das quadratische Tastenfeld eingab.

Sie hatte, was Zahlen betraf, ein mehr als schlechtes Gedächtnis. Eigentlich hatte sie in ihrem Kopf nur zwei Telefonnummern abgespeichert: die Büronummer ihres Vaters, der mittlerweile für eine Hamburger Reederei tätig war, und die neue Berliner Nummer von Peter. Zwar hatte sie diese noch nie gewählt. Dennoch hatten sich die Zahlen bei ihr eingeprägt, als sie stundenlang seine Visitenkarte angestarrt hatte, die er ihr ohne weiteren persönlichen Gruß zugeschickt hatte.

»Gebhardt!«, meldete sich eine Stimme, die ihr allzu bekannt war.

»Paps, ich bin's!«

»Franziska!«, hörte sie ihren Vater erfreut antworten.

Seitdem Franzi an den Ort ihrer Kindheit zurückgekehrt war und in dem Wärterhaus wohnte, hatte sie mit ihrem Vater noch nicht gesprochen. Sie hatte sich gleich nach ihrer Ankunft bei ihm melden wollen. Doch dann hatte sie den Anruf immer wieder aufgeschoben. Wohl auch, weil er von ihrer Idee, hier schreiben zu wollen, nicht sonderlich begeistert gewesen war. So waren die Tage ins Land gestrichen. Und mittlerweile war sie seit gut drei Wochen hier.

Heute Morgen hatte sie schließlich das schlechte Gewissen übermannt. Gleich nach dem Frühstück, das seit Tagen lediglich aus aufgekochten Haferflocken mit Milch und Honig bestand, war sie mit dem Fahrrad nach Lüstrow aufgebrochen. Es hatte eine Weile gedauert, bis sie eine funktionstüchtige Telefonzelle gefunden hatte. In Hamburg standen davon weit mehr herum, obwohl dort seit den 60er-Jahren fast jeder über einen Telefonanschluss verfügte. Erst am Rathaus war sie endlich fündig geworden.

»Wie geht es dir?«, fragte ihr Vater durch die Leitung.

»Super!«, antwortete Franzi etwas zu überschwänglich. »Ich komme mit meinem Buch gut voran.« Kaum hatte sie die Worte ausgesprochen, biss sie sich auf die Lippe. Sie hatte keine Ahnung, warum sie das gesagt hatte. Auch in der letzten Woche hatte sie keine einzige Zeile geschrieben. Stattdessen war sie fast jeden Tag spazieren gewesen, hatte die Gegend erkundet und natürlich Elses Tagebuch weitergelesen. Die Geschichte der jungen Frau, die vor ihr in dem Wärterhaus gewohnt hatte, faszinierte sie nach wie vor.

Auch das Gespräch mit der Kellnerin vor ein paar Tagen ging ihr nicht aus dem Kopf. Sie fand es nur allzu spannend, was sie über Else und die Flucht erzählt hatte. Die seltsame Reaktion der Kellnerin, als Franzi den Namen ihres Vaters ausgesprochen hatte, war ihr ebenso noch gut in Erinnerung.

»Das freut mich«, antwortete ihr Vater etwas zögerlich, was Franzi stutzen ließ.

»Wie geht es Mama?«, fragte sie, die kurze Irritation beiseiteschiebend.

»Sehr gut. Ihr Friseursalon läuft bestens.« Er räusperte sich kurz, bevor er fortfuhr: »Letztens habe ich sie mal zum Angeln mitgenommen.«

»Du hast Mama auf ein Boot raufgekriegt?«, fragte Franzi erstaunt schmunzelnd.

»Zuerst wollte sie nicht, aber dann hat sie doch Spaß daran gehabt. Sie hat sogar einen Zander gefangen.«

»Wow! Dann kommt sie jetzt ja vielleicht öfter mit.«

»Vielleicht! Aber ...«, er seufzte leicht. »Nichts gegen deine Mutter, doch mit dir fahre ich lieber auf die Elbe raus.«

Franzi schluckte.

»Mir fehlen unsere Gespräche!«, fügte er hinzu. Seine Worte klangen aufrichtig und versetzten Franzi einen kleinen wehmütigen Stich ins Herz.

»Mir auch«, antwortete sie ehrlich.

Dann schwiegen sie kurz. Franzi wusste nicht recht, was sie nun sagen sollte.

»Deine Reise war eine Schnapsidee«, sagte da ihr Vater plötzlich.

»Wie kommst du darauf?«, fragte Franzi überrascht.

»Du kommst nicht so gut voran, wie du gehofft hattest, nicht wahr?«

Erneut schluckte Franzi. Ihrem Vater hatte sie noch nie etwas vormachen können.

»Ich habe geglaubt, dass mich der Ort inspirieren würde«, erklärte sie.

»An der DDR ist nichts inspirierend«, antwortete ihr Vater nüchtern.

Franzi stutzte. Erst jetzt fiel ihr auf, dass ihr Vater sich bisher immer sehr bedeckt gehalten hatte, wenn es um die jüngste deutsch-deutsche Geschichte gegangen war. Nur selten hatten ihre Eltern über die Gründe gesprochen, warum sie damals einen Ausreiseantrag gestellt hatten. Und wenn, dann waren es die üblichen floskelhaften Erklärungen von der Sehnsucht nach Freiheit, Eigenständigkeit und Wohlstand gewesen, die hatten herhalten müssen. Selbst die Wende hatte er unkommentiert hingenommen.

»Paps, die Grenze ist längst weg. Außerdem hast du die Ostsee und den Leuchtturm auch mal geliebt.«

»Das ist lange her«, antwortete er knapp.

Sie schwiegen einen Moment. Dann piepte es plötzlich unangenehm laut in der Leitung. Sie klemmte den Hörer zwischen Ohr und Schulter und kramte mit den Händen in ihren Hosentaschen. Sie zog ein matt glänzendes silbernes Fünfzigpfennigstück heraus und steckte es in den Münzautomaten. Dann nahm sie den Hörer wieder in die Hand und räusperte sich.

»Ich habe letztens mit einer Einheimischen gesprochen«, sagte sie nun endlich.

»Was? Wieso?«, schoss es fragend aus ihm heraus. Seine Stimme klang beinahe erschrocken.

»Nur so, sie war an meinen Büchern interessiert. Und ich an der Geschichte des Leuchtturms.«

»Was hat sie erzählt?«, bohrte er weiter nach.

»Nicht viel. Sie hat nur über eine Frau gesprochen, die früher auch im Wärterhaus gewohnt hat. Vor uns. Else hieß sie. Kennst du sie auch?«

»Nein. Ich habe den Posten des 1. Leuchtturmwärters von Hannes Schwarz übernommen. Er ist 1974 überraschend verstorben. Zuvor hat er den Leuchtturm über 30 Jahre betrieben, die längste Zeit allein, soweit ich weiß. Seine Frau war bereits Anfang der 50er-Jahre verstorben. Auf seiner Beerdigung, auf der deine Mutter und ich waren, war kein Verwandter von ihm.«

»Was? Aber ich habe doch ihr Tagebuch in meinem alten Kinderzimmer gefunden! Das stammt aus dem Jahr 1962. Und die Frau im Gasthaus hat sich doch auch an sie erinnert«, antwortete Franzi mehr als verwundert. Sie fragte sich, warum Else nicht auf der Beerdigung ihres eigenen Vaters gewesen war. War ihr die Flucht geglückt? Oder doch eher etwas zugestoßen? Bei dem letzten Gedanken schluckte Franzi kurz.

»Tut mir leid, ich kann dir nur das erzählen, was ich weiß. Von einer Else habe ich noch nie gehört.« Ihr Vater seufzte kurz, bevor er fortfuhr: »Aber wieso willst du das überhaupt wissen?«

»Keine Ahnung. Es ist doch irgendwie interessant zu erfahren, was mit den Leuten passiert ist.«

»An den alten DDR-Geschichten ist überhaupt nichts interessant. Ganz im Gegenteil. Die meisten handeln von Misstrauen und Enttäuschung.«

»Wie meinst du das?«

»Ach, nur so. Franzi, du musst dich auf deinen Abgabetermin konzentrieren«, appellierte er nun. Das Gespräch über Else war für ihn offensichtlich beendet. »Du musst dein Buch fertig schreiben.«

»Das versuche ich ja.«

»Dann hör auf, in alten Geschichten herumzukramen, und komm nach Hause. Du kannst in meinem Arbeitszimmer schreiben«, schlug er vor. »Da lenkt dich nichts ab.«

Franzi zögerte, als es erneut in der Leitung piepte. Das Kleingeld war ihr ausgegangen. Aber ohnehin wusste sie nicht mehr, was sie noch sagen sollte.

»Überleg es dir, ja?«, hörte sie ihren Vater noch sagen.

»Mach ich«, antwortete sie, bevor die Verbindung schließlich abbrach.

Als sie aus der Telefonzelle heraustrat, schwirrte ihr der

Kopf. Das Gespräch war ganz und gar nicht so verlaufen, wie sie es erhofft hatte. Wieder war ihr aufgefallen, dass sich ihr Vater etwas merkwürdig verhalten hatte.

Sie überlegte, was sie nun tun sollte. Natürlich hatte ihr Vater recht. Sie musste schleunigst anfangen, ihr Buch zu schreiben, wenn sie den Abgabetermin noch halten wollte. Doch immer, wenn sie vor der Schreibmaschine saß, war da diese Mauer im Kopf, die sämtliche Ideen und kreativen Gedanken auszusperren schien. Würde die Mauer verschwinden, wenn sie im Arbeitszimmer ihres Vaters säße? Sie war sich nicht sicher.

In ihrer Tasche kramte sie erneut nach der Zigarettenschachtel. Da fiel ihr das Tagebuch in die Hände, das sie ebenso mitgenommen hatte. Sie holte es heraus, drehte und wendete das Büchlein. Elses Geschichte stand darin geschrieben. Doch zu viele Fragen waren noch unbeantwortet. Und es kamen immer mehr dazu. Franzi seufzte. Wusste sie doch, dass sie keine Ruhe finden würde, bis sie endlich die ganze Geschichte kannte.

Ihre Entscheidung war gefallen. Vorerst zumindest. An den Schreibtisch ihres Vaters konnte sie sich auch noch in ein paar Tagen setzen.

Zügig steckte sie nun das Buch zurück in ihre Tasche, stieg auf ihr Fahrrad und fuhr los. Doch statt den Weg zum Leuchtturm einzuschlagen, fuhr sie zum Stadtarchiv, das nur ein paar Querstraßen vom Rathaus entfernt lag. Sie wollte mehr über Else und die Flucht herausfinden und hoffte, dort fündig zu werden.

Sie schloss ihr Fahrrad an einer Straßenlaterne an und stieg dann die Treppenstufen des alten Gebäudes hinauf.

Sie zog an der Tür, die jedoch verschlossen war. Mit einem Blick auf die Öffnungszeiten musste Franzi enttäuscht feststellen, dass das Archiv erst in gut einer Stunde öffnete. Kurz seufzte sie auf, setzte sich dann aber auf die Treppenstufen, holte das Tagebuch wieder heraus, schlug die Seiten auf, zwischen denen das rote Bändchen hervorlugte, und las weiter:

12. Oktober 1962
Ich freue mich schon auf den Tag, an dem ich endlich schreiben kann, dass wir mit den Vorbereitungen für die Flucht fertig sind. Gefühlt rückt dieser Tag jedoch mit jedem Nähversuch weiter in die Ferne. Es ist zum Verrücktwerden. Die verflixten Flicken wollen auf dem Unterverdeck einfach nicht halten, und langsam weiß ich nicht mehr, wie Lulu und ich das Boot wasserfest bekommen sollen.

Dafür bin ich die letzten Wochen öfter im Dienstraum auf dem Leuchtturm gewesen. Immer, wenn Vater sich nach der Nachtwache hingelegt hat, bin ich hinaufgeschlichen und habe mir die Seekarten und Unterlagen zu den hiesigen Gewässern angesehen. Zum Glück habe ich als Kind gut aufgepasst, als Vater mir erklärt hat, was Koordinaten sind, Strömungen und Knoten. Auch seine täglichen Wetterberichte und die Protokolle zum beobachteten Schiffsverkehr habe ich heimlich gelesen.

In letzter Zeit ist es mir jedoch immer öfter passiert, dass meine Gedanken während des Studierens der Karten und Berichte abschweiften. Dann habe ich an meine Mutter denken müssen. Noch immer weiß ich nicht, was ich glauben soll. Nur eins weiß ich: dass irgendetwas nicht stimmt.

Doch auch an Frank habe ich oft gedacht. An unseren Kuss. Ich mag es kaum ausschreiben, aber ich vermisse ihn. Vielleicht bin ich auch deshalb drauf und dran, sein Angebot anzunehmen und mit ihm nach Greifswald zu fahren. Dann würde ich möglicherweise nicht nur mehr über meine Mutter erfahren, sondern ihn auch endlich wiedersehen.

Bisher hat jedoch immer meine Vernunft gesiegt. Fragt sich nur, wann sich mein Herz durchsetzen wird.

Lulu
1962

Schlendernden Schrittes lief Lulu am Strand entlang. Mit ihrem großen Zeh stupste sie dabei einen Stein an, der etwas holprig am feuchten Ufer entlangkullerte, bevor er von der seichten Brandung verschluckt wurde. Ihre Hose mit der fein säuberlich aufgebügelten Bundfalte hatte sie hochgekrempelt. Die weißen Stoffhalbschuhe, die für diese Jahreszeit viel zu dünn waren, trug sie an den Schnürsenkeln baumelnd in der Hand. Der Sand unter ihren nackten Sohlen war kalt, das Wasser, deren auslaufende Wellen hin und wieder ihre Knöchel umspülten, eisig. Und doch dachte Lulu nicht daran, weiter oben am Strand ihren Weg fortzusetzen, geschweige denn, sich ihre Schuhe wieder anzuziehen.

Der Abend dämmerte bereits, obwohl es noch nicht spät war. Der Leuchtturm, der in einiger Entfernung hinter den Dünen auf der kleinen Anhöhe emporragte, hatte seinen Dienst bereits aufgenommen. Unaufhörlich schickte er sein warnendes Licht seemeilenweit übers Meer. Auch die Küstenbrigade war im Einsatz, wie Lulu sehen konnte. Das Suchscheinwerferlicht flackerte zwischen den Wellen auf, und in dem Beobachtungsturm, an dem sie nun schon zum zweiten Mal vorbeilief, brannte ebenfalls Licht. Der Strandpatrouille war sie jedoch noch nicht begegnet.

Lulu blieb stehen und blickte aufs Meer hinaus. Normalerweise genoss sie die Spaziergänge, die sie in den letzten Wochen öfter unternommen hatte, um den Strand zu beobachten. Die Streifzüge lenkten sie ab. Zu Hause fiel ihr nur die Decke auf den Kopf. Ihren Eltern beim abendlichen Nichtstun zuzusehen, deprimierte sie nur. Und ohne Otto fühlten sich die Nachmittage und auch die Nächte ziemlich einsam an. Sie hatte nicht gedacht, dass ihr die vermeintliche Trennung so zusetzen würde. Und leider wurde es mit den nur zäh vorbeigehenden Tagen nicht leichter, sondern eher schwerer. Sie konnte es kaum abwarten, mit Else und Otto im Boot Richtung Westen aufzubrechen. Doch leider war das Kajak immer noch nicht seetüchtig.

Eine Windböe blies Lulu um die Ohren, ließ ihr Haar, das sie sich zu einem Pferdeschwanz zusammengebunden hatte, aufwehen. Sie zog den Kragen ihrer dicken Wollstrickjacke ein Stück höher. Ein wenig gedankenverloren schweifte dabei ihr Blick weiter übers Wasser.

Plötzlich hörte sie hinter sich ein Räuspern. Lulu drehte sich um und sah in das Antlitz zweier Männer. Sie trugen schlammgrüne Jacken mit großen aufgesetzten Taschen auf der Brust sowie farbgleiche Hosen, die in hohen schwarzen Stiefeln steckten. Auf ihren Mutzen, die die Form eines Schiffchens hatten, prangten jeweils kleine Aufnäher mit dem Staatswappen der DDR. Deren drei Symbole Hammer, Zirkel und Ährenkranz waren auch im diesigen Abendlicht gut zu erkennen. Die Grenzsoldaten wirkten zu Lulus Überraschung noch recht jung. Ihre von der Kälte und vermutlich auch Anstrengung geröteten Wangen waren noch glatt und ebenmäßig.

Nur die Gewehre, die sie auf ihren Schultern trugen, machten auf Lulu einen befremdlichen Eindruck. Doch sie versuchte sich davon nicht einschüchtern zu lassen. Ein argloses Lächeln aufsetzend, blickte sie die beiden aufmerksam an.

»Was machen Sie hier?«, fragte der eine Soldat mit strenger Stimme, die dennoch alles andere als einschüchternd wirkte.

»Spazieren gehen«, antwortete Lulu deshalb salopp.

»Allein?«

»Willst du mich begleiten?«, fragte Lulu keck zurück.

Der junge Soldat stutzte kurz. Als Lulu sah, wie er sie musterte, ließ sie wie zufällig den Kragen ihrer Strickjacke ein wenig herunterrutschen. Ihre Schulter, die lediglich in einer ärmellosen Bluse steckte, kam zum Vorschein.

Doch bevor Lulus Avancen Wirkung zeigen konnten, schob sich auch schon der andere Soldat, dessen Miene unverändert streng war, an seinem Kameraden vorbei.

»Ausweis, bitte!«, sagte er auffordernd.

»Wieso? Was habe ich verbrochen?«, fragte Lulu pikiert zurück. »Noch ist keine Sperrstunde.«

»Es ist unsere Pflicht, Störobjekte in dem uns zugeordneten Abschnitt zu kontrollieren, um die Grenzen unseres sozialistischen Arbeiter- und Bauernstaates zu schützen«, antwortete er beinahe herunterbetend.

»Störobjekte?«, blaffte Lulu zurück. »Die einzigen störenden Objekte an dem Strand hier seid ihr!«

Langsam, aber gezielt wanderte die Hand des Soldaten an sein Gewehr. »Wir können Ihre Personalien auch gerne in der Kommandozentrale beim diensthabenden Offizier kontrollieren«, antwortete er mit beunruhigend ruhiger Stimme.

»Aber ich weiß nicht, ob Sie dann heute noch pünktlich zum Abendessen zu Hause sein werden. Oder zum Frühstück.«

Lulu schluckte. Sie erkannte den Ernst der Lage und bereute ihre vorschnell ausgesprochenen Worte nun. Ihre Freundin Else hatte sie schon immer vor ihrem losen Mundwerk gewarnt.

Sie griff in ihre Hosentasche, holte das blaue Ausweisdokument heraus und reichte es dem Soldaten. Dieser ließ von seiner Waffe ab, nahm das kleine handliche Büchlein und blätterte es aufmerksam lesend durch. Schließlich, nach einer gefühlten Ewigkeit, gab er Lulu ihren Ausweis zurück.

»Verlassen Sie den Strand. Sofort!«, sagte er dabei.

Lulu nickte nur, warf dem anderen Soldaten, der stumm geblieben war, einen kurzen Blick zu. Doch dieser schien aufmerksam seine Füße zu studieren, so konzentriert blickte er nach unten. Offensichtlich war ihm die Situation genauso unangenehm wie Lulu. Doch ihm stand es nun nicht frei zu gehen. Lulu aber drehte sich um und ging eiligen Schrittes den Strand hinauf, ließ die Dünen hinter sich und trat auf den schmalen Sandweg, der sich hinter der Schutzzone entlangschlängelte. Zügig zog sie sich ihre Schuhe wieder an. Ein gutes Stück folgte Lulu anschließend dem Weg, bis sie ihr Fahrrad erreichte, das etwas versteckt an einem Baum angelehnt stand. Sie schwang sich auf den Sattel und fuhr Richtung Lüstrow.

Als ihr der kühle Fahrtwind um die Nase wehte, ärgerte sie sich noch immer über den Soldaten. Aufgebracht trat sie noch kräftiger in die Pedale, versuchte sich den Frust förmlich von der Seele zu strampeln. Doch die Wut über die Ungerechtigkeit ließ sich nicht so einfach abschütteln. Das tat sie nie. Tief in ihrem Inneren blieb sie wie ein Stachel, an deren Schmerz man sich zwar gewöhnen konnte, der aber leise pochend blieb.

Lulu wusste nicht, wohin sie nun fahren sollte. Nach Hause wollte sie noch nicht. Und so fuhr sie, als sie am Haus ihrer Eltern ankam, am Gartentor vorbei. Sie sah noch, dass in der Küche schwaches Licht brannte. Ohne weiter darüber nachzudenken, folgte sie der Straße Richtung Rostock. Es war ein gutes Stück mit dem Fahrrad. Während der letzten Kilometer spürte sie, wie sich ihre Oberschenkel verhärteten. Sie keuchte etwas atemlos, aber wenigstens kühlte ihr Körper durch die Anstrengung nicht allzu sehr aus.

Die Sonne war bereits untergegangen, als sie die Reste der alten Stadtmauer passierte, die im Zweiten Weltkrieg nicht zerstört worden war, und in die Innenstadt einbog. Am Hafen stieg sie von ihrem Fahrrad, sog die Luft ein. Auch in den Abendstunden roch es hier noch nach Fisch, Bootsbenzin und Meer. Den Rest des Weges schob sie ihr Rad, um ihren Herzschlag wieder zu beruhigen. Doch die Aufregung, die sie plötzlich spürte, machte ihr einen Strich durch die Rechnung. Sie wusste, dass sie eigentlich nicht hier sein sollte. Schließlich war die vorgeschobene Trennung ihre Idee gewesen. Doch sie hielt es nicht mehr aus. Sie wollte Otto unbedingt wiedersehen.

Als sie an seinem Wohnhaus ankam, stellte sie ihr Rad etwas abseits unter einer defekten Straßenlaterne ab. Ottos Moped parkte vor der Tür. In seinem Zimmer brannte Licht, wie sie sehen konnte. Sie hatte sogar kurz das Gefühl, dass sich die Gardine hinter seinem Fenster ein wenig bewegte. Voller Vorfreude schlug ihr Herz nun noch ein wenig höher.

Lulu wollte gerade zum Eingang hinübergehen, als sie einen beigefarbenen Wartburg entdeckte, der auf der anderen Straßenseite parkte. Ein Mann saß darin, beinahe regungslos starrte er aus dem Seitenfenster heraus. Sein Gesicht konnte sie nicht erkennen, hatte er doch den Hut, den er auf dem Kopf trug, tief in die Stirn gezogen.

Plötzlich öffnete sich die Tür des Mietshauses und Otto trat heraus. Lulu wollte schon auf ihn zulaufen, als sie sah, dass er schnurstracks über die Straße zu dem geparkten Wagen ging. Er stieg ein. Wie angewurzelt blieb Lulu im Schatten der kaputten Straßenlaterne stehen. Die beiden Männer hatten sie nicht gesehen. So konnte sie sie weiter ungeniert anstarren. Laut knatternd sprang der Motor an und der Wartburg rollte an Lulu vorbei. Erst als die Rücklichter im Laternenschein der sich durch die Häuser schlängelnden Straße verschwammen, trat Lulu aus dem Schatten heraus. Zögerlich blieb sie unter Ottos Fenster stehen, durch dessen Gardine immer noch das Zimmerlicht schimmerte. Lulus Gedanken schwirrten wild durcheinander. Sie hatte keine Ahnung, wer der Mann im Auto gewesen war und wohin Otto mit ihm fuhr, doch sie hatte kein gutes Gefühl.

Ein kühler Luftzug wehte durch die groben Maschen ihrer Strickjacke und ließ sie frösteln. Aufgewühlt und mehr als durcheinander ging Lulu schließlich zu ihrem Fahrrad zurück, stieg auf und fuhr nach Hause.

Otto
1962

Otto schlief die Nacht schlecht. Er wälzte sich in seinem Bett hin und her. Geplagt von schlechten Träumen wachte er immer wieder auf, nur um festzustellen, dass sie nicht seiner Fantasie entsprangen, sondern realen Ursprungs waren.

Er hatte den Wartburg, der am vergangenen Abend vor der Tür gestanden hatte, schon eine ganze Weile beobachtet. Immer wieder war er zum Fenster gegangen, hatte nervös die Gardine ein Stück beiseitegeschoben und hinausgeblickt. Und immer wieder hatte er feststellen müssen, dass sich der Wagen keinen Zentimeter vom Fleck bewegt hatte. Trotz des Hutes hatte er den Mann, der hinter dem Lenkrad sitzen geblieben war, sofort erkannt. Es war wieder dieser Herr Müller gewesen, der ihn neulich schon einmal aufgesucht hatte.

Irgendwann, es war schon dunkel geworden, hatte es Otto gereicht. Er hatte seine Wohnung verlassen und war zu ihm gegangen. Als er neben ihm auf dem Beifahrersitz Platz genommen hatte, hatte Herr Müller wortlos den Motor gestartet und war losgefahren. Otto hatte ihn überrascht angesehen und ihn gefragt, wohin sie fuhren. Der Führungsoffizier hatte jedoch nur geantwortet, dass dies nicht von Bedeutung sei. Er hatte mit Otto nur in Ruhe reden wollen. Zuerst hatte er ihn nach seiner Arbeit gefragt, nach den Proben im Orchester und dem bevorstehenden Auftritt. Otto hatte knapp geantwortet, versucht, unverfänglich zu bleiben, und noch immer nicht gewusst, worauf der andere hinauswollte. Dann war Herr Müller mit der Sprache herausgerückt. Er hatte Otto angeboten, dass er ihn zum Soloposaunisten im Orchester befördern lassen würde, wenn Otto als Inoffizieller Mitarbeiter für die Staatssicherheit arbeiten würde. Otto hatte geschluckt. Doch bevor er irgendetwas hatte antworten können, hatte Herr Müller schon wieder vor seinem Haus gehalten. Otto hatte gar nicht bemerkt, dass sie lediglich im Kreis gefahren waren. Bevor Otto aus dem Wagen ausgestiegen war, hatte ihm der Führungsoffizier ein Blatt Papier in die Hand gedrückt. Darauf stand in schief getippten Druckbuchstaben das Wort *Verpflichtungserklärung*. Die Zeilen darunter waren noch frei und zum Ausfüllen für Otto gedacht.

Das Blatt Papier lag nun auf Ottos Schreibtisch, natürlich unter einem Stapel Bücher versteckt, falls sein Mitbewohner ungefragt sein Zimmer betreten würde. Zuerst hatte Otto den Zettel sogleich wegwerfen wollen, sobald der Wartburg außer Sichtweite war. Doch Otto wusste, dass das Problem nicht mit dem Schriftstück verschwinden würde.

Als sich ein zarter morgenroter Schleier über die Häuser Rostocks legte und die ersten Möwen, die noch nicht vor dem nahenden Winter geflohen waren, aufkreischten, stand er schließlich auf. Er zog sein blaues Hemd und die graue Hose an, die am gepflegtesten aussah, und verließ vor dem Frühstück die Wohnung. Die noch auszufüllende Verpflichtungserklärung nahm er mit, genauso wie den schwarzen

Posaunenkoffer. Als er sein Moped startete, waren die Straßen und Bürgersteige noch leer. Die Stadt war gerade erst dabei zu erwachen. Doch Otto wollte nicht länger warten. Er wollte es hinter sich bringen.

Er hielt vor einer meterhohen Mauer. Hinter dem gespannten Stacheldraht, der den Sims zierte, stand ein klobiger Nachkriegsbau, der alles andere als ansehnlich wirkte. Die Betonwände waren grau und braun, die Fenster schmucklos. Es war die Bezirksverwaltung des Ministeriums für Staatssicherheit.

Otto stellte das Moped ab, nahm den Koffer und steuerte ein backsteinernes Pförtnerhaus an. Die danebenliegende Flügeltür aus Stahl war geschlossen. Hinter der Scheibe saß ein älterer Mann auf einem breiten Stuhl. Er biss gerade in seine mit Käse und Gürkchen belegte Schwarzbrotstulle, als Otto ihn mit einem etwas gequält freundlichen Gesicht ansah.

»Was wollen Sie?«, fragte der Mann noch kauend.

»Ich möchte gerne Herrn Müller sprechen!«

Sich beinahe verschluckend räusperte sich der Mann und blickte Otto mit einem vieldeutigen Grinsen an. »Junger Mann, da müssen Sie schon präziser sein. Wissen Sie, wie viele Müllers hier arbeiten?«

Otto schluckte, wusste nicht recht, was er sagen sollte. Mehr als den Nachnamen des Führungsoffiziers kannte er nicht. Und offensichtlich war dieser nicht einmal richtig.

»Wie heißen Sie denn?«, fragte der Mann nun, während er seine Stulle beiseitelegte.

»Otto. Otto Thiele.«

»Einen Moment!« Der Mann griff zu einem Telefonhörer

und wählte mit der Wahlscheibe des Apparats eine kurze Nummer. Während er in die Muschel sprach, drehte er sich etwas ab. »Ich habe hier einen Otto Thiele. Sagt dir der Name was?«

Otto trat einen Schritt zurück und sah sich um. Auch die Straße war wie leer gefegt, was hier jedoch nicht unbedingt an der frühen Uhrzeit lag. Auch so machten die Leute einen Bogen um das Stasi-Gebäude, verursachte es doch bei vielen ein mulmiges Gefühl in der Magengegend. Auch Otto nahm auf dem Weg zur Innenstadt stets die Parallelstraße, auch wenn diese kleiner und enger war.

Der Mann im Pförtnerhäuschen legte den Hörer auf die Gabel zurück und räusperte sich. Otto trat wieder näher an die Scheibe heran.

»Sie haben Glück! Herr Müller ist schon im Dienst.«

Otto nickte, wusste jedoch noch nicht, ob es wirklich Glück versprach und sein verzweifeltes Vorhaben gelang.

Der Pförtner öffnete das Stahltor, und Otto trat ein.

»Zimmer 213!«, sagte der Mann noch, bevor er sich wieder in sein Häuschen zurückzog und zu Ende frühstückte.

Otto betrat das Gebäude durch den Haupteingang. Das Foyer und die davon abzweigenden Flure erschienen genauso schmucklos wie die Außenfassade. Er ging die Treppe in den zweiten Stock hinauf, wobei sich bei jeder Stufe, die er nahm, sein Herzschlag erhöhte. Anschließend folgte er einem langen Flur. Das Zimmer mit der Nummer 213 lag ganz am Ende. Vorsichtig drückte er die Klinke herunter und schob die Tür auf. Zu seiner Überraschung verbarg sich hinter der Tür kein Büro. Der Raum war so gut wie leer. Lediglich ein Tisch mit zwei sich gegenüberstehenden Stühlen stand darin.

Die Wände jedoch waren kahl. Nur ein kleines vorhangloses Fenster ließ etwas Licht herein.

Nachdem er sich noch einmal mit einem kurzen Blick auf das kleine Messingschild an der Tür vergewissert hatte, dass er hier richtig war, betrat er den Raum und schloss die Tür hinter sich. Etwas unschlüssig setzte er sich schließlich auf einen der beiden Stühle und wartete.

Erst eine geschlagene Stunde später öffnete sich endlich die Tür. Herr Müller trat ein, begrüßte Otto unschuldig, so als hätte er seinen Besucher nicht in voller Absicht so zermürbend lange zappeln lassen. Otto versuchte sich nichts anmerken zu lassen, doch die Warterei hatte ihn müde gemacht.

»Herr Thiele, schön, Sie zu sehen«, rief der Stasi-Mann freundlich aus und setzte sich sogleich Otto gegenüber an den Tisch. »So zeitig habe ich gar nicht mit Ihnen gerechnet. Aber je schneller wir die Formalien geklärt haben, desto besser. Haben Sie die Erklärung dabei?«

Otto räusperte sich, rutschte auf seinem Stuhl ein wenig hin und her und wusste nicht so recht, wie er anfangen sollte.

»Nun geben Sie sie schon her!«, wiederholte er nun etwas ungeduldiger und hielt Otto dabei auffordernd seine Hand entgegen.

Aus seiner Hosentasche holte Otto den gefalteten Zettel heraus und überreichte ihn dem Führungsoffizier. Dieser faltete das Blatt Papier auf. Als er sah, dass es unbeschrieben war, verhärteten sich seine Gesichtszüge. Er warf Otto einen strafenden Blick zu.

Doch Otto versuchte sich nicht einschüchtern zu lassen. Er nahm den Koffer, den er neben sich auf dem Boden abgestellt hatte, und reichte ihn ebenso über den Tisch. »Vielen Dank für die Posaune und auch für die angebotene Beförderung zum Solisten, aber ich muss leider ablehnen. Ich werde für das MfS nicht arbeiten können.«

»Warum nicht?«, fragte Herr Müller tonlos zurück, während er den Instrumentenkoffer nahm.

»Ich ... Ich bin nicht der Richtige für den Job«, antwortete Otto. »Ich verbringe nur sehr wenig Zeit mit meinen Musikerkollegen aus dem Orchester und weiß nichts über sie. Meine Berichte wären also stinklangweilig. Da finden Sie sicherlich jemand besseren, der Sie mit mehr Informationen versorgen kann.«

»Herr Thiele, um das Orchester geht es uns doch gar nicht. Da haben wir weiß Gott wirklich jemand besseren sitzen als Sie.«

Otto blickte ihn überrascht an.

»Wir wollen mehr über Ihre kleine Combo erfahren. Sie treffen sich doch jeden Freitag im Lindenring, stimmt's?«

Otto stockte der Atem. »Sie wissen davon?«

»Jazz ist Affenmusik des imperialistischen Feindes! Ich möchte wissen, wer in Ihrer Combo ist. Was sie sagen, was sie denken.«

»Ich werde meine Freunde nicht ausspionieren!«, antwortete Otto aufgebracht.

»O doch, das werden Sie!«, erwiderte der Offizier mit drohender Stimme. »Oder Sie betreten mit Ihrem Blechinstrument nie wieder eine Bühne oder einen Orchestergraben.«

»Sie nehmen mir ...?« Otto wagte es kaum, die Frage auszusprechen. Doch das brauchte er auch nicht. Herr Müller nickte bereits.

»… Ihre Spielererlaubnis. Wenn Sie nicht mit uns kooperieren, sind Sie Ihre Auftrittsgenehmigung los. Und zwar für immer.«

Ottos Herz begann zu rasen, immer schneller. Er wusste nicht mehr, was er sagen oder tun sollte.

Else
1962

Else hatte das Seitenfenster des alten Moskwitsch heruntergekurbelt und ihren Kopf etwas hinausgestreckt. Der schon fast eisig kühle Fahrtwind ließ ihr Haar, dass sie heute offen trug, aufwehen. Es roch nach feuchtem Moos, Kiefern und den letzten Pilzen der Saison. Eine dichte Wolkendecke hatte sich am Himmel ausgebreitet. Wie weißgraue Wattebausche hingen sie über Elses Kopf. Auch die ersten Schneeflocken hatten am Morgen bereits um den Leuchtturm getanzt und den Spätherbst eingeläutet. Bald würde die kalte Jahreszeit von der Ostsee kommend über das flache Land ziehen und die Natur gänzlich in eine beschauliche Winterruhe versetzen.

Als Else eine Gänsehaut unter das wadenlange dunkelgrüne Kleid kroch, das sie heute extra aus ihrem Kleiderschrank herausgekramt und gründlich gebügelt hatte, kurbelte sie das Fenster wieder hoch. Sie drehte ihren Kopf zur anderen Seite und sah Frank an, der neben ihr das Auto steuerte.

Sie hatte lange gezögert, ob sie Franks Angebot, sie nach Greifswald zu fahren, annehmen sollte. Er war verheiratet, steckte offensichtlich in einer tiefen Krise, weil er nicht mehr als Lehrer arbeiten durfte. Doch die leise Hoffnung, dass er in ihr mehr als eine willkommene Ablenkung sah, klammerte sich an Else wie ein hilfloses Tierjunges an seine Mutter. Und so war es ihr in den letzten Tagen nicht gelungen, ihn aus ihren Tagträumen zu streichen. Immer wieder hatte sie an die Nacht im Gasthof zurückdenken müssen. An ihr Gespräch, seine bedingungslose Offenheit und Ehrlichkeit, den Kuss und das aufregende Kribbeln, das sie dabei empfunden hatte.

Frank bemerkte Elses Blick und sah zu ihr herüber. Ein Lächeln umspielte seine Mundwinkel, während er ihr eine Strähne, die durch den Fahrtwind in ihr Gesicht gefallen war, sanft hinters Ohr strich. Als seine Hand dabei kurz ihre Wange streifte, spürte Else wieder dieses Kribbeln.

»Wir sind bald da«, sagte Frank, als er seine Hand wieder aufs Lenkrad gelegt hatte.

Else nickte und drehte sich wieder zum Fenster. Zu den Schmetterlingen in ihrem Bauch gesellte sich nun auch noch die Aufregung, bald der Freundin ihrer Mutter gegenüberzutreten.

Frank parkte den Wagen, den er sich für den Tag von seinem Freund ausgeliehen hatte, vor einem kleinen Haus am Rande der alten Universitätsstadt. Zwar bröckelte der Putz von der Außenmauer und das Dach war überzogen mit Flechten und kleinen Moosbällchen. Doch der Vorgarten mit der frisch gestutzten Hecke, den winterharten Ziersträuchern und einem besenreinen Weg zum Hauseingang wirkte sehr gepflegt. Haus und Grundstück war anzusehen, dass deren Bewohner trotz eines offensichtlich schmalen Geldbeutels taten, was sie konnten, um es sich heimelig zu machen.

»Das ist es?«, fragte Else etwas nervös.

Frank nickte. »Wenn die Adresse stimmt, ja.«

Else legte ihre Hand auf den hebelartigen Türöffner. Doch sie zögerte noch, was Frank bemerkte.

»Soll ich mitkommen?«

Else überlegte kurz, schüttelte aber schließlich den Kopf. »Nein, ich sollte allein mit ihr sprechen. Wer weiß, ob sie überhaupt reden will.«

»Dann warte ich«, sagte er einverstanden.

Else nickte, öffnete schließlich die Autotür und stieg aus. Sie schritt durch die kleine Pforte und den Vorgarten, trat an die Haustür und klopfte kräftig gegen das dicke Holz. Ihre Nervosität wuchs, als sie Schritte hörte, die sich von innen näherten. Eine kleine zierliche Frau, vermutlich Mitte dreißig, öffnete und sah Else an. Ihr Blick wirkte aufmerksam und freundlich, wenn auch eine Spur Zurückhaltung darin lag.

»Kann ich Ihnen helfen?«, fragte die Frau.

»Sind Sie Elisabeth Behrend?«

Die Frau nickte.

»Ich bin Else Schwarz, die Tochter von …«

»… Martha!« Elisabeths Gesicht hellte sich sofort auf. Sie legte den Kopf schief und lächelte dabei ein wenig versonnen. »Ich hätte es gleich sehen müssen. Du bist ihr so ähnlich. Was führt dich zu mir?«

Else räusperte sich kurz. »Ich will mehr über meine Mutter erfahren, und ich hoffe, Sie können mir dabei helfen.«

»Dann komm mal rein in die gute Stube.« Elisabeth trat einen Schritt beiseite und winkte Else herein.

»Danke, Frau Behrend!«, antwortete Else und betrat das Haus.

»Nenn mich doch gern Elisabeth.«

Else nickte, während sie der Frau folgte. Elisabeth führte Else in die Küche, die zwar schlicht, aber gemütlich eingerichtet war. Auf dem kleinen Küchentisch lag ein Wollknäul mit Strickzeug, das Elisabeth beiseiteräumte, als sie Else einen Platz anbot. Während Else sich auf einem der Holzstühle niederließ, setzte die Gastgeberin einen Kessel mit Wasser auf. Anschließend setzte sie sich zu Else an den Tisch und sah die junge Frau aufmerksam an.

»Vor über acht Jahren habe ich zusammen mit meinem Mann Lüstrow verlassen. Das war, kurz nachdem er aus dem Gefängnis entlassen wurde. Er wurde 53 verhaftet.«

»Bei der Niederschlagung des Aufstands am 17. Juni?«, fragte Else nach.

Elisabeth nickte. »Viele sind damals im Bau gelandet. Auch aus der Werft. Wir haben beide dort gearbeitet. Als die Genossen in Berlin ihre Arbeit niedergelegt haben, haben wir auch gegen die Erhöhung der Arbeitsnorm gestreikt. Ich hatte Glück, dass sie mich nicht auch mitgenommen haben. Ich war damals schwanger.«

Else blickte sie an. Nichts in dem Haus deutete darauf hin, dass hier auch Kinder lebten.

Elisabeth schluckte kurz. »Ich hab's dann doch verloren. Kurz vor der Geburt. Der Stress war wohl zu groß.« Mit Fassung schluckte sie den kurzen Anflug von Wehmut herunter. »Aber das ist alles schon so lange her. Ich weiß gar nicht, ob ich dir wirklich helfen kann.«

»Mein Vater erzählt nicht viel über meine Mutter, und ich befürchte, dass ich meinen Erinnerungen nicht trauen kann.«

»Kein Wunder, als sie starb, warst du noch ein Kind«, fügte Elisabeth verständnisvoll hinzu.

»Ich möchte wissen, wer sie war. Und wie sie war.«

Der Kessel gab einen schrägen Pfeifton von sich. Das Wasser darin sprudelte. Elisabeth stand auf und holte zwei Tassen sowie eine Keramikkanne mit verspieltem Lilienmuster aus dem schmalen, spärlich bestückten Vitrinenschrank. Von einem Trockenstrauß, der neben der Kammertür hing, zupfte sie eine Handvoll Pfefferminzblätter und warf diese in die Kanne. Anschließend goss sie das aufgekochte Wasser darüber und stellte die Teekanne sowie die Tassen vor Else auf den Tisch. Dann setzte sie sich wieder, lehnte sich in ihrem Stuhl weit zurück.

»Wo soll ich anfangen?«, grübelte sie. Schließlich räusperte sie sich kurz und begann zu erzählen: »Ich hatte in der Werft schon einige Jahre gearbeitet, als deine Mutter zu uns stieß. Sie half in der Werkstatt mit, war fleißig, freundlich, aufgeschlossen. Nie hat sie sich über irgendetwas beschwert. Aber sie hat sich schon immer für andere eingesetzt. Vor dem großen Streik. Sie hatte bei der Werftleitung einen Stein im Brett, konnte ein ums andere Mal bessere Arbeitsbedingungen für uns herausschlagen. Vermutlich lag das an ihrer sympathischen einnehmenden Art. Sie konnte jedem das Gefühl geben, ein besserer Mensch sein zu wollen.«

»Aber warum ...«, Elses Stimme versagte ihr für einen Moment den Dienst. »Warum hat sie sich dann das Leben genommen?« Die Frage zu stellen fiel ihr schwer, obwohl sie doch für Else die drängendste war.

Elisabeth seufzte tief. Sie nahm die Kanne und goss den aufgebrühten Tee in die Tassen ein. Anschließend blickte sie Else wieder an. »Ich habe keine Ahnung!«

Überrascht stutzte Else.

»Die Nachricht von ihrem Selbstmord kam für mich überraschend. Für uns alle«, fuhr Elisabeth fort. »Es gibt Menschen, die können ihre Gefühle verbergen. Die können ihre Traurigkeit überspielen, genauso gut, wie sie ihre Freude zurückhalten können. Aber nicht Martha. Sie war wie ein offenes Buch. Verstehst du?«

Else nickte, auch wenn sie der Beantwortung ihrer Frage damit kein Stück näher gekommen war.

Elisabeth trank einen Schluck Tee, während sie ihren Besuch aus tiefstem Mitgefühl ansah. Dann räusperte sie sich. »Ich wäre damals wirklich gerne zu ihrer Beerdigung gekommen. Aber dein Vater bestand darauf, sie nur im kleinen Kreis beizusetzen.«

Else nickte, hörte jedoch fast gar nicht mehr richtig zu. Sie trank ihren Tee in einem Zug aus und stand dann auf. »Danke!«, sagte sie dabei.

»Du willst schon gehen?«

»Ich will nicht länger stören.«

Elisabeth nickte und stand nun ebenso auf und brachte Else zur Tür. »Es tut mir leid, wenn ich dir nicht weiterhelfen konnte«, sagte sie dabei. »Wenn ein Mensch geht, hinterlässt er oft mehr Fragen als Antworten.«

An der Tür blieb Else stehen, sah Elisabeth an. »Vielleicht hast du recht.«

»Ich wünsche dir trotzdem alles Gute«, sagte Elisabeth, während sie Else kurz, aber liebevoll in den Arm nahm. »Und schau gerne mal wieder vorbei, wenn du in der Nähe bist.«

Else schluckte, verkniff sich eine Antwort und lächelte nur.

Elisabeth öffnete die Tür, und Else trat hinaus. Der Himmel hatte sich aufgeklart, die Sonne schien sogar ein wenig, und doch huschte ein kühler Wind durch den Vorgarten. Frank blickte sie kurz aus dem Moskwitsch, der davor parkte, an.

Bevor Elisabeth die Tür schloss, sah sie Else noch einmal an. »Weißt du, jedes Jahr pflücke ich am 18. Juni zwei Blumen«, erzählte Elisabeth mit melancholischer Stimme. »Eine für meine Großmutter. Sie ist nach Kriegsende an Diphtherie verstorben. Und eine für deine Mutter.«

»Das ist schön!«, sagte Else und lächelte gedankenversunken. Doch dann stutzte sie. »Aber wieso am Achtzehnten?«

Elisabeth warf ihr einen irritierten Blick zu. »Weil das der Todestag deiner Mutter ist«, antwortete sie dabei.

»Sie ist am Zwanzigsten verstorben.«

Elisabeth schüttelte den Kopf. »Nein, das stimmt nicht.«

»Doch!«, erwiderte Else. »Am 20. Juni 1953 hat sie sich das Leben genommen. Das Datum steht auf ihrer Sterbeurkunde.«

»Aber ...« Else sah, wie es in Elisabeth arbeitete. Augenscheinlich versuchte sie, ihre Gedanken zu sortieren. Stutzte immer wieder kurz, um dann doch den Kopf zu schütteln. Schließlich sah sie auf, und ihr Blick war wieder so klar wie bei ihrer ersten Begegnung. »Dann muss da ein Fehler vorliegen. Am Neunzehnten hatte ich wegen meiner Schwangerschaft einen wichtigen Arzttermin in der Poliklinik in Rostock. Sic sollte mich begleiten. Wenn sie noch am Leben gewesen wäre, hätte sie das auch getan.«

Else blickte Elisabeth verunsichert an.

Auf dem Rückweg flog die Landschaft vor Elses Augen nur so vorbei. In ihrem Kopf schwirrten die Gedanken herum wie Irrlichter auf der Schattenseite der Wahrheit. Else war klar, dass nur eine Person Licht in dieses Gewirr aus falschen

Erinnerungen, Beteuerungen und jahrlangem Schweigen bringen konnte. Doch ob ihr Vater bereit war, dieses Mal zu sprechen, war mehr als fraglich.

Frank parkte den Wagen etwas abseits vom Gehöft. Er drehte den Zündschlüssel um und machte den Motor aus. Eine Weile saßen sie stumm nebeneinander, Else noch ihren Gedanken an das Gespräch nachhängend. Frank blickte aus dem Fenster zum Leuchtturm hinauf.

»Komisch!«, sagte er irgendwann ein wenig versonnen. »Ich wohne schon so lange in Lüstrow, aber den Leuchtturm habe ich bisher noch nie aus der Nähe gesehen. Ich habe ihn mir eindrucksvoller vorgestellt. Größer.«

Else löste sich von ihren Gedanken an das Gespräch. »Der Leuchtturm steht auf einem Hügel«, begann sie zu erzählen. »Vom Meer aus ist er also gut zu sehen. Und eindrucksvoll ist der Turm bei Nacht. Wusstest du, dass sein Lichtsignal schon zu sehen ist, bevor der Turm am Horizont auftaucht?«

Frank schüttelte überrascht den Kopf.

»Durch die Lichtreflexionen in den Wolken«, erklärte sie.

Frank blickte sie ein wenig beeindruckt an und fragte anschließend nach einer kurzen Pause: »Wie ist es, hier zu leben?«

Else ließ ihren Blick über das Gehöft schweifen, bis ihre Augen schließlich auf der gläsernen Kuppel des Turms ruhten. »Der Leuchtturm hat mir immer Halt und Sicherheit gegeben, egal wie ungestüm die Zeiten waren. Als meine Mutter starb, war das alte runde Backsteingebäude neben meinem Vater mein zweiter Anker.«

Frank nickte zustimmend. »Es ist wichtig, einen Platz zu haben, an dem man sich geborgen fühlt.«

Else blickte Frank an. Ganz unwillkürlich beschlich sie eine leise Wehmut, als sie an ihre Pläne, die DDR zu verlassen, dachte. Noch konnte sie sich nicht so recht vorstellen, diesen Ort wirklich hinter sich zu lassen. Doch hierzubleiben war für sie genauso unvorstellbar.

Else räusperte sich und schüttelte den Gedanken an die Flucht ab. »Danke, dass du mich nach Greifswald gefahren hast«, sagte sie stattdessen, um das Thema zu wechseln.

Frank winkte kurz ab, blickte sie dann liebevoll an. »Es ist schön, dich wiederzusehen«, sagte er dabei leise und liebevoll.

Else nickte. Er nahm seine Hand vom Lenkrad und streichelte sanft ihre Wange. Else ließ es geschehen, legte ihren Kopf in seine Hand. Langsam beugte er sich zu ihr herüber, suchte mit seinen Lippen die ihrigen. Sie küssten sich, sanft und innig, und Else spürte wieder dieses Kribbeln, an das sie sich durchaus gewöhnen könnte.

Als sie sich wieder voneinander lösten, sah er sie einen Augenblick an. »Was hast du jetzt vor?«, fragte er dann schließlich.

Else zuckte mit den Schultern, seufzte leicht, als ihr das Gespräch mit Elisabeth und die Ungereimtheit bezüglich des Todestages wieder in den Sinn kamen. »Keine Ahnung! Ich weiß nicht einmal, ob das alles überhaupt noch von Bedeutung ist. Meine Mutter ist schon so lange tot. Und ob ich nun in der Vergangenheit herumstochere oder nicht. Lebendig wird sie dadurch nicht mehr.«

»Das ist richtig. Aber trotzdem ist es von Bedeutung. Die Wahrheit ist immer von Bedeutung. Auch wenn es wehtut, für sie zu kämpfen.« Er schluckte kaum merklich. Doch Else sah ihm an, dass die Worte nicht nur an ihr Herz appellierten.

Else schwieg einen Moment. Schließlich stellte sie endlich die Frage, die ihr schon seit ihrer ersten Begegnung durch den Kopf gegeistert war: »Warum gehst du nicht?«

Frank sah sie verblüfft an.

»Ich meine, in den Westen. Du hast alles verloren. Was hält dich noch hier?«

Er überlegte, seufzte schließlich tief und ehrlich. »Vielleicht habe ich die Hoffnung noch nicht aufgegeben, dass sich der Sozialismus doch noch zu etwas Großartigem entwickelt.«

Else nickte verstehend, auch wenn sie seine Ansicht nicht teilen konnte.

»Aber du willst gehen, nicht wahr?«, fragte Frank plötzlich.

Für einen kurzen Moment schien Elses Herz stehen zu bleiben. »Woher?«, stammelte sie verlegen. Mehr brachte sie nicht heraus.

»Manchmal liegt in deinem Blick so etwas wie Abschied. Als wenn du wüsstest, dass du Dinge, Orte oder auch Menschen nie wieder sehen wirst.«

Überrascht blickte Else ihn an. Doch bevor sie etwas sagen konnte, räusperte sich Frank und fuhr fort: »Außerdem habe ich gesehen, wie du im Gasthof die Nähmaschine weggeräumt hast. Und den Bootsstoff.«

Else atmete tief durch. Schließlich nickte sie. Leugnen konnte sie ihr Vorhaben ja nun nicht mehr. Aber vielleicht war es auch besser so.

»Der Bootsstoff ist für ein Kajak, das wir reparieren. Wir haben es versteckt.«

»Hier?« Er blickte zum Leuchtturm.

Else schüttelte den Kopf. »Nein, natürlich nicht. Mein Vater darf davon nichts erfahren. Es ist in einer Hütte im Moor.«

Else zögerte kurz, dann sah sie ihn an. »Komm mit! Das Kajak ist groß genug.«

Frank sah sie an. Sein Blick war voller Zuneigung, Respekt und Zärtlichkeit. Er küsste sie erneut. Und Else wusste nicht, ob der Kuss nach Abschied oder Neuanfang schmeckte.

Hannes
1962

Meine geliebte Martha,
ich habe immer gewusst, dass der Moment kommen würde. Und doch hat es mich mit solch einer Wucht überschwemmt, wie eine Springflut das unbescholtene Ufer.

Es ist vorhin passiert, vor nicht einmal einer halben Stunde. Ich habe am Küchentisch gesessen, war mit dem Abendbrot gerade fertig und habe Zeitung gelesen. Else ist noch nicht dagewesen, obwohl sie keine Schicht im Gasthof hatte. Aber Sorgen habe ich versucht, mir nicht zu machen. Sie ist in letzter Zeit des Öfteren erst spätnachts nach Hause gekommen. Warum oder mit wem sie sich da die Nächte um die Ohren geschlagen hat, weiß ich nicht. Und vielleicht möchte ich es auch lieber nicht wissen. Für mich wird sie wohl immer mein kleines Mädchen bleiben.

Als ich die Zeitung fast durchgelesen hatte, ist Else dann doch gekommen. Ich habe an ihrem Gesichtsausdruck gesehen, dass irgendetwas passiert ist. Dass sie irgendetwas beschäftigt hat. Nachgefragt habe ich aber nicht. Zuerst hat sie sich auch nur schweigend neben mich an den Tisch gesetzt.

Erst nach einer ganzen Weile ist sie mit der Sprache herausgerückt. Sie hat mir erzählt, dass sie bei Elisabeth gewesen ist, deiner ehemaligen Kollegin. Du erinnerst dich sicherlich an sie. Soweit ich weiß, hast du sie sehr gemocht und sie in ihrer Schwangerschaft unterstützt. Nach dem Aufstand ist sie nach Greifswald gezogen. Das ungeborene Kind hat sie leider verloren, was dich sicherlich traurig gestimmt hätte.

Als ich Else gefragt habe, warum sie dagewesen ist, ist sie meiner Frage ausgewichen. Stattdessen hat sie mir auf den Kopf zugesagt, dass sie nicht mehr glaubt, dass dein Tod freiwillig gewesen ist. Ich habe geschwiegen, was hätte ich auch sonst tun können. Auch als sie mir erzählt hat, dass Elisabeth glaubt, dass der Todestag auf deiner Sterbeurkunde falsch ist, habe ich erst nichts gesagt.

Da ist Else richtig aufbrausend geworden, was mich ehrlich überrascht hat. Schließlich ist sie sonst nicht so. Sie hat mich angeschrien, endlich zu erzählen, was damals wirklich passiert ist. Ich kann ihr den Wutausbruch nicht verübeln. Schließlich habe ich ihr gesagt, dass Elisabeth mit dem Datum auf der Sterbeurkunde recht hat. Tatsächlich stimmt er nicht mit dem Tag deines tragischen Todes überein. Doch warum dein Todestag offiziell ein anderer ist, habe ich ihr nicht sagen können. Du weißt, warum. Und wenn sie um den Grund meines Schweigens wüsste, würde sie es sicherlich auch verstehen.

Doch Else hat meine Beteuerungen, dass mein Schweigen nur zu unserem Besten ist, nicht hören wollen. Sie ist aus der Küche gestürmt, hat die Wohnung verlassen. Aus dem Fenster habe ich gesehen, wie sie übers Gehöft zur

Straße gelaufen ist. Wohin sie gegangen ist, weiß ich nicht. Und auch nicht, wie lange sie dieses Mal böse auf mich sein wird. Ich hoffe, nicht allzu lang. Und ich hoffe, dass sie eines Tages akzeptieren kann, dass es manche Dinge gibt, über die man besser nicht spricht. Zumindest, so lange die Wahrheit mehr kaputtmacht, als sie nützt.

Dein dich liebender Hannes

Else
1962

Die Wut verflog bereits auf den ersten Metern, nachdem sie den Leuchtturm hinter sich gelassen hatte. Stattdessen nistete sich jedoch eine Enttäuschung in ihrem Herzen ein, die tiefer ging und nicht so schnell verschwinden würde.

Else ging die Straße entlang, ohne zu wissen, wohin sie der Weg führen sollte. Es war schon spät und der Abend kühl. Der Wind, der vom Meer aus übers Land zog, blies rücksichtslos unter Elses Kleid, das sie immer noch trug. Die Wolkendecke hatte sich wieder verdichtet, wie eine weiße Wand hing sie über allem. Nun bereute sie es, dass sie am Morgen vor der Abfahrt nach Greifswald die Dederonstrumpfhose nicht druntergezogen hatte. Doch der engmaschige Faserstoff aus Polyamid juckte unangenehm bei jeder Bewegung.

Als sie ihren Vater vorhin in der Küche angesprochen hatte, hatte sie wirklich gehofft, dass er dieses Mal anders reagieren würde. Dass er endlich sein Schweigen brechen würde. Er hatte ihr zwar bestätigt, dass die Sterbeurkunde ihrer Mutter gefälscht war. Aber warum das Datum ein anderes war, hatte er ihr nicht verraten. Und auch nicht, ob ihre Mutter nun Selbstmord begangen hatte oder nicht. Stattdessen hatte er irgendwelche fadenscheinigen und recht unglaubwürdigen

Ausreden gesucht. Aber woher sollte er denn wissen, was das Beste für sie war. Schließlich war sie schon lange kein kleines Mädchen mehr.

Plötzlich tauchten die ersten Häuser vor ihr auf. Straßenlaternen beleuchteten den Weg, der nun bürgersteiggesäumt breiter wurde. Sie hatte gar nicht gemerkt, dass sie bis nach Lüstrow gelaufen war.

Ortseinwärts ging sie weiter, passierte zahlreiche geschlossene Geschäfte und Läden. Die beleuchtete Schaufensterauslage des HO-Geschäfts war mit delikaten Waren, emaillierten Reklameschildern und Werbeplakaten bestückt, auf denen etwa eine Hausfrau mit Kittel und Kopftuch das neueste Linda Leichtwaschmittel anpries oder sich zwei rotbäckige Kinder die Schlagersüßtafel schmecken ließen.

Aus den schmalen Fenstern der Bäckerei, an der Else ebenso vorbeilief, schimmerte Licht. Vermutlich wurden in der hinteren Backstube bereits die Backwaren für den nächsten Tag vorbereitet. Der Duft von Mehl, Zucker und Hefe zog durch die geschlossene Tür in Elses Nase. Die Post, der Schuster und der Friseursalon lagen hingegen vollkommen im Dunkeln.

Else vermied es, an Margots Gasthof vorbeizulaufen. Die alte Wirtin stand um diese Uhrzeit sicherlich noch hinterm Tresen und zapfte für die Stammgäste ein Bier nach dem anderen. Nach dem Streit mit ihrem Vater hatte Else keine Lust, ihrer linientreuen Chefin zu begegnen.

So bog sie in die Straße ein, die direkt am Hafen entlangführte. Gemächlich wippten die an den Stegen vertäuten Fischkutter auf den Wellen auf und ab. Sie war heute Morgen schon einmal hier vorbeigekommen und wusste nun, wohin sie ihre Beine fast wie von allein trugen. Sie wollte zu Frank, wollte ihn sehen, in seinen Armen liegen und den ganzen Ärger und Frust vergessen. Als jedoch das Haus in Sicht kam, in dem Frank gerade bei seinem Freund untergekommen war, wurde sie etwas unsicher. War es ihm überhaupt recht, wenn sie so unangekündigt und spät bei ihm auftauchte?

Else blieb vor dem Haus stehen und blickte zu den Fenstern. Licht schimmerte durch die dünnen grauen Stoffvorhänge. Ein Schatten huschte im Inneren vorbei. Else nahm ihren Mut zusammen, ging zur Tür und klingelte. Ein Mann öffnete. Er war groß und schlank und vermutlich mittleren Alters. Doch der karierte Pollunder, den er trug, sowie sein gekämmter Seitenscheitel ließen ihn älter aussehen. Else nahm an, dass es Franks Freund war. Am Morgen, als sie schon einmal hier gewesen war, war sie ihm nicht begegnet, da Frank bereits draußen am Moskwitsch auf sie gewartet hatte.

»Kann ich Ihnen helfen?«, fragte der Freund, augenscheinlich etwas irritiert über den späten Besuch.

»Ich möchte zu Frank«, antwortete Else höflich.

»Der ist nicht da.«

Else stutzte. Es war keine zwei Stunden her, dass er sie vor dem Leuchtturm abgesetzt hatte, um nach Hause zu fahren.

Der Freund bemerkte Elses Zögern offensichtlich. »Frank war vorhin hier. Ist dann aber relativ schnell wieder abgedampft. Keine Ahnung, wohin er wollte. Er hat nichts gesagt«, fügte er ohne Nachfrage hinzu. Dann musterte er sie interessiert. »Gehören Sie zum Schulkollektiv? Sind Sie auch Lehrerin?«

Else schüttelte schnell den Kopf, ließ aber jedwede Erklärung offen, woher sie Frank kannte. Doch darauf schien der

Freund auch nicht zu warten. »Der arme Frank. Er ist so ein guter Lehrer und Genosse. Was ihm da widerfahren ist, ist nicht fair.«

Else nickte knapp. »Ich gehe dann wohl lieber wieder«, antwortete sie ausweichend. Wie immer behielt sie ihre Meinung lieber für sich, auch wenn sie Franks Berufsverbot weit mehr als unfair fand.

»Soll ich ihm etwas ausrichten?«, fragte der Freund noch höflich. Else überlegte kurz, schüttelte dann aber den Kopf.

Sie trat erneut auf die Straße, nachdem sie sich verabschiedet hatte, und überlegte nun, wohin sie gehen sollte. Zum Leuchtturm, zurück zu ihrem Vater, wollte sie auf gar keinen Fall. Zumindest jetzt noch nicht. Dafür war sie noch viel zu aufgewühlt. Abgesehen von Frank gab es eigentlich nur noch einen Menschen, den sie jetzt sehen wollte. Und so machte sie sich auf den Weg zu dem kleinen Haus, das am Rande Lüstrows stand.

Als sie die Klingel betätigte, öffnete Lulu sofort die Tür, so als hätte sie es kaum erwarten können, Besuch zu bekommen. Lulu umarmte ihre Freundin, ein bisschen zu überschwänglich für Elses Geschmack. Doch wenn sie ehrlich war, war es genau diese Überschwänglichkeit, die sie jetzt brauchte.

Als Lulu ihre Arme zurückzog, sah sie Else wissbegierig an. »Waren wir verabredet? Du warst doch heute in Greifswald bei der ehemaligen Kollegin deiner Mutter, oder? Wie bist du da eigentlich hingekommen?«, polterte Lulu fragend los. Doch ehe Else auch nur auf eine Frage eingehen konnte, winkte Lulu schon ab. »Na, komm erst mal rein. Ist kalt draußen. Du musst doch frieren in deinem Kleidchen. Aber hübsch siehst du aus.«

Vorbei an der Küche, in der Lulus Eltern saßen und zur Begrüßung kurz stumm nickten, folgte Else ihrer Freundin ins Dachgeschoss. Nachdem sie es sich auf dem Bett gemütlich gemacht hatten, blickte Lulu sie erneut aufmerksam an. Else seufzte, wusste nicht recht, wo sie anfangen sollte.

»Ich habe mich mit meinem Vater gestritten. Ziemlich doll dieses Mal«, sagte sie schließlich. »Als meine Mutter starb, ist offensichtlich irgendetwas vorgefallen. Aber er weigert sich, mir zu sagen, was es ist.«

Lulu stöhnte kurz auf. »Diese Geheimniskrämerei macht uns alle noch krank.«

Else nickte zustimmend, wenn auch kaum merklich. Sie seufzte. »Ich habe keine Ahnung, was ich noch tun soll. Mehr, als meinen Vater anzuflehen, mir endlich die Wahrheit zu sagen, kann ich doch nicht.«

Lulu blickte ihre Freundin an. Mitfühlend legte sie den Arm um Else, strich ihr sanft über den Rücken. »Vielleicht ist es doch besser, die ganze Sache auf sich beruhen zu lassen. Wenn wir im Westen sind, ist das hier alles eh nicht mehr von Bedeutung.«

Else blickte Lulu an. Sie dachte kurz daran, dass sie immer noch keine Lösung gefunden hatten, um die Flicken auf dem Unterverdeck des Kajaks zu befestigen. Doch nach einer Weile legte sich schließlich ein kleines zustimmendes Lächeln auf ihr Gesicht. »Du hast recht. Dann zählen nur noch du und ich und Otto.«

Lulu nickte. Das kurze unsichere Zucken an ihrem Mundwinkel sah Else nicht.

Plötzlich sprang Lulu vom Bett auf und klatschte begeistert in die Hände. »Ich weiß, was uns jetzt ablenkt. Tanzen!«

Else sah ihre Freundin ob des plötzlichen Einfalls verdutzt an. »Hier?«

»Quatsch mit Soße!«, winkte Lulu ab. »Natürlich in ’nem Tanzlokal. Ich kenne da ein ganz tolles. Da spielen sie auch ab und zu Westmusik. Dann sind wir nicht ganz so grünschnäblig, wenn wir drüben ankommen«, fügte Lulu augenzwinkernd hinzu. Ohne eine Antwort abzuwarten, griff Lulu Elses Hände und zog sie vom Bett hoch. Else ahnte, dass ihre Freundin ihr keine andere Wahl lassen würde als mitzukommen.

Lulu
1962

In einem aufreizenden Petticoat gekleidet, lief Lulu über die Straße. Else folgte ihr auf dem Fuß. In ihrem grünen Kleid schien sie sich ein wenig unwohl zu fühlen. Warum sie es dennoch trug, wusste Lulu nicht.

Sie gingen zum »Fröhlichen Seemann«. So hieß das kleine etwas versteckte Tanzlokal am Lüstrower Hafen. Lulu fand den Namen zwar etwas altbacken, aber die Musik, die der Schallplattenunterhalter einmal die Woche auflegte, war alles andere als verstaubt. Gespielt wurden beliebte Schlager und hin und wieder, wenn die Stunde fortgeschritten war und die linientreuen Genossen bereits selig in ihren Betten schlummerten, auch Beatmusik, Rock'n'Roll und Swing. Otto hatte sie das erste Mal hierhin mitgenommen, und seitdem war sie nicht nur ihm, sondern auch der imperialistischen Musik und Tanzkultur verfallen. Lulu tanzte gerne Lipsi, auch wenn der Gesellschaftstanz von den DDR-Oberen kreiert worden war, um den westlichen Tanzeinflüssen etwas entgegenzusetzen. Doch mit dem Twist, an den sie sich noch lieber heranwagte, konnte die einfache Schrittabfolge nicht mithalten.

Eine Gruppe junger Männer in Jacken aus Lederimitat stand bereits vor dem Eingang des Lokals. Ihre Haare hatten sie mit Pomade zu einer Tolle geformt, wie Lulu sie auf dem

Titelbild eines westdeutschen Magazins schon einmal gesehen hatte, welches in Ottos Wohngemeinschaft herumgelegen hatte.

Schon an der Tür des Lokals kam ihnen eine Duftwolke aus Zigarettenrauch, Moschusparfüm und verdunstetem Alkohol entgegen. Während Else ihre Nase rümpfte, roch es für Lulu nach Vergnügen und Ungezwungenheit. Sie setzte ein Lächeln auf und zog ihre Freundin hinein. Das Lokal war bereits gut gefüllt. Am Tresen drängten sich die jungen Leute, und auf der Tanzfläche schwangen schon die ersten Tanzpaare ihre Hüften zu dem Schlager, der durch die Musiklautsprecher drang.

Nachdem Lulu sich am Tresen durchgedrängelt und zwei Vipa für sie gekauft hatte, setzten sie sich an einen der noch leeren Bistrotische in der Ecke des Lokals. Else nippte an ihrer Weinschorle, während Lulu das süßlich-süffige Getränk fast in einem Zug austrank. Sie hatte nicht nur Durst und wollte sich etwas Mut zum Tanzen antrinken. Sie wollte heute Abend auch endlich mal nicht an Otto denken müssen.

Seitdem sie beobachtet hatte, wie er vor seiner Haustür in den beigefarbenen Wagen gestiegen und weggefahren war, waren ihre Gedanken ständig um ihn gekreist. Sie hatte überlegt, noch einmal zu ihm zu fahren und ihn zu fragen, wer der Mann auf dem Fahrersitz gewesen war. Doch dann hatte sie es nicht getan, schließlich war die Trennung ihre Idee gewesen. Und so hatte sie sich einzureden versucht, dass der Mann einfach nur jemand aus dem Orchester gewesen war. Den Umstand, dass man in diesem Land zumeist nicht nur einen Führerschein benötigte, sondern auch ein Parteibuch oder Beziehungen zur Stasi, um solch einen Wagen ergattern zu können, versuchte sie dabei vehement zu ignorieren. Wohl deshalb verschwieg sie auch ihrer Freundin Else ihre Beobachtung.

»Und, gefällt's dir hier?«, fragte Lulu, um sich abzulenken.

Else nahm noch einen Schluck von ihrer Weinschorle und nickte schließlich etwas zaghaft. Doch Lulu genügte die zurückhaltende Antwort. »Nachher wird die Stimmung noch besser. Du wirst sehen!«, sagte sie, auch um sich selbst davon zu überzeugen, und trank nun auch den Rest ihres Getränks in einem Zug leer.

Sie genehmigten sich noch ein paar Weinschorlen, und tatsächlich füllte sich der kleine Raum bald. Die Atmosphäre wurde ungezwungener. Der Schallplattenunterhalter spielte nun Rock'n'Roll. Lulu und Else standen mittlerweile in der Nähe des Tresens. Zwei Männer hatten sich zu ihnen gesellt, und Lulu lachte ausgelassen. Dank des Schwipses, den sie sich mutwillig angetrunken hatte, hatte sie es beinahe geschafft, Otto für einen Moment aus ihren Gedanken zu verdrängen.

Auch Else schien sich zu amüsieren und den Streit mit ihrem Vater ein wenig vergessen zu können.

»Was macht ihr eigentlich so, wenn ihr nicht gerade fremden Frauen die nächste Weinschorle spendiert?«, fragte Lulu die beiden Männer etwas neckisch.

Der eine, der ein gestreiftes Hemd trug, drehte sich zu seinem Freund um. »Hast du gehört, die Mädels haben noch Durst!«

Der andere nickte. »Zwei Prickelwasser! Kommen sofort.« Er lüpfte kurz seine Schiebermütze, ging zum Tresen hinüber und bestellte eine neue Runde Getränke.

Der Hemdträger wandte sich unterdessen wieder Lulu zu. »NVA. Wir sind bei der Grenzbrigade. Ausnahmsweise haben wir heute Ausgang.«

Lulu schluckte kurz, trat ganz unwillkürlich einen kleinen Schritt zurück. Sie warf Else einen Blick zu. Auch ihre Freundin erschrak offensichtlich ein wenig. Dem Mann im Hemd entgingen die verhaltenen Reaktionen der beiden nicht.

»Keine Sorge, wir sind keine überzeugten Sozi-Kadetten«, versuchte er zu beschwichtigen. »Wir wollen nur drei Jahre durchhalten. Dann werden wir bei der Studienplatzvergabe bevorzugt. Wenn alles gut geht, will sich mein Freund Georg für Jura einschreiben lassen und ich mich für Ingenieurwissenschaften.«

Lulu zögerte kurz, lächelte dann aber. Im Augenwinkel sah sie, dass Else ernst blieb. Doch Lulu ließ sich nicht beirren. »Na ja, manchmal muss man eben einiges auf sich nehmen, um sein Ziel zu erreichen«, sagte sie vieldeutig.

»Stimmt!«, antwortete ihr Gegenüber unbedarft schmunzelnd.

Da rief Georg vom Tresen herüber: »Siggi, kannst du mir mal tragen helfen?« Vor ihm standen zwei Flaschen Bier sowie zwei gut gefüllte Stielgläser. Der Angesprochene nickte und kam seinem Freund zu Hilfe.

Im gleichen Moment zog Else ihre Freundin zu sich. »Wir sollten gehen!«, flüsterte sie ihr halblaut ins Ohr.

»Ach, Unsinn! Die haben doch keine Ahnung«, antwortete Lulu abwinkend. »Außerdem, vielleicht finden wir ja noch etwas Nützliches heraus.«

Else warf ihr einen verdutzten Blick zu. »Willst du sie ausquetschen, oder was? Das ist doch viel zu offensichtlich.«

Doch Lulu lächelte nur. »Lass mich mal machen!«, antwortete sie, während die beiden Wehrdienstleistenden mit den Getränken zurückkamen.

Kokett kichernd nahm Lulu ihnen die Weinschorlen ab und gab Else ein Glas, das diese etwas zögerlich nahm. Doch schließlich trank sie ebenso. Lulu wandte sich wieder ihren Gesprächspartnern zu. »Machen denn viele rüber?«, fragte Lulu angriffslustig. Elses Augenrollen, das sie im Rücken förmlich spüren konnte, versuchte Lulu so gut es ging zu ignorieren.

Ein wenig perplex schauten sich die beiden Männer ob der ziemlich direkten Frage schon an, aber schließlich wiegten sie ihre Köpfe.

»Na ja, seit dem Mauerbau schon. Aber während unserer Schicht hat noch niemand versucht, die Republik zu verlassen«, antwortete Siggi.

»Zum Glück!«, fügte der Mützenträger hinzu.

Else sah ihn fragend an.

Er zuckte mit den Schultern und fügte schließlich etwas leiser hinzu: »Es gibt ja einen Schießbefehl.«

Lulu schluckte. Sie hatte gewusst, dass es Anweisungen vom Politbüro gab, auf Flüchtende nach Zuruf und Warnschuss scharf zu schießen, wenn diese nicht reagierten. Doch den Befehl nun auch aus dem Mund eines Grenzsoldaten zu hören, holte die hypothetische Bedrohung ein Stück weiter in die Wirklichkeit.

Siggi räusperte sich, nachdem er einen großen Schluck Bier getrunken hatte. »Es ist eh vollkommen verrückt, über die Ostsee zu fliehen. Nur ein Bruchteil schafft's. Kameraden von uns haben auch schon Leichen gefunden, die am Strand angespült wurden.«

»Echt?«, schoss es aus Lulu heraus. Sie musste erneut schlucken. Dabei traute sie sich nicht, Else anzusehen.

»Ja, aber das ist selten. Meistens sind die Wachdienste ziemlich langweilig«, fügte Georg hinzu.

»Wieso?«, fragte Else nun zu Lulus Überraschung.

»Gerade nachts zwischen zwei und vier Uhr ist es echt schwer, munter zu bleiben. Da müssen wir öfter eine Zigarettenpause machen«, erklärte er weiter.

»Und jetzt im Herbst und Winter macht eh keiner mehr rüber. Viel zu kalt und ungemütlich.«

»Stimmt!«, bestätigte Siggi. »Aber lasst uns darüber nicht mehr reden. Wer will tanzen?«, fragte er fröhlich in die Runde.

Lulu war die Lust am Tanzen vergangen, aber sie versuchte, sich nichts anmerken zu lassen. Sie hatte auch vorher schon gewusst, wie gefährlich ihr Vorhaben war. Dennoch hatte sie ein Scheitern, in welcher Form auch immer, bisher immer zu ignorieren versucht.

Plötzlich hörte sie Elses Stimme. »Ich will tanzen«, sagte sie. Lulu sah sie erneut überrascht an, doch Else zuckte nur mit den Schultern. »Du wolltest doch, dass ich mich ablenke, oder?«

Etwas verblüfft nickte Lulu nur kurz. Da zog der Hemdträger Else auch schon auf die Tanzfläche, während Georg ihr wiederum einen fragenden Blick zuwarf. Doch Lulu nahm ihr Glas, trank zügig und schüttelte dabei abwehrend den Kopf.

Lulu beobachtete, wie Else sich über die Tanzfläche führen ließ. Sie wirkte dabei ungezwungener, als Lulu vermutet hätte. Doch es war gut, dass ihre Freundin hin und wieder auch mal ihre Ernsthaftigkeit ablegte.

Als der Schallplattenunterhalter den letzten Tanz ankündigte, beugte sich Georg, der stoisch neben ihr stehen geblieben war, zu ihr herüber.

»Können wir uns mal wiedersehen?«, fragte er. Lulu blickte ihn erschrocken an und schüttelte etwas vorschnell den Kopf. Als er ihr jedoch einen mehr als verdutzten Blick zuwarf, wusste Lulu nicht, was sie sagen sollte. Schließlich konnte sie ihm schlecht von Otto erzählen. Außerdem war sie noch immer verunsichert wegen des Vorfalls, den sie vor dessen Haustür beobachtet hatte.

»Ich …«, überlegte sie fieberhaft nach einer Antwort. »… hab den Männern gerade abgeschworen«, antwortete sie schließlich etwas spitzbübisch.

Der Abservierte sah sie etwas irritiert an, konnte jedoch nicht mehr antworten, da Else und Siggi kichernd von der Tanzfläche zurückkamen.

Siggi boxte seinem Freund leicht in die Seite. »Meine Tanzpartnerin wohnt in einem Leuchtturm. Kannst du dir das vorstellen?«

»Am Leuchtturm!«, berichtigte Else.

Siggi sah Else an. »Ich würde dich ja gerne nach Hause fahren, aber mein Drahtesel hat mal wieder einen Platten.«

Elses Blick wurde plötzlich wieder ernst. »Was sagst du?«

»Dass ich dich gern nach Hause gefahren hätte«, antwortete Siggi nun etwas verwundert.

Else schüttelte schnell den Kopf. »Das meine ich nicht. Das mit deinem Fahrrad.«

»Ich muss den Reifen erst flicken.«

Erstaunt registrierte Lulu, dass ihre Freundin aussah, als hätte sie eine schwierige Rechenaufgabe gelöst. Auch die beiden Männer wussten nicht so recht, was in dem Kopf ihrer Bekanntschaft vorging.

Plötzlich kam Bewegung in Else. »War nett mit euch! Aber wir müssen jetzt gehen«, sagte sie, während sie Lulus Hand griff. Vorbei an den verdutzt dreinblickenden Männern zog sie ihre Freundin aus dem Lokal heraus. Erst auf der Straße konnte Lulu sie stoppen. Fragend blickte sie ihre Freundin an. »Was ist los?«

Auf Elses Gesicht legte sich ein breites zufriedenes Grinsen. »Ich weiß jetzt, wie wir das Unterverdeck reparieren. Mit wasserfestem Kleber. Margot hat noch welchen in ihrer Werkzeugkiste, die in der Kammer steht.«

Lulu zögerte, konnte die Freude über die gefundene Lösung ihres Problems noch nicht recht teilen. »Haben dich die Geschichten der Grenzer nicht verunsichert?«

Else überlegte kurz, schüttelte aber schließlich den Kopf. »Mir war von Anfang an klar, dass die Flucht gefährlich sein wird. Aber es kann auch gefährlich sein hierzubleiben. Außerdem …«, sie senkte kurz ihren Kopf und seufzte. »Warum sollte ich noch hierbleiben? Mein Vater wird sich nicht ändern«, fügte sie ernüchtert hinzu.

Lulu atmete tief durch und nickte schließlich. »Dann lass uns das Kajak endlich seetüchtig machen.«

Else lächelte. Gemeinsam schlugen sie den Weg ein, der zum Gasthof führte.

Franzi
1992

Franzi saß über einen dicken Ordner gebeugt und las. Auf dem großen Tisch vor ihr lagen unzählige Akten, Jahrbücher, Sammelbände und Unterlagen zur Stadtchronik. Der Staub der letzten Jahrzehnte kribbelte in ihrer Nase. Sie versuchte sich ein Niesen zu verkneifen.

Seit zwei Wochen kam sie täglich her und sichtete die Unterlagen, die ihr die Archivarin nach und nach aus den Regalen herausgeholt hatte. Stunden hatte sie damit verbracht, die hiesigen Tageszeitungen der Nachkriegsjahre bis Ende 1962 durchzublättern.

So hatte sie zum Beispiel über den Aufstand vom 17. Juni 1953 gelesen. Von Peter wusste sie, dass die Volkswirtschaft der DDR nach deren Gründung in einer tiefen Wirtschaftskrise gesteckt hatte. Enteignungen, Bodenreformen, hohe Reparationsleistungen und eine miese Planwirtschaft hatten dazu geführt, dass Lebensmittel und Waren des täglichen Bedarfs immer knapper und auch teurer geworden waren. Grundnahrungsmittel hatte es nur auf Zuteilung mittels Lebensmittelmarken gegeben. Eine Tafel Schokolade hatte sich hingegen kaum jemand leisten können. Als dann die Erhöhung der Arbeitsnorm, also der für den Lohn zu erbringenden Arbeitsleistung, beschlossen worden war, war das für viele Arbeiter der berühmte Tropfen gewesen, der das Fass zum Überlaufen gebracht hatte. Sie hatten ihre Arbeit niedergelegt.

Auch in der Lüstrower Werft hatte es einen großen Streik gegeben, wie Franzi gelesen hatte, der jedoch ebenso schnell niedergeschlagen worden war wie die Aufstände im restlichen Land. Am 18. Juni waren zahlreiche Lüstrower Rädelsführer verhaftet worden, die nach ihrer zügigen Verurteilung teilweise für Jahre ins Zuchthaus gewandert waren. Anschließend hatte sich die Lage in der kleinen Küstenstadt relativ schnell wieder beruhigt, wenn man dem Propagandablättchen trauen konnte.

Franzi hatte in den Zeitungen auch von einigen versuchten Republikfluchten über die Ostsee gelesen, die jedoch allesamt gescheitert waren. Die Archivarin hatte sie allerdings auch darauf hingewiesen, dass auf dieser Seite der Grenze damals niemals öffentlich über erfolgreiche Fluchten gesprochen, geschweige denn geschrieben worden war. Schließlich sollte niemand dazu ermuntert werden, ebenfalls sein Glück zu versuchen. Ganz im Gegenteil, hatte die SED doch eher versucht, Fluchtwillige durch ihr umfangreiches Grenzbewachungssystem auch hier an der Ostsee abzuschrecken.

Von einer missglückten Flucht im Herbst 1962 hatte in den Tageszeitungen nirgends etwas geschrieben gestanden. Franzi hatte das als ein gutes Zeichen gewertet. Doch die Archivarin hatte ihren Optimismus auch in der Hinsicht sogleich geschmälert. Schließlich waren die meisten Fluchten damals bereits in der Vorbereitung gescheitert.

Franzi musste nun doch niesen. Staub wirbelte vor ihr auf, der nun noch mehr in ihrer Nase kitzelte. Sie klappte den dicken Ordner zu und schob ihn beiseite. Auch in diesem hatte sie nichts über Lulu, Otto, Else oder ihren Vater gelesen.

Sie sah sich um und seufzte kurz auf bei dem Anblick der zahlreichen Unterlagen, die noch zu sichten waren. Zu gern hätte sie jetzt eine Zigarette geraucht. Doch zwischen den zahlreichen Regalen, die bis unter die Decke mit Akten und Büchern gefüllt waren, war das Rauchen verständlicherweise strengstens untersagt. So versuchte sie ihr Bedürfnis nach Nikotin zu unterdrücken.

Als Nächstes nahm sie sich die Akten der Lüstrower Mittelschule vor, die nach der Schulreform 1959 als Polytechnische Oberschule bezeichnet wurde. Nach Franzis Berechnungen hatten Else und Lulu im Sommer 57 die 10. Klasse abgeschlossen. Und tatsächlich wurde sie in den entsprechenden Unterlagen des Schuljahrgangs fündig.

Zwischen den Papieren steckte ein altes schwarz-weißes Klassenfoto, unter dem sie Elses und Lulus Namen las. Die Mädchen standen zwischen ihren Mitschülern eng beieinander und waren gut zu erkennen. Wie ihre Klassenkameraden trugen auch sie das blaue schlichte Hemd der Freien Deutschen Jugend, der FDJ. Während Lulu ihre Haare offen trug und etwas kokett in die Kamera lächelte, blieb Elses Miene ernst. Sie hatte ihre Haare zu einem einfachen Pferdeschwanz zusammengebunden. Doch trotz der Schlichtheit und Gleichförmigkeit übte sie auf Franzi eine besondere Ausstrahlung aus. Auf der Rückseite des Fotos stand mit Bleistift notiert, wer die Oberschule besuchen durfte, um das Abitur zu machen. Elses Name wurde auch mit aufgelistet.

Sofort zog Franzi die Akten der Oberschule, der späteren EOS, aus dem Stapel heraus und blätterte auch hier durch die

Seiten. Zu Franzis Überraschung tauchte Elses Name jedoch nicht in der entsprechenden Jahrgangsliste auf. Augenscheinlich hatte sie nie das Abitur gemacht.

Noch ganz verwundert darüber blickte Franzi auf, als die Archivarin den Raum betrat. Franzi räusperte sich sogleich und erhaschte damit die Aufmerksamkeit der Angestellten, die etwa in ihrem Alter war.

»Wissen Sie, ob die Klassenlisten vollständig sind?«

Die Angesprochene kam zu ihr an den Tisch und blätterte kurz in der entsprechenden Akte. Dann nickte sie. »Das sind alle Unterlagen, die wir von der Erweiterten Oberschule bekommen haben, bevor sie nach der Wende zum Gymnasium umgewandelt wurde. Die Jahrgangslisten sind vollständig.«

»Aber hier fehlt ein Name. Else Schwarz. Laut dem Klassenfoto wurde sie fürs Abitur zugelassen.«

Die Archivarin zuckte mit den Schultern. »Es kam immer mal wieder vor, dass Zulassungen kurzfristig zurückgezogen wurden. Meist, wenn die Schüler oder Schülerinnen oder jemand in deren Familie plötzlich als systemkritisch eingestuft worden war.«

»Wurde das dann irgendwo schriftlich begründet?«

»Sicher! Aber nicht in diesen Unterlagen. Da müssen Sie sich an eine andere ehemalige Behörde der DDR wenden.«

Franzi verstand und nickte.

»Brauchen Sie noch lange? Ich würde gerne Feierabend machen.«

Franzi warf einen kurzen Blick aus dem Fenster. Die Sonne stand bereits tief. Sie schüttelte den Kopf und schlug die Schulakte, die vor ihr lag, zu. »Ich bin hier fertig!«

Das Fahrrad klapperte laut unter ihrem Hintern, als sie die Anhöhe zum Gehöft hinauffuhr. Die Sonne stand tief und der runde Backsteinturm warf einen langen Schatten über das wild wuchernde Gras. In dem schon etwas rötlich schimmernden Abendlicht sah der Leuchtturm noch verwunschener aus.

Sie stellte das Fahrrad im Schuppen ab und ging langsamen Schrittes über das Gehöft. Sie hatte es nicht eilig. Schon längst hatte sie es aufgegeben, sich an die Schreibmaschine zu setzen. Das Blatt in der Walze war immer noch leer. Die mahnenden Worte ihres Vaters, sich endlich auf ihren Roman zu konzentrieren, sowie der Abgabetermin beim Verlag verblassten zwischen den Gedanken an Else und ihre Geschichte.

Im Vorbeigehen fiel ihr Blick auf die Eingangstür des Leuchtturms, die mit Brombeerstrauchästen zugewuchert war. Noch immer hatte sie von der Gemeinde keinen Schlüssel für den Turm bekommen, was sie zunehmend ärgerte, war es doch anders abgesprochen gewesen.

Einer Eingebung folgend hielt sie kurz inne und ging schließlich zum Leuchtturm hinüber, statt ihren Weg zum Wärterhaus fortzusetzen. Sie schob die dornigen Äste vorsichtig beiseite und stieg die wenigen Stufen zum Eingang hinauf. Die Tür war mit einem Eisenriegel zugesperrt, an dem ein schweres Schloss hing. Obwohl der Bügel durch die Witterung Rost angesetzt hatte, war es gut verschlossen.

Franzi überlegte kurz, lief dann schnell zum Schuppen zurück. Neben dem Fahrrad stand ein alter Werkzeugschrank. Sie öffnete die Metalltüren und kramte in den Regalfächern, in denen allerlei unbrauchbares Werkzeug lag. Unter

Schraubenziehern, Schlüsselknochen und Zangen fand sie jedoch tatsächlich einen Bolzenschneider. Entschlossenen Schrittes ging sie damit zum Leuchtturm zurück.

Sie setzte das schwere Werkzeug an. Der Bügel des Schlosses zerbrach wie Porzellan zwischen den noch immer scharfkantigen Greifbacken des Bolzenschneiders. Franzi jauchzte kurz erfreut auf, bevor sie den Riegel zurückschob und die Tür öffnete. Neugierig blickte sie hinein. Im ersten Moment erkannte sie nur Schatten und Umrisse, die sich durch das Sonnenlicht, das sich an der Tür an ihr vorbeidrängelte, bildeten. Erst als sich ihre Augen an die Dunkelheit, die im Inneren des Turms herrschte, gewöhnt hatten, konnte sie die Treppe sehen, die hinaufführte. Der Beton der Stufen war rissig. Hier und da war eine Kante abgeplatzt. Dennoch schienen sie begehbar zu sein.

Franzi ging hinein, hielt sich am Handlauf fest und trat vorsichtig eine Stufe nach der anderen hinauf. Als sie am ersten Fenster anlangte, öffnete sie es. Mit ihren Handballen schlug sie gegen die von außen angebrachten Holzlatten, deren Nägel sich vom Fensterrahmen leichter lösten, als sie gedacht hatte. Die Bretter fielen herunter und landeten mit einem stumpfen Geräusch am Fuße des Leuchtturms im hohen Gras. Das Licht, das nun ins Treppenhaus fiel, ließ das Innere schon weniger verlassen erscheinen.

Bilderrahmen mit Aufnahmen von Segelschiffen auf tosenden Wellen zierten alle paar Treppenstufen die abgerundete Innenwand. Franzi kannte die Ölmalereien noch aus ihrer Kindheit. Sie hatte sich früher immer schon gefragt, ob die Zwei- und Dreimaster, die abgebildet waren, den Sturm, durch den sie augenscheinlich fuhren, nun heil überstanden hatten oder nicht. Dass die Schiffe nur der Fantasie des Künstlers entsprungen waren, darauf hatte ihre Mutter sie erst später aufmerksam gemacht.

Mit den Fingern fuhr sie die Pinselstriche nach und fühlte sich dabei in ihre Kindheit zurückversetzt, die doch so unbeschwert und sorglos erschien.

Oben angekommen betrat Franzi den Dienstraum. Den Rucksack, den sie bei sich trug, stellte sie an der Tür ab. Dann blickte sie sich um. Im Gegensatz zum Wärterhaus war hier noch alles so, wie ihr Vater es nach der Schließung des Leuchtturms hinterlassen hatte. Der große Schreibtisch stand noch an seinem Platz. Auf dem Stuhl davor hatte ihr Vater immer gesessen und die Berichte für den Seehydrografischen Dienst verfasst. Oft hatte sie dabei zu seinen Füßen gesessen und mit ihren Holzfiguren, die ihr Vater ihr geschnitzt hatte, gespielt.

Sie durchsuchte neugierig den Schreibtisch, öffnete Schränke und Schubladen. Die meisten waren leer geräumt. Die oberste Schublade des Schreibtisches klemmte hingegen immer noch, wie sie feststellen musste, als sie an dem Knauf der Lade zog. Sie bekam sie einfach nicht auf. Schon ihr Vater hatte damals mehrmals vergeblich versucht, sie zu öffnen.

In dem kleinen Regal über dem Tisch reihten sich Handbücher, Mappen mit Seekarten und Ordner, in denen die Dienstprotokolle abgeheftet waren, aneinander. Sie nahm den letzten Ordner in der Regalreihe und blätterte darin. Die Schrift ihres Vaters erkannte sie sofort. Die Berichte, die er im Jahr vor der Schließung des Leuchtturms verfasst hatte, waren sorgsam geschrieben und sortiert. Franzi legte den Ordner auf den Tisch und blätterte nun auch die Bücher und Karten sowie die älteren Ordner durch, überflog neugierig die Notizen, die die früheren Leuchtturmwärter verfasst hatten.

Der Stapel auf dem Schreibtisch wuchs, als plötzlich der Ordner ihres Vaters von der Tischkante rutschte. Gerade so konnte sie den schweren Ordner auffangen, bevor er zu Boden fiel. Doch ein kleines zusammengefaltetes Stück Papier rutschte zwischen den abgehefteten Seiten heraus. Wie ein taumelndes Laubblatt segelte es zu Boden. Verdutzt bückte Franzi sich und hob den bereits vergilbten Zettel auf. Als sie ihn aufklappte, stutzte sie mehr als irritiert. Mit großen roten Druckbuchstaben stand darauf nur ein Wort geschrieben: *Verräter*. Franzi drehte und wendete das Blatt. Weder der Absender dieser wenig schmeichelhaften Nachricht noch der Adressat waren darauf notiert. Doch irgendetwas sagte ihr, dass sie den Empfänger, dem dieser Vorwurf gegolten hatte, besser kannte, als ihr lieb war.

Sie legte den Zettel beiseite, blätterte auch die anderen Ordner noch einmal durch, zog die Bücher aus den Regalen, hielt sie am Buchrücken fest und schüttelte so die Seiten aus. Doch sie fand keine weitere Nachricht, die ihren leisen Verdacht untermauern würde.

Schließlich gab sie auf und ließ sich auf den großen Stuhl sinken. Wie selbstverständlich zog sie dabei die Zigarettenschachtel aus ihrer Jackentasche heraus. Seitdem sie hier war, beschlich sie immer mehr das Gefühl, dass ihr Vater ihr irgendetwas verschwieg.

Sie zündete sich die Zigarette an und sog den Tabakqualm tief ein. Wenn sie das Geheimnis ihres Vaters lüften und auch mehr über Elses Flucht erfahren wollte, gab es nur noch eine Person, die ihr jetzt noch helfen konnte: Peter. Franzi seufzte bei dem Gedanken daran, ausgerechnet ihren Ex-Mann um Hilfe zu bitten. Doch es musste sein, wenn sie endlich Antworten wollte.

Sie blickte auf die Uhr. Es war schon zu spät, um zur Telefonzelle zu fahren und ihn anzurufen. Doch gleich morgen in aller Frühe wollte sie aufbrechen. Bis dahin wollte sie die Zeit mit etwas Schönerem verbringen. Sie stand auf, schnappte sich ihren Rucksack und zog das Tagebuch heraus. Dann setzte sie sich zurück an den Schreibtisch, legte ihre Beine lässig hoch und begann dort weiterzulesen, wo sie zuletzt aufgehört hatte:

21. Oktober 1962
Nach unserem Besuch im Tanzlokal sind Lulu und ich gleich zum Gasthof gelaufen. Margot hatte schon zugesperrt, doch zum Glück weiß ich, wo sie den Ersatzschlüssel versteckt.

Heimlich sind wir hineingegangen und sogleich in der Küche verschwunden. Ich habe den wasserfesten Klebstoff dort gefunden, wo ich ihn auch vermutet hatte. Die Tube ist noch mehr als halb voll gewesen. Dann haben wir den Bootsstoff herausgeholt. Ich bin ganz gespannt gewesen, als wir den ersten Flicken aus dem Stoff, den Otto besorgt hatte, herausgeschnitten haben. Dann haben wir eine besonders poröse und löchrige Stelle auf dem Bootsmantel mit feinem Schleifpapier angeraut und anschließend den Flicken mit dem flüssigen Kleber draufgeklebt. Es hat gehalten! Als der Kleber trocken gewesen ist, haben wir noch einen großen Eimer mit Wasser gefüllt und das reparierte Stück Bootsstoff hineingehalten. Es haben sich keine Luftblasen gebildet, die an die Wasseroberfläche gestiegen sind. Unendlich erleichtert haben wir danach begonnen, auch die anderen Stellen so zu verkleben.

Erst Stunden später, als wir beide kaum noch unsere Augen offen halten konnten, sind wir nach Hause gegangen. Meinem Vater bin ich auf dem Gehöft zum Glück nicht begegnet. Nach unserem Streit will ich ihm noch nicht unter die Augen treten.

Nun sitze ich in meinem Zimmer und schreibe noch schnell die Zeilen in mein Tagebuch, bevor ich mich nun endlich schlafen legen will. Der Tag bricht bald an. Durch mein Fenster kann ich den hellen Schleier sehen, der zusammen mit der aufgehenden Sonne über dem Meer emporsteigt. Das Wasser liegt so ruhig da, als würde es keine Welten trennen. Hoffentlich werden wir es bald mit unserem Kajak überqueren können.

Else
1962

Als Else aus dem Wärterhaus heraustrat, blinzelte sie in die Sonne, die frech hinter zarten weißen Schäfchenwolken am Horizont hervorlugte. Das Wiesengrün des Leuchtturmgehöfts lag noch verschlafen unter einer glänzenden Schicht aus Morgentau. Wie kleine Kristalle umhüllte der Reif die Äste der dichten Büsche sowie die Blätter an den Bäumen, die der späte Herbstwind noch nicht davongetragen hatte. Das Meer hinter dem Dünenschutzstreifen strömte eine beinahe eisige Ruhe aus. Eine erste feine Eisschicht hatte sich am Ufer bereits abgesetzt. Über ihrem Kleid aus grobem grauem Baumwollstoff und den dicken Wollstrümpfen trug Else ihren Mantel. Jetzt zog sie den Kragen ein Stück höher und ging zum Schuppen hinüber. Trotz der Kälte spürte sie eine wärmende Aufgeregtheit.

Nachdem sie auch in den letzten Nächten mit Lulu das Unterverdeck im Gasthof repariert hatte, waren sie nun endlich fertig geworden. Auch die anderen geklebten Stellen schienen nun wasserdicht zu sein. Otto war dann, nachdem Else ihm wie abgesprochen im Staatstheater eine für Außenstehende etwas kryptisch anmutende Nachricht hinterlassen hatte, mit dem Anhänger wieder zum Gasthof gekommen. Else hatte am Tresen gestanden und ihn durch die großen

Fenster vorbeifahren sehen. Und auch Lulu, die bei ihr an der Theke gesessen hatte, hatte Else verschwörerisch zugenickt.

In einer Seitenstraße hatte Otto darauf gewartet, dass Margot sich in den Feierabend verabschiedete und auch der letzte Gast torkelnd den Schankraum verlassen hatte. Dann hatte Else ihm ein Zeichen gegeben, und er war mit dem Moped vor dem Hintereingang des Gasthofs vorgefahren. Im Schutz der Dunkelheit hatten sie zu dritt den Bootsmantel aus dem Gasthof hinausgetragen und in den Anhänger gepackt. Viel hatten sie dabei nicht gesprochen. Otto hatte nur kurze Anweisungen gegeben. Und selbst Lulu war ungewohnt stumm geblieben, obwohl die beiden sich wochenlang nicht gesehen hatten. Doch alles hatte ganz schnell gehen müssen, damit sie niemand erwischte.

Als Otto mit dem Moped davongefahren war, hatten Lulu und Else sich fest umarmt. Jetzt waren sie ihrer geplanten Flucht ein ganzes Stück näher gekommen. Der Bootsmantel war jetzt wasserdicht.

Otto hatte in der Zwischenzeit das Holzgerüst des Faltbootes aufbereitet sowie das Steuerruder repariert. Lulu hatte die Grenzschiffe, den Beobachtungsturm sowie die Laufrouten der Grenzsoldaten ausgekundschaftet, während Else die Seekarten studiert hatte. Und es war sogar ganz nützlich gewesen zu wissen, dass die jungen uniformierten Männer zum Patrouillieren des Strandabschnitts vor dem Leuchtturm in der Nacht länger benötigten.

Doch wenn sie noch vor Wintereinbruch fliehen wollten, mussten sie sich beeilen. Die Kälte hatte das Land schon jetzt fest im Griff. Wenn die Temperaturen noch mehr sanken, könnte die stundenlange Überfahrt nach Dänemark noch gefährlicher werden. Deshalb hatten sie vereinbart, sich heute an der Waldhütte zu treffen, um das Boot zusammenzubauen und es ein letztes Mal im See zu testen.

Else schob die Schuppentür auf und holte ihr Fahrrad aus dem Verschlag heraus. Bevor sie sich auf den Sattel setzte, blickte sie noch einmal zum Leuchtturm hinauf. Das Signalfeuer war bereits erloschen. Ein Anflug von Wehmut überkam sie beim Anblick des alten runden Turmes, der doch stets ihr Anker gewesen war. Wenn sie den Leuchtturm ausgraben und überhallhin mitnehmen könnte, würde sie es sofort tun. Doch so musste sie sich langsam an den Gedanken des Abschieds gewöhnen.

Plötzlich erhellte sich das oberste Fenster des Leuchtturms, hinter dem der Dienstraum lag. Offensichtlich hatte ihr Vater es betreten und das Licht angeschaltet. Else schluckte. Noch immer saß der Stachel der Enttäuschung über sein Schweigen tief. Seit dem Streit hatten sie nicht mehr miteinander gesprochen. Sie war ihm aus dem Weg gegangen, was auf dem großen Gelände einfacher gewesen war, als sie gedacht hatte. Und auch ihr Vater hatte in den letzten Tagen nicht unbedingt das Gespräch mit ihr gesucht. Aber vielleicht war das auch gut so gewesen. Der Abschied von ihm würde ihr dadurch leichter fallen, redete sie sich ein.

Else atmete tief durch und schüttelte die Gedanken an den Leuchtturm und ihren Vater ab, schwang sich aufs Rad, trat in die Pedale und verließ das Gehöft Richtung Moor.

Als sie an der Hütte ankam, stand Lulu bereits wartend davor. Fröstelnd tippelte sie von einem Bein auf das andere. Offensichtlich schien ihr kurzer gelber Wollmantel zwar ihrer Figur zu schmeicheln, aber nicht sonderlich zu wärmen.

Immer wieder legte sie ihre Hände, die von der Kälte ganz gerötet waren, vor ihren Mund und hauchte hinein.

Else stellte ihr Fahrrad neben Lulus ab, das neben der Hütte an einen Baum gelehnt stand, und ging zu ihrer Freundin hinüber.

»Wo ist Otto?«, fragte sie dabei.

»Keine Ahnung, wo der sich wieder herumtreibt«, erwiderte sie für Elses Geschmack etwas zu patzig.

Else blickte ihre Freundin überrascht an, und sofort ruderte Lulu zurück: »Er kommt bestimmt gleich.« Um ihre Worte zu unterstreichen, lächelte sie. Doch das Lächeln wirkte irgendwie schief und gar nicht so unverkrampft, wie Else es von ihrer Freundin kannte.

Bevor Else allerdings etwas sagen konnte, deutete Lulu auf die Hütte. »Wollen wir drinnen warten? Ich erfrier sonst«, sagte sie und steuerte schon auf das Häuschen zu.

Else nickte, als Lulu bereits die schmale Holztür öffnete. Sie traten ein und blickten sich um. Alles war noch so, wie sie es von ihrem letzten Besuch vor knapp zwei Monaten in Erinnerung hatte. Nur ein paar leere Holzlackdosen und ein Pinsel lagen in der Ecke herum.

Sie zogen die schwere Holzkiste unter der Bank hervor, und als Else den Deckel hob, kamen die beiden Seesäcke sowie die Paddel zum Vorschein. In dem einen war der von Lulu und ihr sorgsam reparierte Bootsstoff, den Otto offensichtlich gleich hierhergebracht hatte, nachdem er im Gasthof gewesen war. In dem anderen Sack waren die Holzbögen, Querstreben, die Lenkseile und das Ruder des Kajakgerüstes. Else holte einige Holzteile heraus und begutachtete sie. Das Holz war geschliffen und lackiert, das

Ruder repariert, und selbst die Paddel sahen beinahe wie neu aus. Else war überrascht. So viel handwerkliches Geschick hatte sie dem schlaksigen Musiker, der sich zunehmend verspätete, nicht zugetraut. Doch Otto hatte wirklich gute Arbeit geleistet.

Die Freundinnen ließen die Bootsteile halb ausgepackt liegen und setzten sich auf die Bank.

Else blickte Lulu an, die etwas nervös an ihren rot lackierten Fingernägeln kaute. Ihre Freundin war ungewohnt wortkarg, was Elses Vermutung nach an der ebengleichen Anspannung lag, die auch sie nun eingeholt hatte.

Plötzlich wurde die Tür von außen laut knarrend aufgestoßen. Else schrak kurz auf, und auch Lulu neben ihr zuckte zusammen. Einen Augenblick später betrat Otto die Hütte und sah die beiden Frauen verdutzt an. »Ihr seht aus, als hättet ihr ein Gespenst gesehen.«

»Ha, ha!«, erwiderte Lulu wieder in diesem ungewohnt patzigen Ton. »Wo bist du gewesen?«

Mit wenigen Schritten schloss Otto die Lücke zwischen ihnen, beugte sich zu Lulu hinunter und küsste sie kurz, aber sanft auf die Lippen.

»Ich freue mich auch, dich zu sehen, meine Sonne!«, flüsterte er ihr anschließend ins Ohr.

Lulus Schultern entspannten sich, ebenso wie ihre verhärteten Gesichtszüge. Sie lächelte. »Ich mich doch auch!«

Otto erwiderte ihr Lächeln, bevor er sich zu Else drehte, die von der Holzbank aufgestanden war, und ihr grüßend zunickte.

»Ich wollte nur ganz sichergehen, dass mich wirklich niemand in den Wald fahren sieht. Deshalb habe ich eine

Extrarunde mit dem Moped gedreht«, fügte er dann erklärend hinzu.

Else nickte verstehend, und auch Lulu schien die Erklärung zu genügen.

»Dann lasst uns keine Zeit verlieren und das Kajak aufbauen«, sagte Else, während sie sich bereits die ersten Holzteile griff. Otto und Else gingen ihr sogleich zur Hand.

Dieses Mal waren sie geübter und zügiger im Aufbau. Die Einzelteile ließen sich gut ineinanderstecken, und auch der Bootsmantel passte sich um das Gerüst herum wie eine Haut an. Die Nähte hielten, und auch die Flicken waren gut verklebt. Alles in allem machte das Kajak nun einen seetauglichen Eindruck.

Zu dritt trugen sie das Boot hinaus zum Ufer des Sees. Lulu stieg als Erste hinein, vor dem geschlossenen Bug versuchte sie auf dem blanken Unterboden des Faltbootes eine bequeme Sitzposition zu finden. Else setzte sich auf den vorderen Sitz. Ihre Füße stemmte sie gegen die kleinen Fußtritte, achtete dabei aber darauf, Lulu nicht zu treten, die zwischen ihren Beinen saß. Otto reichte Else das zusammengesteckte Paddel. Noch etwas unsicher begutachtete sie die beiden Paddelblätter, die sich jeweils am Ende des langen schweren Stabs befanden. Dann stieg auch Otto ein.

Noch im Stehen stieß er das Boot mit seinem Paddel vom Ufer ab, sodass es aufs ruhige Wasser hinausglitt. Dann setzte er sich und tauchte beide Paddelseiten abwechselnd ins Wasser und zog sie mit kräftigen Zügen nach hinten durch das klare Nass. Else tat es ihm gleich.

Schon nach wenigen Paddelstößen hatte sie den Dreh raus und einen angenehmen Rhythmus gefunden. Mit zügigen

Schüben fuhren sie über den See. Der Innenraum des Bootes blieb dabei trocken, wie Else erleichtert seufzend feststellte.

In der Mitte des Sees wechselte sie mit Lulu die Plätze. Vorne am Bug war es eng, doch aushaltbar. Lulu lernte das Paddeln ebenso schnell wie ihre Freundin. Sie hatte sogar richtig Spaß daran, ihr Lachen hallte über den ganzen See.

Nach mehreren Übungsrunden auf dem See fuhren sie zum Ufer zurück. Sie trugen das Boot in die Hütte, bauten es auseinander, verstauten die Einzelteile sowie den Bootsmantel wieder in den Säcken, bevor sie diese gut verschnürt zurück in die Holzkiste legten.

Dann blickten sie sich an. Niemand sagte etwas, doch alle wussten, welche Frage nun im Raum stand. Lulu kaute wieder nervös auf ihrem Fingernagel herum. Otto scharrte mit den Füßen auf dem alten Holzfußboden. Else blickte in die Runde und machte schließlich den Anfang. »Das Wetter muss mitspielen. Ablandiger Wind wäre gut«, sagte sie.

Otto und Lulu nickten.

»Und zieht euch warm an«, fügte Otto hinzu. »Das Wasser da draußen auf dem Meer ist nicht so ruhig wie hier auf dem kleinen Waldsee. Wir werden nass werden.«

Wieder schwiegen sie. Dann seufzte Lulu.

»Also warten wir jetzt nur noch auf die richtigen Bedingungen, und dann geht es los?«, fragte sie schließlich.

Die drei sahen sich einen Moment an. Else konnte die Anspannung in den Gesichtern ihrer Freunde sehen. Auch vor ihrem inneren Auge spielten sich die verschiedensten Ereignisse noch einmal ab. Der Streit mit ihrem Vater, sein beharrliches Schweigen über den Tod ihrer Mutter und die falschen Angaben auf ihrer Sterbeurkunde, Franks Kummer über das

Berufsverbot, und die Küsse, die sie nicht vergessen konnte. Doch seit ihrem Ausflug nach Greifswald hatte sie ihn nicht mehr gesehen. Er war wie von der Bildfläche verschwunden. Schließlich dachte sie an den Leuchtturm, den Strand, ihr Zuhause. Vieles hier in der DDR würde sie vermissen, aber bei Weitem nicht alles.

Else nickte schließlich als erste, dann endlich auch Otto und Lulu.

Lulu
1962

Etwas nervös stand Lulu in ihrem Zimmer unter dem Dach und blickte sich um. Die Morgensonne schien durch das kleine Giebelfenster und ließ die wenigen Möbel in dem fahlen Licht vertraut erscheinen. Sie kannte jede Kerbe im Holz, jede abgeschlagene Ecke, jeden Fleck auf der Maserung. Denn wie oft hatte sie vor der Maiparade oder anderen Feierlichkeiten, bei denen sich die Sozialisten selbst huldigten, vor dem geöffneten Schrank gestanden und überlegt, doch etwas anderes anzuziehen als das dröge Blauhemd der FDJ? Wie oft hatte sie in den kleinen Spiegel über der Waschschüssel, die auf einem Holztischchen stand, hineingesehen und ihre Lippen rot nachgezogen. Hatte sie doch gewusst, dass Frau Friedrich Lippenstift für eine schändliche Erfindung der Amerikaner hielt. Wie oft hatte sie am Schreibtisch gesessen, sich die Wut und den Frust von der Seele geschrieben, weil sie sich ja in der Schule und später in der Werft nicht kritisch hatte äußern dürfen. Meistens hatte sie ihre kleinen Wutbriefe gleich danach verbrannt, damit ihre Mutter sie nicht versehentlich irgendwann fand. Und wie oft hatte sie auf dem Bett gesessen und sich an einen anderen Ort gewünscht, an dem jeder anziehen, tun und sagen durfte, was er wollte. Nun sollte sich ihr Wunsch endlich erfüllen.

Es war alles schneller gegangen, als Lulu gedacht hatte. Erst vor ein paar Tagen hatten sie das Kajak im See getestet. Das Boot war trocken geblieben, hatte eine gute Wasserlage gehabt und war schnell und wendig durch das Wasser geglitten. Auch das Paddeln war weniger anstrengend gewesen als befürchtet. Aber natürlich war ihr bewusst, dass es auf dem offenen Meer um einiges kräftezehrender sein würde.

Dann hatte Else gestern Abend plötzlich vor ihrer Tür gestanden, um ihr mitzuteilen, dass es so weit war. Heute Nacht wollten sie das Boot zum Strand bringen und über die Ostsee nach Dänemark paddeln. Von dort aus wollten sie nach Westdeutschland. Die Wetterbedingungen waren, wie Else versichert hatte, perfekt. Im Laufe des Tages sollte die Quecksilberanzeige des Thermostats über den Gefrierpunkt klettern und in der Nacht nicht wesentlich abfallen. Zudem wehte ein leichter beständiger Wind, der von der Landseite kam.

Sie hatten vereinbart, sich nach der Arbeit an der Hütte zu treffen, um das Faltboot aufzubauen. Dann wollten sie bis nach Sonnenuntergang warten, um es durch den Wald zum Strand zu tragen. Und gegen 2 Uhr nachts, wenn die Wachen nicht mehr so aufmerksam waren, wollten sie das Boot zu Wasser lassen und losfahren. Wenn alles gut ging, würden sie in den Morgenstunden in Dänemark sein.

Lulu blickte zu der kleinen Tasche, die neben ihr stand. Sie hatte lange überlegt, was sie mitnehmen sollte. Schließlich hatte sie sich für eine lange Baumwollunterhose, die sie ihrem Vater aus dem Schrank stibitzt hatte, entschieden. Bevor sie ins Boot stieg, wollte sie diese anziehen. Otto hatte ja gemeint, dass es kalt werden würde. Deshalb hatte sie den dicksten Wollpullover, den sie in ihrem Schrank hatte finden können, in die Tasche gestopft. Das Fotoalbum hatte sie sich nicht getraut einzupacken. Genauso wenig wie ihre kleine Stoffpuppe, die noch immer auf ihrem Bett lag und an der so viele Kindheitserinnerungen hingen. Dafür hatte sie ihre Geburtsurkunde, ihren DDR-Pass sowie das Abschlusszeugnis ihrer Betriebsausbildung eingepackt. Vorher hatte sie die Dokumente in Stanniolpapier eingeschlagen. Nur zur Sicherheit, falls diese im Boot doch nass werden sollten. Die kleine Kette mit dem filigranen Herzen als Anhänger, die sie zur Jugendweihe von ihrer Mutter geschenkt bekommen hatte, hatte sie sich um den Hals gehängt. Wenigstens eine Erinnerung wollte sie mit in den Westen nehmen.

Mit ihrer Hand fuhr sie über das Bett, das sie heute ausnahmsweise gemacht hatte. Dann nahm sie ihre Tasche und verließ das Zimmer.

Als sie an der Küche vorbeikam, verlangsamte sich ihr Schritt. Ihre Mutter stand an der Spüle und wusch das Frühstücksgeschirr ab. Mit den immergleichen Bewegungen ließ sie den nassen Lappen über Teller, Tassen und Kaffeekanne gleiten.

Lulu zögerte. Schließlich stellte sie ihre Tasche kurz im Flur ab und betrat die Küche. Sie ging zu ihrer Mutter und umarmte sie kurz. Etwas verdutzt erwiderte ihre Mutter die Zuneigungsbekundung. Dann blickte sie ihre Tochter fragend an.

»Alles in Ordnung mit dir?«

Lulu nickte schnell. »Klar, natürlich!«, antwortete Lulu so unbedarft wie möglich. Ihre Stimme klang dabei etwas schrill, weshalb sie sich kurz räusperte. »Ich wollte dich nur mal kurz drücken, bevor ich zur Werft fahre. Das ist doch wohl erlaubt, oder?«

Ihre Mutter nickte. »Natürlich!« Das kleine Lächeln, das über ihr Gesicht huschte, entging Lulu nicht. Sie war froh, es noch einmal gesehen zu haben.

Dann ging Lulu durch die Küche zurück in den Flur. Doch bevor sie die Tasche griff, räusperte sich ihre Mutter. Ein wenig erschrocken drehte Lulu sich noch einmal um und blickte zur Tür hinein.

»Heute Abend gibt's Salzbraten. Komm also nicht zu spät.«

Lulu schluckte heftig, zögerte und nickte schließlich. »Ist gut«, antwortete sie nur, nahm ihre Tasche und verließ das Haus, ohne sich noch einmal umzublicken.

Als Lulu am späten Nachmittag die Werft verließ, war es tatsächlich etwas wärmer geworden. Sie öffnete den obersten Knopf ihres gelben Wintermantels, während sie über den Hof ging. Sie warf einen letzten Blick zu den Werkshallen, vor denen die Arbeiter standen und eine Zigarette rauchten oder noch schnell in ihre belegte Schrippe bissen, bevor der Gong die Werkspause beendete. Im Gegensatz zu Lulu mussten sie sich bis zum Feierabend noch etwas gedulden. Das Plansoll war für diesen Monat noch nicht erfüllt.

Als sie durch das große gusseiserne Tor ging, atmete Lulu tief durch. Die Aufregung, die sich während der letzten Stunden an ihrem Schreibtisch etwas gelegt hatte, nahm nun wieder zu. Sie hatte versucht, gegenüber Frau Friedrich so normal wie möglich zu wirken. Sogar ein paar Tippfehler hatte sie extra in die Korrespondenzen, die sie für die Akten hatte abtippen sollen, eingebaut, damit die Vorzimmerdame wie gehabt Lulus Unaufmerksamkeit monieren konnte. Dass Lulu an diesem Tag bedachter in ihrer Wortwahl war und auch die ihr aufgetragenen Aufgaben wesentlich schneller fertig gehabt hatte, war der Sekretärin zum Glück nicht aufgefallen.

Mit weichen Knien schwang sich Lulu auf ihr Fahrrad und fuhr los. Die Bürgersteige waren um diese Uhrzeit belebt. Vor dem Konsum standen die Leute Schlange, um für das Abendessen noch Brot, Butter, Schmalz, Schlagwurst und vielleicht sogar ein paar kubanische Orangen oder ein Glas eingelegte Gurken ergattern zu können. Lulu hatte vor Feierabend noch schnell in der Kantine ein Fischbrötchen mit Rollmops gegessen, um sich für die Überfahrt zu stärken.

Als sie Lüstrow hinter sich gelassen hatte, wurde die Straße leerer und angenehmer zu befahren. Sie radelte mittig auf der rechten Fahrbahn, um den Schlaglöchern, tiefen Rissen und Furchen am Rand der schlecht betonierten Allee auszuweichen. Plötzlich schoss ein dunkelblauer Wagen von hinten heran, scherte mit beinahe quietschenden Reifen auf die Gegenspur aus und überholte sie. Vor Schreck riss Lulu den Lenker herum, kam ins Schleudern und steuerte direkt auf eine dicke Linde zu. Erst im letzten Moment konnte sie ihren Drahtesel wieder unter Kontrolle bringen und dem Baum ausweichen.

»Blöder Depp! Hast es wohl besonders eilig«, fluchte sie über den Autofahrer, der längst schon hinter der nächsten Abbiegung verschwunden war.

Kurz vor der Kreuzung, die zum Moor führte, hielt sie an. Bevor sie vom Fahrrad stieg, blickte sie prüfend in alle

Richtungen. Weit und breit war niemand zu sehen. Hastig stellte sie das Fahrrad ab und lief zu einem Baum, der etwas abseits von der Straße stand. Ihre Finger zitterten leicht, als sie das Laub, das zwischen den Wurzeln zu einem kleinen Haufen aufgeschichtet war, beiseiteschob und ihre Tasche herausholte. Sie hatte die Tasche nicht mit in die Werft nehmen wollen, weshalb sie am Morgen den Umweg hierher in Kauf genommen hatte.

Lulu öffnete den Verschluss der Tasche und sah hinein. Sowohl die wärmenden Sachen als auch das silbrig glänzende Päckchen mit ihren Dokumenten waren noch darin. Sie atmete kurz tief durch, hängte sich die Tasche über die Schulter und lief zu ihrem Fahrrad zurück.

Am Waldrand traf sie Else, die auf ihrem Rücken einen schmalen Rucksack trug. Zu Fuß kam sie direkt vom Leuchtturm. Bei Margot hatte sie sich heute krankgemeldet. Lulu stieg ab und umarmte ihre Freundin kurz. Dann gingen sie ins bewaldete Moor hinein. Es wurde etwas kühler. Trotz des fehlenden Laubkleides verdeckten die Baumkronen die tiefstehende Sonne. Ein leichter Wind zog durch das dichte Geäst, ließ die Zweige auf- und abwippen. Und doch strahlten die Bäume eine beschauliche Friedlichkeit aus.

»Hat dein Vater etwas gemerkt?«, fragte Lulu, nachdem sie ihr Fahrrad schiebend eine Weile neben Else hergelaufen war.

Else schüttelte den Kopf. »Wer weiß, wann er überhaupt bemerkt, dass ich weg bin.«

»Meine Mutter hat auch nichts spitzgekriegt. Aber heute Abend beim Abendessen …«

Plötzlich legte Else ihren Zeigefinger auf die Lippen und drehte sich aufhorchend um. Lulu verstummte und blickte ihre Freundin erschrocken an, während sie ebenso ihre Ohren spitzte. In einiger Entfernung hörten sie Motorengeräusche.

Als diese näher kamen, atmete Lulu erleichtert auf. Sie würde das röhrende Brummen auch im Schlaf erkennen. Es war Ottos Moped, das auf sie zusteuerte. Auch Else schien es erkannt zu haben, verschwand doch die Sorgenfalte auf ihrer Stirn genauso schnell, wie sie gekommen war.

Otto bremste sein Gefährt neben den Frauen ab. Er schien kein Gepäck bei sich zu haben. Selbst den Instrumentenkoffer, der stets auf seinen Gepäckträger gespannt war, hatte er nicht bei sich. Er machte den Motor aus, stieg ab und begrüßte die Frauen. Lulu gab er einen Kuss, den sie eher zuließ, als ihn zu erwidern.

Nun gingen sie zu dritt den schmalen Waldweg entlang zur Hütte. Lulu musste aufpassen, dass sich die Reifen ihres Fahrrads nicht an den Wurzeln verkanteten, die sich wie knöchrige Glieder über den mit Laub bedeckten Waldboden wanden. Sie schwiegen. Ob aus Vorfreude oder Nervosität, vermochte Lulu nicht zu sagen. Vermutlich war es eine Mischung aus beidem.

Auf einmal blieb Else erneut abrupt stehen, weitete ihre Arme, um auch ihre Freunde zum Anhalten aufzufordern. Dann hob sie den Arm und zeigte geradeaus. »Seht mal!«

Lulu folgte ihrem Fingerzeig, und auch Otto kam ihrem Appell nach.

Als Lulu sah, worauf ihre Freundin deutete, wurde ihr plötzlich ganz flau im Magen. Vor der Hütte, die zwischen den Ästen unscheinbar emporragte, stand der blaue Wagen, der sie vorhin beinahe von der Straße abgedrängt hatte. Die

Tür zur Hütte war weit aufgestoßen. Neben dem Holzverschlag stand ein Mann und sah sich forsch um. Als sein Blick in ihre Richtung wanderte, kam plötzlich Bewegung in die drei. Wie auf ein stummes Kommando verließen sie hastig den Weg und rannten in den Wald hinein. Lulu hatte große Mühe, ihr Fahrrad über den unebenen Boden zu schieben. Nach ein paar Metern ließ sie es fallen und lief ohne weiter. Otto wollte sich jedoch nicht von seinem Moped trennen. Hinter einem umgefallenen Baumstamm fanden sie Sichtschutz. Sie hockten sich dahinter, blickten über den morschen Stamm hinweg zur Hütte.

»Wer sind die? Was machen die da?«, fragte Lulu leise und noch außer Atem.

»Waldarbeiter sind's jedenfalls nicht«, antwortete Otto, der seinen Blick nicht von der Hütte ließ.

Lulu folgte seinem Blick nun wieder. Der Mann vor der Hütte trug einen grauen Anzug und sah nun wirklich nicht wie jemand aus, der Axt und Säge schwang.

Lulu beobachtete, wie zwei weitere ordentlich gekleidete Männer aus der Hütte heraustraten. In den Händen hatten sie die schweren Säcke, die sie vor der Hütte nun öffneten und den Inhalt auskippten. Der sorgsam geflickte Bootsmantel, die frisch lackierten Holzleisten, die Paddel und das nun wieder funktionstüchtige Ruder, alles fiel aus den Säcken heraus und den Männern direkt vor die Füße.

»Oh, nein«, stieß Else nur leise seufzend aus. Lulu und Otto hatten dem nichts hinzuzufügen. Sie starrten nur zu den Männern und konnten es nicht fassen, dass ihre Flucht scheiterte, bevor sie überhaupt nur ein Paddel ins Wasser stechen konnten.

Reglos blieben die drei hinter dem Stamm sitzen. Lulu wurde kalt, doch sie traute sich nicht, ihren Pullover aus der Tasche zu holen, um ihn anzuziehen. Sie zitterte am ganzen Leib, vermutlich nicht nur der Kälte wegen.

Sie beobachteten, wie die Männer die Einzelteile des Faltboots achtlos in den Kofferraum schmissen, Fotos von der Hütte und dem See machten und den Waldboden großräumig nach Spuren absuchten. Als sie unter dem Laub schmale Reifenabdrücke entdeckten, schluckte Otto hörbar. Auch diese dokumentierten sie mit der Kamera.

Erst nach einer gefühlten Ewigkeit stiegen die Männer in den Wagen und fuhren den Waldweg zurück. Als sie an der Stelle vorbeikamen, an der Else, Otto und Lulu ins Geäst des Waldes geflüchtet waren, hielt Lulu den Atem an. Sie hoffe, dass die Männer aus dem Wagen heraus nicht ihr Fahrrad entdecken würden, das immer noch auf dem Boden lag. Doch zum Glück hatten die Anzugträger ihre Blicke geradeaus gerichtet und sahen weder das Fahrrad noch die drei hinter dem Baumstamm.

Als der Wagen zwischen den Bäumen nicht mehr zu sehen war und das Motorengeräusch wieder von der Stille des Waldes abgelöst wurde, kamen sie aus ihrem Versteck hervor. Sie sahen sich an, ratlos, was sie nun tun und sagen sollten. Und so schwiegen sie. Nur eine Frage ging Lulu durch den Kopf. Wer hatte der Stasi verraten, dass in der Hütte ein Boot versteckt war? Ganz langsam hob sie ihren Kopf und sah Otto an. Doch dieser erwiderte ihren Blick nicht.

Als Lulu zu ihrem Elternhaus zurückkehrte, war es bereits dunkel geworden. Sie stellte ihr Fahrrad am Gartenzaun ab, ging durch den Vorgarten und trat ins Haus. In der Diele entledigte sie sich ihres Mantels, den sie neben die wattierten Arbeitsjacken ihrer Eltern in die Garderobe hängte. Die Tasche stellte sie achtlos neben ihren Stiefeln ab, die sie sich zuvor von ihren müden Füßen gezogen hatte. An den Schuhsohlen klebte noch der Morast des Waldes.

Lulu ging den Flur entlang. Jeder Schritt fiel ihr schwer, hatte sie doch geglaubt, nie wieder einen Fuß auf die abgenutzten Dielen setzen zu müssen.

Als sie an der Küche vorbeikam, blickten ihre Eltern vom Küchentisch auf.

»Wo bleibst du denn? Der Salzbraten wird kalt«, fragte ihre Mutter mit monotoner Stimme.

Doch Lulu winkte nur ab, murmelte ein abgeschlagenes »Gleich!«, bevor sie die Treppe zum Dachboden hinaufstieg. Als die Tür hinter ihr ins Schloss fiel, blickte Lulu sich in ihrem Zimmer um. Die Kerben im Holz, die abgeschlagenen Ecken, ihr Bett, der Spiegel und der Kleiderschrank, alles war noch da. Alles war wie immer. Und doch wirkte es anders, irgendwie fremd und nicht mehr wie ihres.

Otto
1962

Otto beugte sich über den Lenker seines Mopeds. Der Fahrtwind war überraschend mild, die dämmernde Abendsonne zauberte einen purpurfarbenen Streifen an den Horizont, der sich hinter den abgeernteten Feldern entlangstreckte. Doch für das Naturschauspiel hatte Otto keinen Blick übrig. Stur starrte er geradeaus auf die Straße, die sich fernab Lüstrows zwischen gestandenen Alleebäumen entlangschlängelte.

Lulu, Else und er hatten im Wald vereinbart, nach Hause zu fahren, getrennt, um keine Aufmerksamkeit zu erregen. Doch statt nach Rostock in seine Wohnung zurückzukehren, fuhr Otto ziellos über die Landstraßen. Die Nadel auf der runden Tankanzeige kratzte bereits am roten Bereich. Keiner von ihnen hatte gewusst, wie es nun weitergehen sollte. Er am allerwenigsten.

Und so wanderten seine Gedanken und drehten sich doch im Kreis. Er dachte an den Posaunenkoffer vor seiner Wohnungstür, den Führungsoffizier des MfS, der nicht lockergelassen hatte, an die Fluchtvorbereitungen und schließlich auch an den Wagen im Wald und die Männer, die sein Boot mitgenommen hatten. Und er dachte an Lulu. An ihren Blick, den er aus Scham nicht erwidert hatte. Hatte sie ihn doch angesehen, als würde sie etwas ahnen.

Otto blickte in den kleinen Rückspiegel, der am Lenker angebracht war, und erschrak plötzlich. Ein Auto fuhr hinter ihm. Die Scheinwerfer blendeten in der einbrechenden Dunkelheit. Weder die Farbe des Wagens noch die Form der Karosserie konnte er deshalb erkennen. Ganz unwillkürlich schlug sein Herz höher. Er konnte spüren, wie seine Knie zu zittern begannen. Aus seinen Händen schien hingegen das Blut zu weichen, sodass seine Finger, die die Lenkgriffe umfassten, verkrampften. Er hatte große Mühe, das Moped unter Kontrolle zu behalten.

Otto versuchte sich auf die Straße zu konzentrieren, warf dabei aber immer wieder einen prüfenden Blick in den Rückspiegel. Der Wagen folgte ihm beharrlich. Selbst als sie eine Kreuzung passierten und Otto in einen kleinen Feldweg einbog, an deren Ende lediglich ein alter Bauernhof stand, der nun der LPG gehörte, blieb der Wagen an seinem Hinterreifen kleben.

Otto gab Gas und fuhr schneller. Doch als er durch ein Schlagloch fuhr, das er im Dämmerlicht übersehen hatte, begann sein Moped plötzlich zu schlingern. Er geriet in Schräglage, rutschte seitlich mit seinem motorisierten Gefährt von der Straße. Ein großer Busch bremste seinen Aufprall zum Glück ab.

Der Wagen hinter ihm kam ebenfalls mit quietschenden Reifen zum Stehen. Eine Frau stieg aus und eilte zu Otto, während er sein Bein unter dem Moped herauszog. Seine Hose war zerrissen und seine Jacke verdreckt. Doch außer ein paar Schrammen an Stirn, Ellenbogen und Bein fehlte ihm nichts.

Die Frau blickte ihn erschrocken an, als Otto sich wieder aufgerappelt hatte.

»Geht es Ihnen gut?«

Otto nickte, während er noch etwas Dreck von seiner Kleidung klopfte.

»Soll ich Sie in die Poliklinik fahren?«

Er schüttelte heftig den Kopf, die Frau verstand.

»Aber warum sind Sie denn so gerast? Haben Sie getrunken?«

»Nein, ich ... dachte nur ...«, Otto verstummte, zögerte weiterzusprechen.

»Was dachten Sie?«, bohrte die Frau nach.

Otto winkte jedoch ab. »Nicht so wichtig.«

Die Frau sah ihn an und schien allmählich zu verstehen. »Ich bin Tierärztin und auf dem Weg zu dem alten Bauernhof. Der Bauer hat mich angerufen, weil ihm seine trächtige Kuh Sorgen bereitet.«

Otto atmete erleichtert aus. »Ach so!«

»Sie sollten nach Hause fahren, wenn Sie sich verfolgt fühlen«, riet ihm die Frau mit einem warmen verständnisvollen Blick.

Otto nickte schnell, hob sein Moped hoch und schob es auf die Straße. Er startete den Motor, der glücklicherweise sogleich ansprang. Seine Maschine schien den Sturz ebenso glimpflich überstanden zu haben wie er. Er setzte sich auf sein Moped und fuhr die kleine Landstraße zur Kreuzung zurück.

Doch anders, als die Frau ihm empfohlen hatte, schlug er nicht den Weg nach Rostock ein. Er fuhr nach Lüstrow, um endlich mit Lulu zu reden.

Vor ihrem Haus stellte Otto das Moped ab. Die Gardinen waren zugezogen, die Wohnräume dahinter lagen bereits im Dunkeln. Er ging durch den Garten, zur Giebelseite des

Hauses. Durch das kleine Fenster unter dem Dach flackerte schwaches Licht. Otto nahm einen kleinen Stein und warf ihn hoch. Ein klirrendes Geräusch ertönte, als er gegen das Glas der Scheibe schlug. Erwartungsvoll blickte Otto hinauf, doch am Fenster regte sich nichts. Erneut nahm er einen Kiesel und warf ihn gegen das Fenster.

Die Sekunden verstrichen, bis endlich ein Schatten hinter der Scheibe auftauchte. Es war Lulu, die nun das Fenster öffnete und ihn überrascht ansah.

»Was machst du hier?«, fragte sie laut.

»Ich muss mit dir reden!«, rief er mit gedämpfter Stimme hoch.

Lulu schien zu zögern, was Otto ein wenig verdutzte. »Bitte!«, flehte er.

Ohne eine weitere Antwort schloss Lulu schließlich das Fenster, ihr Schatten verschwand. Otto ging zurück zur Haustür, aus der Lulu wenige Augenblicke später heraustrat. Sie hatte sich ihren Mantel übergeworfen und war in ihre Stiefel geschlüpft, die sie nicht zugebunden hatte. Sie wirkte müde, abgeschlagen und ernüchtert. Von der Leichtigkeit und dem Frohsinn, die sich sonst in ihrem Gesicht abzeichneten, war keine Spur mehr übrig geblieben.

Sie blickte ihn erschrocken an. »Wie siehst du denn aus? Was ist passiert?«

Ganz sanft berührte sie seine Stirn, befühlte die Wunde. Er zuckte kurz zurück, obgleich er die Berührung genoss.

»Ein kleiner Unfall mit dem Moped. Mir geht es gut.«

Lulu sah ihn an, zögerte. Augenscheinlich überlegte sie, ob sie seiner Erklärung Glauben schenken soll.

»Können wir ein Stück gehen?«, fragte er schließlich.

Lulu nickte und trat an ihm vorbei durch die Gartenpforte auf die Straße. Ihre Schritte hallten auf dem groben Pflaster wider. Otto folgte ihr.

Eine Weile liefen sie schweigend nebeneinanderher.

Otto wusste nicht recht, wie er anfangen sollte. Und Lulu, die sonst gern und viel redete, wartete offensichtlich ab, dass ihr Freund als Erster das Wort ergriff.

»Denkst du, ich habe uns verraten?«, fragte er schließlich ohne Umschweife in die angespannte Stille hinein.

»Sag du es mir!«, forderte sie ihn auf.

Doch bevor Otto antworten konnte, sah sie ihn forsch von der Seite an. »Oder nein!«, nahm sie ihre Frage zurück. »Sag mir zuerst, wer der Mann war, zu dem du vor ein paar Wochen ins Auto gestiegen bist. In den beigefarbenen Wartburg, der vor deiner Tür stand.«

Otto schluckte, er wusste, dass Leugnen zwecklos war. Aber er war ja auch hier, um ihr endlich die Wahrheit zu sagen. Oder?

»Der Mann war vom MfS!«, antwortete er schließlich ehrlich.

»Von der Stasi?«, rief Lulu etwas zu laut aus.

Otto blickte sich kurz erschrocken um, doch die Häuser, an denen sie vorbeispazierten, lagen allesamt im Dunklen. Nichts regte sich hinter den zugezogenen Gardinen. Dann nickte er.

Lulu stieß einen tiefen Seufzer aus. Ob aus Verachtung oder Verzweiflung, konnte er nicht genau sagen.

»Seit wann steckst du mit denen unter einer Decke?«, fragte sie und bohrte nach. »Schon länger? Seit wir die Flucht planen? Oder etwa, seit wir uns kennen?«

Otto atmete tief durch, bevor er antwortete. »Das erste Mal sind sie auf mich zugekommen, nachdem wir das Boot in die Hütte gebracht hatten. Sie haben mir die Posaune geschenkt.«

»Die amerikanische?«, fragte sie etwas ungläubig.

Otto nickte.

»Ich dachte, die hat dir dein Großonkel aus dem Westen geschickt?«

»Das war gelogen«, antwortete er. »Sie wollten mich bestechen, damit ich für sie meine Freunde aus der Jazzcombo ausspioniere, mit denen ich jeden Freitag probe. Mit unserem Fluchtplan hatte das gar nichts zu tun.«

Lulu schwieg. Sie brauchte augenscheinlich einen Moment, um das Gehörte zu verdauen.

»Warum hast du die Posaune nicht zurückgegeben?«, fragte sie schließlich.

Otto seufzte. »Das habe ich versucht, glaub mir. Aber sie haben nicht lockergelassen, waren immer wieder da. Ich habe versucht, mit denen zu reden, hab denen gesagt, dass ich das nicht machen werde. Dass ich kein Spitzel bin. Auch an dem Abend, als ich zu dem Führungsoffizier in den Wagen gestiegen bin, wollte ich nur mit ihm reden.«

»Und was ist dann passiert?«, fragte Lulu.

Otto blickte kurz zu Boden, zögerte, bevor er antwortete. »Sie haben mir mit Auftrittsverbot gedroht.«

Lulu schnaubte kurz. »Und dann bist du eingeknickt und hast nicht nur deine Musikerkollegen in die Pfanne gehauen, sondern uns gleich mit.«

»Nein! Das habe ich nicht«, verteidigte er sich allzu schnell.

Lulu sah ihn skeptisch an.

Er schluckte, versuchte sie aufrichtig anzusehen. »Das musst du mir glauben. Mit der Sache heute habe ich nichts zu tun. Ich habe nicht die geringste Ahnung, woher sie wussten, dass in der Hütte ein Boot versteckt ist.«

Lulu blieb stehen. Unter dem Schein der Straßenlaterne sah sie noch schöner aus. Ihr Haar, das sie sich zu einem geflochtenen Zopf gebunden hatte, glänzte in dem matten Licht. Ihre Gesichtszüge, die halb im Schatten lagen, wirkten so eben und gleichmäßig wie Marmor. Sie zitterte leicht. Otto trat einen Schritt an sie heran, wollte seine Arme wärmend um ihren Körper legen. Wollte sie halten und spüren, wie er es früher so gern getan hatte. Und wie sie es mochte.

Doch Lulu trat einen Schritt zurück.

Erschrocken sah Otto sie an. In ihren Augen konnte er ihre Zweifel an seiner Wahrheit sehen. Sie glaubte ihm nicht. Warum sollte sie auch, schoss es ihm durch den Kopf. Er hatte sie die ganze Zeit angelogen. Und nicht einmal jetzt vermochte er ihr die ganze Wahrheit zu sagen.

Else
1962

Else stand vor der Anhöhe des Leuchtturmgehöfts. Die Nacht war bereits hereingebrochen. Stolz ragte der Turm vor ihr empor, schickte sein Licht aufs Meer hinaus, als wäre nichts gewesen.

Nachdem sie sich von Lulu und Otto verabschiedet hatte, war sie den ganzen Weg durch das Moor zurückgelaufen. Sie hatte es dabei nicht eilig gehabt. Wohl auch, weil ihr das Atmen mit jedem Schritt schwerer gefallen war. Als sie den Leuchtturm zwischen den letzten Bäumen hervorblitzen gesehen hatte, hatte sie innegehalten. Hatte versucht, wieder Luft zu bekommen und einen klaren Gedanken zu fassen. Doch beides schien unmöglich zu sein. Besonders wenn sie an Frank gedacht hatte, hatte sich ihre Kehle gefühlt ein Stück mehr zugeschnürt. Sie hatte ihn auch in den letzten Tagen nicht gesehen.

Irgendwann war sie doch weitergelaufen, zumindest bis zu dem kleinen Weg, der die Anhöhe hinaufführte. Dort war sie wieder stehen geblieben und schaffte es auch jetzt noch nicht, sich vom Fleck wegzurühren.

Da hörte sie plötzlich hinter sich ein klapperndes Geräusch. Else zuckte zusammen und drehte sich erschrocken um. Doch es war nur Lulu, die mit dem Fahrrad auf sie zufuhr. Im Schein des Mondlichts konnte sie sehen, dass ihr offener Mantel im Fahrtwind wehte. Auch die Schuhe hatte sie sich nicht zugebunden. Die langen Schnürsenkel hingen seitlich neben den Pedalen herunter.

Als sie Else sah, sprang sie vom Fahrrad, lief auf ihre Freundin zu und fiel ihr in die Arme. Auch Else war erleichtert, ihre vertraute Freundin zu sehen. Ihre Nähe tat ihr gut. Sie hatte das Gefühl, wieder ein wenig mehr Luft zu bekommen.

»Ich weiß, wir haben abgemacht, zu Hause zu bleiben, doch ich musste dich einfach sehen«, sagte Lulu noch etwas atemlos, als sie sich aus der freundschaftlichen Umarmung wieder gelöst hatte.

Else lächelte schwach und zuckte mit den Schultern. »Du warst wenigstens schon zu Hause. Ich habe es nur bis hierher geschafft.«

Lulu schenkte ihrer Freundin einen verständnisvollen Blick. »Es ist alles so furchtbar!«, antwortete sie dabei nur.

Else nickte und wusste nicht, was sie dieser Tatsache hinzufügen sollte.

Sie liefen gemeinsam ein Stück, am Leuchtturm vorbei bis zu den Dünen. Dahinter tat sich das Meer auf, das tatsächlich in dieser Nacht ruhiger zu sein schien. Else versetzte der Anblick einen Stich ins Herz.

Auch Lulu blickte gedankenverloren aufs Wasser hinaus. Dabei kaute sie etwas nervös auf ihrer Unterlippe herum. Sie schwiegen beide eine ganze Weile.

Irgendwann sah Lulu sie doch an. »Meinst du, wir hätten es geschafft?«

Else erwiderte kurz den Blick ihrer Freundin, bevor ihre Augen über die Dünen wanderten. Der Beobachtungsturm, dessen Scheinwerferlicht den Strand erhellte, ragte mahnend empor. In einiger Entfernung konnte sie auch die schwachen Lichtkegel der Taschenlampen ausmachen, mit der die patrouillierenden Grenzsoldaten den Küstenabschnitt abschritten. Dann sah sie aufs Meer hinaus zu dem Boot der Küstenbrigade. Die Frage hatte sie sich bisher noch nicht zu stellen getraut.

»Möglicherweise!«, antwortete sie.

Lulu seufzte. »Was machen wir denn jetzt?«

Else sah ihre Freundin an. »Erst einmal nichts!«

Lulu stutzte, verstand augenscheinlich nicht gleich, was ihre Freundin damit meinte.

»Wir werden so tun, als wäre nichts gewesen. Du gehst in die Werft, ich gehe in den Gasthof. Du lässt dich von Frau Friedrich herumkommandieren, ich werde weiter nach Margots Pfeife tanzen. Du setzt dich zu deinen Eltern an den Abendbrottisch und ich …« Else stockte kurz bei dem Gedanken an ihren Vater. »Und ich werde hier mein Leben auch weiterleben. Und wenn wir ganz viel Glück haben, wird die Stasi nicht herausfinden, wem das Boot in der Hütte gehört hat.«

»Und wenn sie es doch tun?«, fragte Lulu.

Else schluckte beklommen und blickte ihre Freundin an. »Dann sieht es nicht gut aus. Für Otto nicht. Und für uns vielleicht auch nicht.«

Lulus Augen verengten sich angsterfüllt. Sie wusste, dass Else mit ihrer Antwort recht hatte.

Schweigend blickten sie erneut aufs Meer hinaus. Else versuchte sich aufs Atmen zu konzentrieren. Es fiel ihr immer noch schwer.

Schließlich seufzte Lulu tief. »Ich glaube, ich weiß, wer uns verraten hat.«

Else blieb kurz die Luft weg. Sie ließ ihre Freundin jedoch weiterreden.

»Er hat mir zwar versichert, dass er der Stasi das Versteck nicht verraten hat, aber …« Lulu schluckte kurz und fuhr dann fort: »Aber ich weiß nicht, was ich ihm noch glauben kann. Ich habe das Gefühl, ihn nicht mehr zu kennen.«

Else sah Lulu an. »Von wem redest du?«

»Na von Otto! Die Stasi wollte ihn als IM verpflichten. Sie haben ihn deshalb unter Druck gesetzt.« Lulu seufzte. »Er hat es mir vorhin gebeichtet. Ich habe ihn dann einfach stehen lassen, hab mich aufs Rad geschwungen und bin zu dir gefahren. Er hat keine Anstalten gemacht, mich aufzuhalten«, fügte sie tief betrübt hinzu.

Else nickte, um zu bestätigen, dass sie Lulus Worten gefolgt war. Der Kloß in ihrem Hals war wieder da. Sie versuchte tief durchzuatmen, doch es gelang ihr nicht.

»Ich denke nicht, dass er es war«, sagte sie schließlich.

Lulu stutzte.

»So sorgfältig, wie er das Bootsgestell aufbereitet hat, wollte er dieses Land genauso dringend verlassen wie wir.«

»Wer war es dann?«, fragte Lulu sichtlich ratlos.

»Ich!«, antwortete Else leise.

»Du?«, fragte Lulu mehr als ungläubig zurück.

»Na ja, nicht direkt. Und ich bin mir auch nicht sicher …«

»Wie meinst du das?«, unterbrach Lulu ihre Freundin immer noch sichtlich irritiert.

»Ich habe jemanden kennengelernt. Einen Mann.«

»Einen Mann? Aber davon hast du mir gar nichts erzählt?!«

»Ich hielt es nicht für wichtig«, versuchte Else sich zu verteidigen. »Außerdem waren wir so beschäftigt mit dem Reparieren des Bootsstoffes. Und dann noch die Sache mit meinem Vater.« Else stockte kurz. »Ich weiß nicht, ob Frank uns wirklich verraten hat. Aber ich habe ihn nicht mehr gesehen, seit ich ihm von dem Boot erzählt habe.«

Lulu sah ihre Freundin mehr als entsetzt an. Der Blick schmerzte Else mehr als alles andere.

»Sag was, bitte!«, flehte sie ihre Freundin an.

Doch sie schwieg, zumindest für einen Moment. »Ich dachte, wenigstens du hast in diesem Land keine Geheimnisse«, sagte Lulu dann beinahe tonlos. Mit diesen Worten drehte sie sich um und ging, ohne Else auch nur eines letzten Blickes zu würdigen.

Else japste nach Luft, der Kloß in ihrem Hals schien ins Unermessliche zu wachsen. Ihre Schultern begannen zu beben, ihre Augen wurden ganz feucht. Doch sie versuchte die Tränen zurückzuhalten.

Plötzlich spürte sie eine Hand auf ihrer Schulter. Sie drehte sich um und sah in das Gesicht ihres Vaters. Liebevoll blickte er sie an, ohne etwas zu sagen. Else fiel ihm in die Arme, vergrub ihr Gesicht an seiner Brust und ließ ihren Tränen nun endlich freien Lauf. Noch immer schwieg er, stellte keine Fragen, suchte keine Worte, die sie ja doch nicht zu trösten vermochten. Er hielt sie einfach nur fest und ließ sie weinen.

Franzi
1992

Franzi saß in der Küche über ein paar Notizen gebeugt, als es an der Tür klopfte. Etwas verwundert stand sie auf und ging durch den Flur. Schließlich war das Leuchtturmgehöft viel zu weit ab vom Schuss, als dass sich jemand hierhin verirren würde. Und dass die Gemeindevertreter ihr nun doch noch den Schlüssel für den Leuchtturm vorbeibringen würden, daran hatte sie nun nicht mehr geglaubt.

Umso überraschter war sie, als sie die Tür öffnete und Peter vor sich stehen sah. Sein Wagen parkte etwas abseits auf der Landstraße, wie sie über seine Schulter hinweg sehen konnte. Bei sich trug er lediglich einen schwarzen Aktenkoffer sowie ein etwas steifes Lächeln zur Begrüßung.

Nachdem Franzi sich gefasst hatte, versuchte sie sein Lächeln zu erwidern. Dabei war sie sich nicht sicher, ob ihres weniger gequält aussah.

Es war komisch, Peter wieder gegenüberzustehen. Seit ihrer Trennung vor zwei Jahren hatten sie sich nicht mehr gesehen. Schon das Telefonat vor gut einer Woche war eher unangenehm gewesen. Etwas holprig hatte sie ihn begrüßt, als seine Stimme in der Leitung erklungen war. Als sie dann ihren Namen genannt hatte, hatte er für einige Sekunden geschwiegen, und Franzi hatte schon befürchtet, dass er gleich wieder auflegen würde. Doch er war drangeblieben, hatte sie nach ihrem Befinden und ihrer Arbeit gefragt.

Nachdem sie am Telefon einige floskelhafte Oberflächlichkeiten ausgetauscht hatten, bei denen Franzi ihre momentane Schreibblockade jedoch unerwähnt gelassen hatte, hatte sie sich schließlich überwunden. Sie hatte ihm von dem Tagebuch erzählt, das sie gefunden hatte. Von Else, ihrer Freundin Lulu und Otto sowie ihrem gescheiterten Plan, über die Ostsee in die Freiheit zu paddeln, hatte sie ebenso gesprochen. Er hatte zugehört und ihr schließlich tatsächlich zugesichert, für sie Nachforschungen anzustellen, was aus Else und ihren Freunden geworden war. Doch er hatte ihr bei ihrem Telefonat wenig Hoffnung gemacht, auch fündig zu werden. Schließlich lagerten in den Kellern der Behörde noch Tausende von Akten, Kisten und Säcke mit teils geschredderten Papieren, die von seinen Kollegen und ihm noch nicht gesichtet, sortiert und zusammengesetzt worden waren.

Dennoch war sie ihm für sein Hilfsangebot dankbar gewesen. Nach all dem, was zwischen ihnen vorgefallen war, war das keine Selbstverständlichkeit gewesen.

Kurz bevor sie das Telefonat beendet hatten, hatte sie dann auch nach der Stasi-Akte ihres Vaters gefragt. Peter hatte gestutzt und es für keine gute Idee gehalten, ihr die Akte ohne Einverständnis ihres Vaters zu geben. Doch Franzi hatte darauf bestanden. Sie musste einfach herausfinden, was es mit der Reaktion der Wirtin sowie dem gefundenen Zettel auf sich hatte. Sie hatte eine Vermutung, war sich jedoch nicht sicher genug, um ihren Vater direkt darauf anzusprechen. In der Stasi-Akte, so hoffte sie, würde sie den endgültigen Beweis für ihren Verdacht finden oder diesen widerlegen.

Peter hatte daraufhin nur geseufzt und gemeint, dass er sich melden würde, wenn er über Else mehr herausgefunden hatte. Dass er nun persönlich vorbeikommen würde, damit hatte sie nicht gerechnet.

»Komm doch rein!«, sagte Franzi schließlich und ging einen Schritt beiseite, um ihn eintreten zu lassen. Er nickte und folgte ihr, nachdem Franzi die Tür hinter ihm geschlossen hatte, durch den Flur in die Küche. Dort blickte er sich etwas verwundert um, wie Franzi beobachten konnte. In seinem hellen Hemd, mit der akkurat gescheitelten Kurzhaarfrisur und seiner drahtig-sportlichen Figur wirkte er zwischen den alten unsanierten Mauern wie ein Fremdkörper.

Die letzten Wochen hatte Franzi sich hier eingerichtet, hatte das Nötigste in Lüstrow besorgt oder war erfinderisch geworden. So hatte sie etwa aus alten Holzbrettern, die sie auf dem Gehöft gefunden hatte, einen Küchentisch und zwei Stühle selbst zusammengezimmert. Weil es keinen Kühlschrank gab, hängte sie nachts die Lebensmittel, die gekühlt werden mussten, in Tüten aus dem Fenster. Und weil der Abfluss defekt war, spülte sie das wenige Geschirr, das sie in den Schränken gefunden hatte, in einer großen alten Zinkwanne, die mitten in der Küche stand. Erst jetzt, durch die Augen ihres Ex-Mannes, der immer noch seinen Blick durch die Küche schweifen ließ, erkannte sie, wie wenig Komfort diese Wohnung doch bot.

Franzi ging zur Spüle hinüber. »Kaffee?«, fragte sie schließlich, um die fast schon penetrant peinliche Stille zwischen ihnen zu lösen.

»Hast du denn hier eine Kaffeemaschine? Und Strom?«, fragte er zurück.

Franzi ließ sich nicht beirren. »Eine Kaffeemaschine habe ich nicht. Aber einen Topf, Wasser, einen Herd, Kaffeepulver, sogar Milch und Zucker und ja … Strom habe ich auch!«

Peter räusperte sich etwas verlegen. »Dann nehme ich gerne einen Kaffee!«, antwortete er.

Franzi nickte und setzte das Wasser auf dem Herd auf. Peter stellte derweil seinen Aktenkoffer ab und setzte sich vorsichtig auf einen der beiden Holzstühle.

Als Franzi zwei Tassen Kaffee aufgebrüht hatte, setzte sie sich zu ihm und sah ihn aufmerksam an.

Peter rührte etwas unbeholfen in seiner Tasse herum. Schwarze Krümel des gemahlenen Pulvers schwammen noch auf der Oberfläche.

»Wie geht es dir in Berlin?«, fragte sie, um ein Gespräch in Gang zu bringen.

»Gut!«, antwortete er knapp. »Und du … Fühlst du dich hier wohl?«, fragte er zurück, während er noch einmal seinen Blick durch die mehr als kahle Küche schweifen ließ.

Franzi nickte ehrlich. Plötzlich hatte sie eine Idee und sprang auf. »Komm mit!«

»Wohin?«, fragte er etwas überrumpelt.

»Ich will dir was zeigen!«

»Und der Kaffee?«, fragte er immer noch sichtlich irritiert über ihre Spontanität.

Sie lächelte kurz. »Den kannst du mitnehmen.«

Wie zum Beweis schnappte sie sich ihre Tasse und forderte ihn noch einmal auf, ihr zu folgen. Schließlich stand er auf, nahm ebenso seine Tasse in die Hand und verließ nach ihr die Küche. Seinen Aktenkoffer ließ er stehen.

Sie liefen über das Gehöft. Während Franzi leichtfüßig durchs hohe Gras schritt und ihren Blick übers weitläufige Gehöft schweifen ließ, war Peter darauf konzentriert, keinen Kaffee zu verschütten. Beinahe verkrampft balancierte er am Henkel festhaltend die Tasse.

Als sie die wenigen Stufen zum Leuchtturm hinaufgestiegen waren und Franzi die Tür aufstieß, fiel Peters Blick auf das kaputte Schloss, das Franzi nach ihrer Einbruchsaktion hatte liegen lassen. Er warf ihr einen kurzen strafenden Blick zu, verkniff es sich aber, seine Ex-Frau über Recht und Unrecht aufzuklären, wie er es früher gern getan hatte. Offensichtlich erinnerte er sich noch gut daran, dass seine belehrenden Worte bei ihr auch damals schon auf taube Ohren gestoßen waren.

Peter folgte ihr die Treppe hinauf. Sie gingen an der Tür zum Dienstraum vorbei und ließen auch den Ausgang zur Galerie hinter sich. Als sie die oberste Stufe erreicht hatten, öffnete Franzi eine kleine Tür. Das Sonnenlicht strahlte hell durch die großen Fensterscheiben herein, als sie die gläserne Kuppel betraten.

In der Mitte des schmalen runden Raumes stand die Leuchtfeuerkonstruktion. Wie eine riesige, wellenförmig gewölbte Vase umfasste die Fresnel-Linse die Glühlampe. Franzi konnte das Erstaunen in Peters Gesicht sehen, als er den Aufbau der Linse begutachtete. Auch sie war noch immer fasziniert von der Erfindung des französischen Physikers, die es vermochte, das Licht einer einzigen Glühlampe so weit aufs Meer hinauszuschicken. Sie bedauerte, dass ausgerechnet dieses Leuchtturmlicht schon vor Jahren erloschen war.

Irgendwann drehte Franzi sich um und trat an die Fensterfront heran, die auf der Meerseite lag. Sie blickte aufs Wasser, das sich geruhsam und leuchtend blau vor ihren Augen ausbreitete. Franzi hörte, wie Peter sich neben sie stellte und schlürfend einen Schluck aus seiner Kaffeetasse nahm.

»Faszinierend, das Meer«, sagte er dann.

»Von hier aus scheint es unendlich zu sein«, stimmte sie ihm zu.

Peter nickte. »Kaum vorstellbar, dass jahrzehntelang Menschen ausgerechnet über die Ostsee den Weg in die Freiheit gesucht haben.«

Franzi drehte sich um und sah ihn an.

»Zwischen dem Bau der Mauer und deren Fall vor drei Jahren haben ungefähr 5600 DDR-Bürger versucht, über die sogenannte nasse Grenze zu fliehen. Mit Segel- oder Gummibooten, Kanus, selbst gebauten U-Booten oder sogar mit Luftmatratzen oder schwimmend traten sie den Weg in die Freiheit an. Doch nur etwa 900 Menschen haben es geschafft. Mindestens 170 Männer, Frauen und Kinder sind ertrunken.«

Franzi schluckte. »Das habe ich nicht gewusst.«

»Das wusste niemand. Erst jetzt kommt alles ans Licht.«

Franzi blickte wieder aufs Wasser. »Die Menschen haben alles riskiert, um ein besseres Leben zu haben«, sinnierte sie.

Peter nickte.

»Hast du auch etwas über Else, Lulu und Otto herausfinden können?«, fragte sie nun wieder aufmerksamer.

Er zögerte kurz, seufzte dann leicht. »Nicht viel«, antwortete er. »Tatsächlich muss diese Else mit ihrem Vater sehr zurückgezogen gelebt haben«, fuhr er fort. »Ihre Mutter war verstorben. Wie und warum war aus den Akten nicht ersichtlich. Seltsamerweise fehlten ein paar Seiten.«

»Else durfte kein Abitur machen. Weißt du warum?«, fragte sie.

Er schüttelte den Kopf. »Ihr Vater war nie politisch auffällig. Warum Else die Zulassung zur Oberschule so kurzfristig entzogen wurde, kann ich dir nicht erklären.«

»Und 1962? Der Fluchtversuch?«

»Die Stasi hatte wirklich einen Hinweis bekommen, dass in einer Hütte im Moor ein Boot versteckt ist, so wie du es am Telefon schon vermutet hattest. Laut den Unterlagen, die ich dazu finden konnte, haben die Genossen dann fieberhaft nach den Fluchtwilligen gesucht. Es gab wohl sogar Verhöre und Verhaftungen deswegen. Die Protokolle dazu sind jedoch leider verschollen.«

Franzi seufzte enttäuscht. »Schade!«

»Tut mir leid!«, antwortete er ehrlich. »Aber ich habe etwas anderes für dich.«

Franzi sah ihn fragend an. Er zog einen Zettel aus der Tasche und reichte ihn Franzi. Sie blickte verwundert darauf.

»Das ist die aktuelle Adresse von Louise«, erklärte er.

»Von Lulu?«, fragte Franzi verblüfft.

Peter nickte. »Sie wohnt mittlerweile in Frankreich. Nach der Wende ist sie dorthin gezogen.«

»Weißt du auch, was aus Else geworden ist?«

»Nach 62 verliert sich die Spur in den Akten«, antwortete er kopfschüttelnd. »Aber wie gesagt, das muss nichts heißen. Die Unterlagen sind sehr lückenhaft.«

Sie nahm den Zettel, während sie ihm einen dankenden Blick zuwarf. Die Adresse von Lulu war wenigstens etwas, das ihr vielleicht weiterhelfen konnte.

Noch eine Weile blieben sie am Fenster der Leuchtturmkuppel stehen, tranken ihren Kaffee und blickten aufs Meer hinaus. Franzi schien es beinahe so, als würde Peter den Zauber, der von diesem Leuchtturm ausging, langsam ebenso spüren.

Als die Dämmerung hereinbrach, gingen sie zum Wärterhaus zurück.

»Und du willst wirklich schon wieder fahren? Wir könnten in Lüstrow noch etwas essen gehen«, fragte sie und war selbst ein wenig überrascht über ihr Angebot. Die letzten Jahre hatte sie sich nicht vorstellen können, mit ihm noch einmal am gleichen Tisch zu sitzen. Doch der gemeinsame Nachmittag war erfrischend unaufgeregt gewesen. Ihr fiel ein, dass sie seine ruhige Art früher zu schätzen gewusst hatte. War er doch ihr Gegenpol, den sie so manches Mal gebraucht hatte.

Er schüttelte den Kopf. »Ich muss morgen ganz früh wieder in der Behörde sein.«

Sie nickte verstehend.

Plötzlich veränderte sich sein Blick. Er musterte sie beinahe liebevoll. »Du siehst gut aus!«, sagte er dann.

Franzi sah ihn überrascht an.

»Ich meine, früher, wenn du geschrieben hast, hast du manchmal so angespannt gewirkt. Gerade wenn der Abgabetermin immer näher rückte.«

»Peter, ich …«, antwortete sie etwas verlegen.

»Ich weiß, das mit uns hat keine Zukunft. Aber nur weil wir nicht mehr zusammen sind, heißt das nicht, dass ich nicht wissen will, wie es dir geht.«

Sie lächelte. »Mir geht es gut«, antwortete sie und meinte jedes Wort davon ernst.

Er nickte zufrieden, beugte sich vor und gab ihr einen flüchtigen Kuss auf die Stirn. Franzi ließ es geschehen.

Bevor er sich zum Gehen wendete, öffnete er seinen Koffer. Franzi warf ihm einen kurzen irritierten Blick zu. Er holte eine Akte heraus. Auf dem grauen Deckmantel aus Pappe konnte sie den Namen ihres Vaters lesen.

»Du hast …?«, fragte sie mehr als erstaunt.

Peter nickte und beendete ihren Satz: »… eine Kopie seiner Stasi-Akte. Auch wenn ich das immer noch für keine gute Idee halte, sie zu lesen.«

Franzi ignorierte seine Bedenken und wollte die Akte nehmen, doch Peter hielt sie immer noch fest. »Und es könnte mich meinen Job kosten, wenn das jemand herausfindet!«

Franzi seufzte kurz. »Das wird niemand, versprochen! Ich danke dir für deine Hilfe!«, fügte sie ehrlich hinzu.

Peter nickte schließlich kurz und ließ die Akte los. Franzi nahm sie an sich, hielt sie im Arm, als hüte sie einen wertvollen Schatz.

Er blickte sie noch einmal an, zögerte sein Gehen noch hinaus. Dann seufzte er schließlich kurz. »Ich habe dich und deinen Vater immer um eure innige Beziehung beneidet. Kein Blatt schien zwischen euch zu passen. Nicht einmal ich, als wir noch glücklich waren. Pass auf, dass du das nicht kaputt machst!«

Franzi schluckte kurz. Sie wusste nicht, was sie darauf sagen sollte. Doch Peter erwartete auch keine Antwort. Er drehte sich um und verließ das Wärterhaus, ohne ein weiteres Wort zu verlieren.

Noch Peters letzten Worten nachhängend ging Franzi ins Wohnzimmer und setzte sich in den Schaukelstuhl. Die Akte hielt sie dabei immer noch fest. Ganz unweigerlich begann ihr Herz schneller zu schlagen. Peters mahnender Appell hatte sie verunsichert. Die Beziehung zu ihrem Vater war tatsächlich etwas ganz Besonderes und stets durch Ehrlichkeit und gegenseitigen Respekt geprägt. War ihr merkwürdiges Gefühl es wirklich wert, diese zu gefährden, oder gab es vielleicht noch einen anderen Weg, um die Wahrheit zu erfahren? Sie wusste es nicht.

Seufzend legte sie die Akte schließlich noch einmal beiseite und griff stattdessen zu Elses Tagebuch, das neben dem Schaukelstuhl auf dem Boden lag. Sie schlug das Buch auf und blätterte zu dem Eintrag vor, den sie zuletzt gelesen hatte. Zu Franzis Überraschung war die nächste Seite jedoch leer. Und auch die übernächste. Seite um Seite schlug sie nun um, wollte das Buch schon zuklappen, als sie auf der letzten Seite doch noch einen Eintrag fand. Er war auf den 19. Dezember 1962 datiert, zwei Monate nach dem vorherigen Eintrag. Franzi las die wenigen Zeilen mehrmals. Doch der Sinn der Worte wollte sich ihr nicht erschließen:

19. Dezember 1962
Heute tanzen die Schneeflocken für mich. Vielleicht wird nicht alles gut, aber wenn wir es nicht wagen, ist alles umsonst gewesen.

Else
1962

Else stand in dem kleinen Waschraum, der den Mitarbeitern des Gasthauses vorbehalten war. Mit ihren Händen stützte sie sich auf dem emaillierten Waschbecken ab und sah in den kleinen, bereits von blinden Flecken gezeichneten Spiegel, der darüber hing. Die Person, die ihr daraus trüb entgegenblinzelte, wirkte abgeschlagen und müde. Unter Elses Augen zeichneten sich dunkle Ringe ab, ihre Wangen wirkten in dem schwachen Badezimmerlicht aschfahl. Außerdem war sie dünner geworden. Die Träger ihrer Schürze hingen etwas lose auf ihren knochigen Schultern. Seit zwei Monaten, seit die Stasi das Boot in der Hütte gefunden und sie sich mit Lulu zerstritten hatte, hatte sie keine Nacht mehr durchgeschlafen.

Plötzlich knallte es hinter ihr. Else fuhr zusammen. Sie war schreckhafter geworden. Jedes Mal wenn sich die Tür zum Schankraum öffnete oder ein Wagen aufs Gehöft des Leuchtturms fuhr, bekam sie Angst. Angst, dass die Männer in den grauen Anzügen nun anrücken würden. Doch bisher war niemand gekommen, hatte Fragen gestellt oder sie gar verhaftet. Selbst bei Otto, dem das Boot in der Hütte doch gehört hatte, waren sie nach ihrer Information noch nicht gewesen.

Dennoch wollte die Furcht nicht schwinden. Wusste sie doch, dass die Stasi einen langen Atem hatte.

Else blickte sich um. Das kleine Fenster über der Toilette stand offen. Offensichtlich war es durch einen Luftzug aufgestoßen worden und gegen die Wand geschlagen. Ein eisiger Windhauch blies herein, der auf Elses Armen eine Gänsehaut hinterließ. Sie ging zum Fenster und sah hinaus.

Seit mehr als sechs Wochen hielt der Winter weite Teile des getrennten Deutschlands fest in seinen frostigen Klauen. Es herrschten eisige Temperaturen, nur selten kletterte das Thermometer über fünf Grad minus. Tief hängende konturlose Schichtwolken versteckten das blaue Antlitz des Himmels gänzlich. Der Schnee, der immer wieder in dicken Flocken herabfiel, türmte sich. Mit Schaufeln und Schneeschiebern wurde er in Sisyphusarbeit abgetragen, um wenigstens die Zufahrtsstraßen und Häuser frei zu halten. Nur die Kinder hatten ihren Spaß daran, die angehäuften Schneeberge mit ihren Schlitten hinunterzufahren.

Viele Lüstrower fühlten sich an die harten Winter nach dem Krieg erinnert. In den muffig-dunklen Kellern der Wohnhäuser wurde die Heizkohle knapp. Nachschub ließ oft auf sich warten, da immer wieder Güterzüge mit dem schwarzen oder braunen Gold in Schneeverwehungen stecken blieben, und wurde wenn überhaupt nur rationiert herausgegeben. Auch in den Regalen der HO-Geschäfte und des Konsums, die ohnehin nie besonders üppig bestückt waren, herrschte aufgrund der Transport- und Beschaffungsschwierigkeiten zunehmend Leere. So gab es schon seit Wochen keinen frischen Fisch mehr zu kaufen. Die Fischerei war in den letzten Wochen beinahe zum Erliegen gekommen. Da die

Wassertemperaturen auch im Sommer nicht über 16 Grad lagen, war die Ostsee schon jetzt fast vollständig zugefroren. Selbst die Eisbrecher hatten Probleme, die Schifffahrtsrinnen zwischen der hiesigen Küste und Dänemark frei von Eis zu halten, wie Else von einigen Stammgästen gehört hatte. Und so lagen die Kutter der Fischer im Hafen, genauso wie die Boote der Küstenbrigade.

Else ließ ihren Blick über den Bürgersteig schweifen, auf dem die Menschen mit hochgezogenen Mantelkragen und tief sitzenden Mützen durch den tiefen Schnee stapften. In den Fenstern der Häuser auf der anderen Straßenseite hingen Sterne aus rotem Papier oder geflochtenem Stroh. Die Kerzen der erzgebirgischen Schwibbögen flackerten, und hier und da war hinter den von Eiskristallen umrahmten Glasscheiben schon ein geschmückter Tannenbaum zu sehen.

Else war nicht nach Weihnachten zumute, auch wenn sie sich mit ihrem Vater ausgesöhnt hatte. In der Nacht, als er sie nach ihrem Streit mit Lulu im Arm gehalten hatte, waren sie sich wieder nähergekommen. Zwar sprachen sie immer noch nicht über den Tod ihrer Mutter, doch Else hatte sich mit dem Schweigen ihres Vaters arrangiert. Gingen ihr doch derzeit ganz andere Gedanken durch den Kopf.

Mit Lulu hatte sie sich noch nicht wieder vertragen. Mehrmals hatte Else das Gespräch mit ihrer Freundin gesucht, war bei ihr zu Hause gewesen oder hatte sie nach Feierabend vor der Werft abgefangen. Doch Lulu war ihr stumm aus dem Weg gegangen oder hatte gar nicht erst die Tür geöffnet. Else schmerzte die Funkstille, die zwischen ihnen herrschte, mehr als alles andere.

Sie schloss das kleine Fenster, ging zurück zum Waschbecken und drehte den Wasserhahn auf. Sprudelnd plätscherte das Wasser, das eine schlammbraune Färbung aufwies, aus der Leitung ins Becken. Als das Wasser klarer wurde, hielt sie ihre Hände unter den Strahl, spritzte sich eine Handvoll davon ins Gesicht. Dann nahm sie das kleine Handtuch, das neben dem Waschbecken hing, und trocknete sich ab. Doch als sie anschließend in den Spiegel sah, waren ihre Augen immer noch von tiefen dunklen Ringen umrahmt. Nur ihre Wangen waren durch die Kälte etwas rosiger geworden. Sie atmete noch einmal tief durch, rückte ihre Schürze zurecht und ging in den Schankraum zurück. Margot stand hinter dem Tresen und blickte sie fragend an.

»Mädchen, ist alles in Ordnung mit dir?«, fragte sie beinahe sorgenvoll.

»Ja, ja!«, log Else und versuchte ein unbekümmertes Gesicht aufzusetzen.

»Schon seit Wochen wirkst du etwas kränklich. Vielleicht hättest du doch länger zu Hause bleiben sollen.«

»Ich bin wieder gesund. Mir geht es gut!«, sagte Else schnell.

Margot blickte sie noch etwas skeptisch an. »In Ordnung! Aber dass du mir ja nicht die Gäste ansteckst!«, zischte sie schließlich in ihrer gewohnt schroffen Art. »Und jetzt trödle nicht rum. Es gibt viel zu tun.«

Else ließ ihren Blick kurz durch den Schankraum schweifen. Fast alle Tische waren besetzt.

»Tisch vier in der Ecke wartet auf seine Bestellung, und Tisch sechs guckt seit einer geschlagenen Viertelstunde in die Speisekarte. Die sollen sich mal auskaspern«, sagte Margot.

Else nickte, während sie das runde Tablett nahm, auf dem die Wirtin die Getränke für den Ecktisch bereits vorbereitet hatte. Sie schlängelte sich zwischen den besetzten Tischen durch. Geruchsschwaden von Tabakrauch, Schweiß und Essen schlugen ihr entgegen. Fetzen von Gesprächen, die mal heiter und mal ernst über die Tische hinweg geführt wurden, drangen an ihre Ohren.

In den nächsten Stunden nahm Else Bestellungen auf, servierte Getränke und Essen, räumte die Tische ab und spülte das Geschirr. Die Arbeit tat ihr gut und lenkte sie ab. Margot war zumeist in der Küche tätig, was Else nur recht war.

Als sie an einem Tisch die schmutzigen Gläser zusammensuchte und die Teller, die bis auf den letzten Soßenfleck leer gegessen waren, auf das Tablett stapelte, unterhielten sich am Nebentisch zwei Männer. Obwohl sie beinahe verschwörerisch ihre Köpfe zusammensteckten, konnte Else jedes ihrer Worte verstehen.

»Die haben Manni drangekriegt«, sagte der ältere Mann, der eine Schiebermütze trug.

Sein vollbärtiges Gegenüber antwortete sichtlich überrascht: »Was? Manfred?!«

»Ja! Angeblich soll er in seiner Werkstatt Arbeitsmaterial gehortet haben.«

Else stutzte kurz, blickte vorsichtig zu den beiden Männern hinüber.

»Aber ich glaube, sie haben ihn wegen seiner Schwarzmarktgeschäfte einkassiert«, fuhr der Ältere fort.

»Du meinst, die wollen ihn wie eine Zitrone ausquetschen?«, argwöhnte der andere.

»Um herauszufinden, mit wem er alles Geschäfte gemacht hat«, bestätigte der Mützenträger.

Der Jüngere fuhr sich durch seinen etwas ungepflegten Bart. »Oh, Mann, dann können sich wohl einige hier im Ort demnächst warm anziehen.«

Else zuckte zusammen und stieß dabei gegen ein Glas, das scheppernd zu Boden fiel und zersprang. Die Männer drehten sich um und sahen Else verdutzt an. Schnell wandte sie den Blick ab, hockte sich hin und sammelte die Scherben in ihre Handfläche. Dabei gingen ihr die eben gehörten Worte der Männer nicht aus dem Kopf. Otto hatte bei einem Mann namens Manfred den PVC-Stoff eingetauscht, mit dem Else und Lulu das Unterverdeck geflickt hatten. Wenn der Verhaftete dem Druck des Verhörs nicht standhielt, wäre es sicherlich nur eine Frage der Zeit, bis die Stasi eins und eins zusammenzählen und herausfinden würde, wem das Boot in der Hütte gehört hatte.

Zügig stand sie mit dem zerbrochenen Glas in der Hand auf und brachte es in die Küche. Als sich die Schwingtür hinter Else schloss, blieb sie stehen. Sie brauchte einen Moment, um wieder einen klaren Gedanken fassen zu können. Doch das war gar nicht so einfach.

In diesem Moment kam Margot aus der Speisekammer und sah Else erschrocken an. »Du blutest ja!«

Else blickte auf ihre Hände, in denen sie immer noch die Scherben hielt. Eine hatte sich in ihren Daumenballen gebohrt. Sie hatte es nicht einmal bemerkt.

Die Wirtin holte einen alten Verbandskasten unter der Spüle hervor. Mit Jod reinigte sie die Wunde. Anschließend umwickelte sie Elses Hand mit einer Binde. Der weiße

Mullstoff schnürte ihre Haut etwas ein, doch Else sagte nichts.

»Geht es wieder?«, fragte Margot, nachdem sie den Verbandskasten wieder geschlossen und unter die Spüle geschoben hatte.

Else nickte. »Wenn Sie nichts dagegen haben, würde ich gerne für den Rest der Schicht in der Küche arbeiten.«

Margot stimmte ihrer Bitte tatsächlich zu, was Else doch ein wenig überraschte.

Die letzten Gäste waren früh gegangen, blieb bei diesem Wetter doch niemand länger als notwendig der heimischen Stube fern. Mit Margot zusammen säuberte Else den Schankraum. Während die Wirtin den Dreck und Schmutz, den der geschmolzene Schnee auf dem Dielenboden hinterlassen hatte, mit Seifenlauge und Feudel aufwischte, polierte Else die Gläser und entstaubte die Regale über dem Tresen. Die Wunde an ihrer Hand tat dabei fast gar nicht mehr weh. Auch die Gedanken an das belauschte Gespräch der zwei Männer konnte sie für eine Weile beiseiteschieben, auch wenn sie ihr eine Heidenangst einjagten.

»Vergiss bitte nicht, auch den Bilderrahmen abzuwischen!«, forderte die Wirtin Else auf und blickte auf das Ulbricht-Porträt, das über dem Tresen hing.

Beim Anblick des Parteifunktionärs seufzte Else leise. Wenn es nach ihr ginge, würde sein Gesicht ruhig einstauben dürfen, bis es nicht mehr zu erkennen war.

Doch Else nickte nur stumm und stellte sich auf einen Stuhl, um an den Holzrahmen heranzukommen. Als sie mit dem trockenen Tuch darüberwischte, verrutschte das Porträt etwas. Es hing nun schief auf dem Nagel, der in die Wand eingeschlagen war. Else versuchte Ulbrichts Antlitz wieder geradezurücken. Dabei hob sie das Bild etwas an und stutzte. Sie nahm den schweren Holzrahmen ab und drehte ihn um. Auf der Rückseite klebte das Foto eines gut aussehenden Mannes im edlen Anzug und in bestem Alter. Else erkannte ihn nicht gleich. Doch bei näherer Betrachtung wusste sie, wer da so charmant in die Kamera lächelte. Mehr als erstaunt warf sie Margot einen fragenden Blick zu.

»Frank Sinatra?!«, stammelte sie dabei.

Margot zuckte mit den Schultern. »Ich mag seine Musik.«

»Sie hören amerikanische Musik?«, fragte Else verblüfft.

»Ja! Und?«

»Na ja, ich dachte immer, Sie sind …« Else verstummte, traute sich nicht recht, ihre Vermutung auszusprechen.

»Eine Hundertprozentige?«, beendete Margot dafür den Satz, so als wüsste sie genau, welche Wirkung sie auf andere hatte.

Else nickte.

»Wenn man in diesem Land seine Ruhe haben will, muss man lernen, die Klappe zu halten. Und seinen Leidenschaften in aller Stille zu frönen.«

Else blickte Margot an und wusste nicht recht, was sie darauf antworten sollte. Offensichtlich hatte sie Margot all die Jahre falsch eingeschätzt. Doch eines verstand sie nicht.

»Damals, als Ihnen der Gasthof weggenommen wurde, haben Sie sich nicht gewehrt. Sie sind sogar in die Partei eingetreten. Warum?«

Margot legte den Feudel beiseite, nahm einen Stuhl, der bereits verkehrt herum über dem Tisch hing, und nahm Platz.

Else stieg von ihrem herunter und setzte sich gegenüber der Wirtin an den Tisch.

»Der Gasthof lag seit drei Generationen in Familienbesitz. Als ich vor zehn Jahren zwangsenteignet wurde, war ich über alle Maßen wütend. Das kannst du mir glauben.« Margot hielt kurz inne, bevor sie fortfuhr. »Ich hatte damals die Wahl: gehen oder bleiben. Wieder irgendwo von vorne anfangen oder den Gasthof unter Parteikontrolle weiterführen.« Margot seufzte tief. »Ich war schon über fünfzig, verwitwet, kinderlos. Die Ostsee ist mein Zuhause. In Lüstrow bin ich geboren. Der Gedanke an einen Neuanfang, irgendwo in Westdeutschland, jagte mir Angst ein.«

»Ihnen? Auf mich wirken Sie unerschütterlich!«, sagte Else ehrlich.

Margot lächelte schwach, schüttelte dann aber den Kopf. »Ich war nicht mutig genug … Nicht so wie du.«

Else schluckte, sah die alte Wirtin an, die ihrem Blick standhielt.

»Was?«, stotterte Else nur.

»Wenn man, wie ich, so lange hinterm Zapfhahn steht, entwickelt man eine gute Menschenkenntnis. Außerdem ist mein Garn fast alle.«

Else spürte, wie ihre Wangen leicht erröteten. »Oh, entschuldigen Sie. Ich dachte, Sie nutzen die Nähmaschine nicht mehr.«

»Das tue ich auch nicht. Aber ich halte meine sieben Sachen zusammen«, antwortete Margot.

»Also wissen Sie auch …«

»… von dem Wein?«, beendete Margot den Satz und nickte zustimmend. Der strenge Tonfall, den Else von der Wirtin zur Genüge kannte, blitzte wieder durch.

Else schluckte kurz. »Entschuldigen Sie!«

»Schon gut«, winkte Margot ab.

Dann schwiegen sie. Else dachte über Margots Worte nach. Womöglich war sie wirklich mutiger als ihre Vorgesetzte. Doch was nützte es, wenn der Mut nun doch zwecklos war.

Margot holte Else aus ihren Gedanken. »Fahr nach Hause, bevor die Straßen wieder unpassierbar sind«, sagte sie zu Else, während sie aufstand und den Stuhl wieder auf den Tisch stellte. »Den Rest schaffe ich hier auch allein.«

Else nickte und stellte ebenso ihren Stuhl hoch. Anschließend tauschte sie die Schürze gegen ihren dicken Wintermantel, zog Mütze, Handschuhe und Schal an. Sie ging durch den Schankraum, vorbei an Margot, die schon wieder den Feudel in der Hand hielt. An der Tür blieb Else stehen, zögerte und drehte sich schließlich noch einmal zur Wirtin um.

»Danke!«, sagte sie nur. Margot blickte sie an und nickte schließlich. Augenscheinlich verstand sie, dass Else damit nicht nur das Verarzten ihrer Wunde gemeint hatte.

Als Else die Tür öffnete, stob der Schnee sofort dickflockig herein. Da räusperte sich Margot noch einmal.

»Ganz schön kalt draußen, nicht wahr?!«, sagte sie.

Else stutzte irritiert ob der doch etwas überflüssigen Feststellung. Sie nickte nur, während Margot fortfuhr: »Im Eiswinter 1928 war es schon mal so kalt. Da konnte man über die Ostsee spazieren … bis ans andere Ufer.«

Überrascht blickte Else die Wirtin an. Doch diese winkte ihr nur kurz zu.

»Komm gut nach Hause, Mädchen!«, sagte sie dabei vieldeutig. Anschließend schlug sie den Feudel um den Schrubber und begann den Boden zu wischen. Immer noch etwas irritiert über Margots letzte Worte trat Else auf die Straße hinaus. Der Abend war noch nicht ganz hereingebrochen. Doch schon jetzt leuchtete der Mond hell und groß, und die Schneeflocken schienen nur so vor ihm zu tanzen.

Lulu
1962

Das letzte Stück der Landstraße war nicht geräumt. Schnee, über einen halben Meter hoch, vergrub den Asphalt und ließ die Landschaft noch verlassener wirken. Lulu trat in die Pedale ihres Fahrrads. Sie kam nur langsam voran, ihre Reifen verschwanden im Pulverschnee. Hin und wieder blieb sie sogar stecken, musste absteigen, um ihr Fahrrad durch eine Schneewehe zu schieben.

Obwohl sie unter ihrer gelben Winterjacke zwei Pullover trug, fror sie. Den gestrickten Wollschal, den ihr ihre Mutter eigentlich erst zu Weihnachten hatte schenken wollen, hatte sie bis zu ihren Ohren hochgezogen. Und trotz der Lederhandschuhe, die sie trug, waren ihre Fingerkuppen schon ganz taub geworden.

In einiger Entfernung sah sie den Leuchtturm. Offenbar konnte ihm die eisige Kälte nichts anhaben, ragte er doch schier unverwüstlich in den klaren blauen Himmel hinauf. Sie seufzte kurz. Es schien eine Ewigkeit her zu sein, dass sie das letzte Mal hier gewesen war.

Als sie den kleinen Pfad, der zur Anhöhe hinaufführte, erreichte, stieg sie ab. Ab hier musste sie ihr Fahrrad schieben. Der Weg, den sie unter den Schneemassen nur erahnen konnte, war zu unwegsam.

Auf dem Leuchtturmgehöft entdeckte sie Else sofort in einiger Entfernung. Sie stand am Rand der Dünen und blickte aufs Meer hinaus, das unter dicken Eismassen vor dem Winter zu kapitulieren schien. Lulu stellte ihr Fahrrad am Wärterhaus ab und ging an den kahlen Büschen vorbei zur Schutzzone hinüber. Der Schnee knirschte unter ihren Stiefeln. Sie atmete noch einmal tief durch, war sie sich doch immer noch unsicher, ob es wirklich eine gute Idee war herzukommen.

Als Lulu die Dünen erreicht hatte, drehte Else sich um. Sie schenkte ihrer Freundin ein warmes herzliches Lächeln. Lulus Blick hingegen blieb hart. Doch Else ließ sich nicht beirren.

»Danke, dass du gekommen bist!«, sagte sie.

»Du hast geschrieben, dass es wichtig ist«, erwiderte Lulu tonlos.

Lulu hatte den Brief, den Else ihr geschickt hatte, erst gar nicht öffnen wollen, war versucht gewesen, ihn ungelesen in die Glut des kleinen Kachelofens zu werfen, den ihre Eltern rund um die Uhr befeuerten, um wenigstens die Küche des Hauses warm zu halten. Dann hatte sie ihn doch geöffnet. Ihre Neugier war stärker gewesen als ihr Vorsatz, ihrer Freundin ihr unverzeihliches Verhalten bis in alle Ewigkeit übel zu nehmen. Schließlich hatte Else ihr nicht nur die Begegnung mit diesem Frank verschwiegen, sondern auch ihren Fluchtplan zunichtegemacht.

Lulu wunderte sich immer noch über Elses Verhalten. Es hatte ihrer Freundin gar nicht ähnlich gesehen, so unvorsichtig zu sein und jemandem von dem Boot zu erzählen. Normalerweise war sie doch das Plappermaul gewesen, das so manches Mal schneller geredet als nachgedacht hatte.

»Was gibt es denn so Wichtiges zu besprechen?«, fragte Lulu nun. »Du hast ja in deinem Brief ziemlich geheimnisvoll getan.«

»Gedulde dich bitte noch einen Moment. Ich erzähle gleich alles«, antwortete Else nur.

Lulu schnaubte kurz. Die Kälte kroch ihr langsam auch in die Stiefel. Doch sie nickte schließlich, wenn auch etwas widerwillig. Dann blickten sie beide aufs vereiste Meer hinaus. Es war ungewohnt, keine Boote am Horizont entlangschippern zu sehen.

»Wie geht es dir?«, fragte Else nach einer kurzen Weile.

»Wie soll es mir schon gehen?! Fantastisch! Großartig! Es haben mich ja nur alle, die ich geliebt habe, hintergangen.«

Else schluckte sichtlich getroffen, sodass Lulu ihren Zynismus sogleich bereute.

»Was ist mit diesem Mann? Frank oder wie er hieß«, fragte sie nun etwas sanftmütiger. »Hast du ihn wiedergesehen?«

Else schüttelte den Kopf. »Ich habe nur gehört, dass er wieder als Lehrer arbeitet.«

Plötzlich durchschnitt ein lautes Röhren die winterliche Beschaulichkeit. Lulu erschrak, erkannte sie das Geräusch doch sofort.

»Hast du Otto etwa auch hierher beordert?«, fragte Lulu entsetzt.

Else nickte. Beinahe taumelnd ging Lulu ein paar Schritte zurück. Auch Otto hatte sie seit dem Tag, als die Stasi ihr Boot entdeckt hatte, nicht mehr wiedergesehen. Sie war ihm aus dem Weg gegangen, hatte die Briefe, die er ihr geschrieben hatte, unbeantwortet gelassen. Einmal hatte er sogar vor der Werft gestanden. Doch sie war nur an ihm vorbeigelaufen und hatte so getan, als wäre er Luft für sie. Dass jedoch keine Stunde verging, in der sie ihn nicht unendlich vermisste, hatte sie sich dabei nicht anmerken lassen wollen.

»Bitte! Bleib!«, versuchte Else sie aufzuhalten. »Was ich zu besprechen habe, geht euch beide an.«

Lulu zögerte, blieb schließlich stehen. Sie blickte zum Leuchtturm hinüber, hinter dem Otto gerade sein Moped die kleine Erhöhung hinaufschob. Offensichtlich war der Schnee hier auch für sein Zweirad zu hoch.

Als Otto sein Moped abgestellt hatte und zu ihnen herüberkam, schien er ebenso überrascht zu sein, Lulu zu sehen. Etwas nervös rückte er seine Mütze zurecht.

Zur Begrüßung nickte er den beiden Frauen zu. Seine Kühle schmerzte Lulu zwar, war aber angesichts der angespannten Situation nur angebracht.

»So! Kannst du uns nun erzählen, was los ist?«, fragte sie ungeduldig.

Else nickte und wandte sich an Otto. »Sie haben den Mann aus der Werkstatt verhaftet, bei dem du den Flickstoff eingetauscht hast.«

Otto schluckte. »Das habe ich nicht gewusst.«

Lulu blickte zwischen den beiden hin und her. »Und was bedeutet das?«

Otto sah sie an. »Dass es gut möglich ist, dass die Stasi mir bald auf die Schliche kommt.«

»Was?«, rief Lulu erschrocken aus. Ganz unwillkürlich begann ihr Herz zu rasen.

Otto versuchte sie zu beruhigen. »Vielleicht verhaften sie nur mich. Schließlich ist es mein Boot, und niemand kann uns nachweisen, dass wir die Flucht zu dritt geplant haben.«

»Sicher?«

Otto sah sie an und blieb ihr eine Antwort schuldig.

»Ich habe eine Idee, wie niemand von uns verhaftet wird«, sagte Else plötzlich so leise, dass Lulu sie beinahe nicht verstand. Auch Otto blickte Else fragend an.

»Wir könnten in den Westen fliehen, so wie wir es geplant haben«, verdeutlichte sie.

»Und wie?«, fragte Otto.

Statt zu antworten, blickte Else aufs Meer hinaus. Lulu verstand erst gar nicht. Doch als sie Elses Blick folgte und die Eismassen sah, die das Meer in eine riesige Gletscherlandschaft verwandelt hatten, dämmerte es ihr. Statt zu paddeln wollte Else nun übers Eis nach Dänemark laufen.

»Geht das denn? Trägt das Eis uns auch da draußen? Was ist mit den Fahrrinnen? Werden die nicht von den Eisbrechern frei gehalten?«, sprudelte es aus Lulu heraus, während Otto stumm blieb und nur weiter nachdenklich aufs Meer blickte.

»Das Eis ist teilweise meterdick und sollte uns tragen. Auch die Fahrrinnen frieren immer wieder zu. Die Eisbrecher kommen gar nicht hinterher, das Packeis aufzubrechen. Zudem stecken auch die Boote der Küstenbrigade im Hafen fest. Das heißt, dort draußen gibt es derzeit niemanden, der die Grenze kontrolliert.«

Lulu schluckte, sie musste Elses Worte erst einmal sacken lassen.

Da räusperte sich Otto plötzlich. »Wann soll's losgehen?«, fragte er nur.

Lulu sah ihn überrascht an, und auch Else schien nicht so schnell mit einer Antwort gerechnet zu haben. Doch sie schien zufrieden. »Morgen Nacht?«

Otto nickte einverstanden. Dann blickten beide zu Lulu. Sie zögerte. Doch schließlich nickte auch sie. Sowohl auf Elses als auch auf Ottos Gesicht legte sich ein erleichtertes Lächeln.

Else
1962

Else blickte durch das Fenster ihres Zimmers hinaus. Ein feiner Wolkenschleier bedeckte den dämmernden Abendhimmel. Ein paar Schneeflocken schienen sich vor ihrem Fenster verirrt zu haben. Sachte und ohne Eile taumelten sie scheinbar ziellos der Erde entgegen. Die Nacht würde ruhig und vor allen Dingen windstill werden. Die Bedingungen waren ideal.

Sie sah zum Leuchtturm hinüber. Auch wenn der Schiffsverkehr beinahe zum Erliegen gekommen war, schickte die voltstarke Glühlampe in der gläsernen Kuppel dennoch ihr warnendes Licht aufs vereiste Meer hinaus. Für einen kurzen Moment dachte sie daran, dass sie das Licht noch nie von der Meerseite aus gesehen hatte. Seinem rotierenden Lichtstrahl hatte sie bisher immer nur vom Ufer folgen können. Heute Nacht sollte sich das ändern, wenn dieses Mal alles gut ging.

Else zog die schweren Vorhänge zu, die vor dem Fenster hingen. Dann bückte sie sich, löste die Nägel, die das kurze Dielenbrett festhielten, und öffnete das Geheimversteck. Als sie ihr Tagebuch herausgezogen hatte, schlug sie es auf und ließ die Seiten langsam zwischen ihren Fingern hindurchgleiten. Es war beinahe voll geschrieben, nur noch etwa zehn Seiten waren leer. Da setzte sie sich aufs Bett, nahm ihren

Füllfederhalter, der auf dem Nachttisch lag, und blätterte zur letzten Seite vor. Nur kurz überlegte sie, beugte sich schließlich vor und schrieb die Worte auf, die ihr in den Sinn kamen:

19. Dezember 1962
Heute tanzen die Schneeflocken für mich. Vielleicht wird nicht alles gut, aber wenn wir es nicht wagen, ist alles umsonst gewesen.

Nachdem die Tinte der letzten Buchstaben getrocknet war, klappte sie das Tagebuch zu. Sie ging zum Fenster hinüber und legte das Buch in die kleine Aushöhlung zurück, die sie mit dem Dielenbrett wieder gut verschloss.

Dann atmete sie tief durch, nahm den braunen Umschlag, in den sie ihr erspartes Geld gesteckt hatte, sowie ihren DDR-Pass und verließ ihr Zimmer. Ihren Rucksack ließ sie dieses Mal hier.

Dick eingepackt in Wintermantel, wetterfeste Stiefel, Wollmütze und Schal trat sie aus dem Wärterhaus heraus. Entschlossenen Schrittes ging sie über das Gehöft zum Leuchtturm, in dessen oberstem Fenster Licht brannte. Ihr Vater hatte heute Wachdienst.

Die Stufen im Inneren des Turmes nahm sie mit Bedacht. Als Kind war sie die steile Treppe immer hinaufgelaufen, hatte es kaum erwarten können, in der Kuppel die Fresnel-Linse zu bewundern oder auf der Galerie den Ausblick zu genießen. Ihr Vater hatte sie stets ermahnt, die Stufen langsamer zu nehmen, damit sie nicht stürzte. Doch Else war es stets schwergefallen, ihr Tempo zu mäßigen.

Als Else den Dienstraum betrat, saß ihr Vater an seinem

Schreibtisch. Er hielt einen Brief in der Hand. Als er sie sah, zog er die oberste Schublade seines Schreibtisches auf und legte den Brief hinein. Dann sah er sie perplex an.

»Du willst noch mal weg?«, fragte er.

Else nickte. »Zu Lulu!« Sie zögerte und fügte schließlich noch hinzu: »Warte nicht auf mich, es kann spät werden.«

Ihr Vater nickte, schien ihre kleine Lüge zu glauben. »Du hast mir zwar nicht verraten, worum es bei eurem Streit ging. Aber schön, dass ihr euch wieder vertragen habt.«

Else nickte, auch wenn sie sich nicht sicher war, ob Lulu ihr tatsächlich schon verziehen hatte.

Für einen Moment blieb sie etwas unschlüssig stehen. Sie hatte das Bedürfnis, ihren Vater zum Abschied zu umarmen, doch sie traute sich nicht. Schließlich wollte sie nicht, dass er Verdacht schöpfte. Vermutlich würde er sie dann aufhalten wollen.

»Warte noch kurz«, sagte ihr Vater da plötzlich und zog die Schublade erneut auf. Er holte etwas heraus, das Else im ersten Moment nicht erkannte.

»Ich habe noch etwas für dich!« Er stand auf und ging auf sie zu. Dann reichte er ihr ein Foto. Else blickte auf die Aufnahme und erschrak im ersten Moment.

Es war das Bild ihrer lächelnden Mutter, das sie vor Monaten auf die Kommode gelegt hatte und das am nächsten Morgen weg gewesen war. Sie blickte ihren Vater verwundert an. Sie hatte gewusst, dass er das Foto genommen hatte, doch war davon ausgegangen, dass er es weggeworfen hatte.

»Ein hübsches Bild von ihr. Ich wollte es dir schon vor Wochen zurückgeben«, sagte er in ihre Verwunderung hinein.

»Warum hast du es überhaupt von der Kommode genommen?«, fragte sie zurück.

Er seufzte kurz, schien sich seine Antwort wohl überlegen zu wollen. Schließlich blickte er sie an. »Du hast mir mal vorgeworfen, dass mir der Tod deiner Mutter egal sei. Das stimmt nicht.«

Er ging zurück zu seinem Stuhl und bedeutete Else, sich ebenfalls hinzusetzen. Etwas zögerlich nahm sie auf einem Hocker Platz, der in der Ecke neben dem Schreibtisch stand. In der Hand hielt sie immer noch das Schwarz-Weiß-Foto ihrer Mutter.

Ihr Vater holte Luft und blickte dann Else an. »Habe ich dir eigentlich je erzählt, wie ich deine Mutter kennengelernt habe?«

Else schüttelte den Kopf.

»Ich war damals ein junger Matrose und auf Heimaturlaub in Rostock, als ein Jahrmarkt in der Stadt war. Der Rummelplatz war mit Girlanden geschmückt. Es gab Buden, Karussells und sogar ein Riesenrad. Sie hat dort diese roten klebrig-süßen Liebesäpfel verkauft. Ich glaube, ich habe sechs Stück davon verdrückt, nur um immer wieder ihr Lächeln hinter dem Tresen zu sehen. Unsere Hände haben sich jedes Mal ein bisschen mehr berührt, wenn sie mir den Apfel am Stiel überreicht hat.« Er hielt kurz inne, lächelte ein wenig versonnen, fast so, als wäre die Erinnerung beinahe verloren geglaubt gewesen.

»Als ich den siebten Apfel kaufen wollte …«, fuhr er dann schließlich fort, »… da hat sie mich nur frech angesehen und gemeint, dass ich keinen mehr bekommen würde. Außer ich würde sie am Abend zum Tanz ausführen.«

Ein Schmunzeln umspielte seine Lippen. »Wir haben die ganze Nacht durchgetanzt. Einen Liebesapfel habe ich danach nie wieder gegessen. Aber deine Mutter habe ich von diesem Tag an geliebt. Und ich tue es heute noch.«

Für einen kurzen Moment schien ihr Vater noch in dieser kostbaren Erinnerung zu verweilen, bevor sein Lächeln verklang. Else schien ihren Vater nun besser zu verstehen.

»Deshalb redest du nie über sie. Weil es dir zu sehr wehtut?«, fragte sie.

Er seufzte kurz. »Wenn ich jetzt Ja sagen würde, wäre das nur die halbe Wahrheit«, antwortete er vieldeutig und schien nicht weiter darauf eingehen zu wollen. Stattdessen wirkte sein Blick nun klarer und ehrlicher als je zuvor.

»Du hast recht«, begann er schließlich. »Deine Mutter hat sich nicht selbst das Leben genommen. Sie ist nicht in die Ostsee gegangen.«

Else stockte der Atem. Sie brauchte einen Moment, um die Tragweite der Worte ihres Vaters zu verstehen. Doch dann sprudelten die Fragen nur so aus ihr heraus: »Wie ist sie dann gestorben? Warum hast du gelogen? Was ist damals wirklich passiert? Warum ist das Datum auf ihrer Sterbeurkunde falsch?«

»Das kann ich dir nicht sagen!«, unterbrach er Else in ihrem Redefluss.

»Was? Warum nicht?«, stieß sie beinahe entgeistert aus.

»Es ist zu deinem Schutz und zu meinem«, versuchte er zu erklären. Doch Else verstand noch immer nicht.

»Was meinst du damit?«

»Ich habe dir schon viel zu viel verraten. Bitte frag nicht weiter nach«, forderte er sie fast flehend auf. Else blickte ihn an, zögerte. Doch schließlich nickte sie. Wieder einmal musste sie sein Schweigen akzeptieren, auch wenn es ihr unendlich schwerfiel. Doch sie war froh, dass er wenigstens einen kleinen Teil seines Geheimnisses mit ihr geteilt hatte. Und schließlich hatte ja auch sie Geheimnisse vor ihm.

»Ich muss jetzt los«, sagte sie und stand auf. Das Foto steckte sie in ihre Manteltasche. Auch ihr Vater erhob sich. Er warf seiner Tochter einen langen Blick zu. »Pass da draußen auf dich auf!«, sagte er anschließend vieldeutig. Else sah ihn überrascht an, doch sein Blick verriet nicht, was er damit meinte.

Sie ging auf ihn zu und schlang ihre Arme um seine Schultern. Ihr Vater erwiderte die Umarmung liebevoll und vorbehaltlos.

Otto
1962

Otto hockte hinter einem Busch und blickte über die Dünen hinweg zum Strand. Mit schweren Stiefeln schritten zwei Grenzer den Küstenstreifen ab, der so weiß war wie eine Winterlandschaft im Gebirge. Unter den Pelzmützen, deren Ohrenklappen sie am Kinn zugebunden hatten, waren ihre Gesichter kaum zu erkennen. Ihre Schultern hatten sie hochgezogen, sodass ihre Hälse in den großen Uniformen beinahe verschwanden. Sie wirkten angestrengt, verfroren. Nur die Gewehre auf ihren Rücken strahlten noch eine gewisse Ehrfurcht aus.

In einiger Entfernung flackerte der Scheinwerfer des Beobachtungsturmes. Bis hierher reichte sein Licht jedoch nicht. Die zugefrorene Ostsee vor ihm lag im Dunkeln. Nur das Eis strahlte matt im aufgehenden Mondlicht. Weit und breit war kein Boot der Küstenbrigade auf dem Gewässer zu sehen.

Otto drehte sich um und kroch gebückt zu dem schmalen Trampelpfad hinter dem Schutzstreifen zurück. Dort warteten Lulu und Else bereits. Sie hielten sich hinter einer alten Eiche versteckt. Sein Moped hatte Otto in Rostock vor seiner Wohnung stehen gelassen. Nur eine Tasche und seinen braunen Instrumentenkoffer mit ein paar Notenblättern und seiner alten Posaune hatte er mitgenommen. Bis Lüstrow war er per Anhalter gefahren, was gar nicht so einfach gewesen war, weil bei diesen Witterungsbedingungen außer den großen Kehrmaschinen, die versuchten, die Schneemassen beiseitezuräumen, nur wenige Fahrzeuge auf den Straßen unterwegs waren. Zum Glück hatte ihn ein Lastkraftwagen der LPG bis nach Lüstrow mitgenommen. Den Rest bis zu ihrem Treffpunkt etwas abseits des Leuchtturmes war er zu Fuß gelaufen.

Die Frauen blickten ihm erwartungsvoll entgegen. Elses Rücken war durchgestreckt, ihr Kinn aufrecht. Sie schien voller Entschlossenheit zu sein, während Lulu neben ihr etwas nervös von einem Bein auf das andere trat. Auf ihren auffälligen gelben Wollmantel hatte Lulu dieses Mal verzichtet. Stattdessen trug sie einen grauen breitschultrigen Parka sowie dicke Winterstiefel, die offensichtlich ebenso nicht ihrer Größe entsprachen. Ihre Haare lugten geflochten unter einer Pudelmütze hervor, die sie tief in die Stirn gezogen hatte. Ein dicker blauer Wollschal versteckte ihren Hals. Sie wirkte irgendwie verkleidet, gar nicht so, wie er sie im Sommer kennengelernt hatte. Und doch war sie in Ottos Augen schöner als je zuvor.

»Und?«, fragte Else, als Otto neben der Eiche stehen blieb.

»Zwei Grenzer am Strand, der Turm ist besetzt. Aber keine Patrouille auf dem Meer.«

»Das ist doch gut, oder?«, fragte Lulu.

Otto und Else nickten.

Lulu rieb sich die Hände, tippelte immer noch im Schnee hin und her. Otto warf ihr einen fürsorglichen Blick zu, hielt sich aber zurück.

»Ist dir kalt?«, fragte Else, die Lulu ebenso ansah.

Lulu schüttelte den Kopf. »Ich habe die Wintergarderobe meines Vaters geplündert. Bis die Kälte meine Zehenspitzen erreicht, sind wir hoffentlich im Westen. Ich hoffe nur, dass alles gut geht.« Lulu blieb nun ruhig stehen, versuchte ihre augenscheinliche Aufgeregtheit zu überspielen.

Else nickte und stimmt ihr zu. »Das hoffe ich auch.«

»Wie lange brauchen wir zu Fuß bis ans andere Ufer?«, fragte Lulu dann.

»Dänemark ist etwa vierzig Kilometer entfernt. Ohne Pause und wenn wir zügig gehen, brauchen wir etwa sechs bis sieben Stunden«, erklärte Else ihr.

Lulu schluckte, setzte dann aber schließlich ein entschlossenes Gesicht auf. »Lieber sechs Stunden übers Eis laufen, als ins Zuchthaus zu gehen.«

Die drei sahen sich an und nickten sich einträchtig zu.

»Dann lasst uns keine Zeit verlieren!«, sagte Else auffordernd und wandte sich bereits zum Gehen. Da hielt Otto sie auf. »Ich hab noch was.«

Lulu und Else sahen ihn fragend an. Er nahm die Tasche, die er vorhin am Baum abgestellt hatte, und öffnete den Reißverschluss. Er zog drei weiße Arztkittel heraus.

Lulu sah ihn verdutzt an. »Wo hast du die denn her?«

»Mein Mitbewohner hat eine neue Freundin. Die ist Krankenschwester. Sie hat mir die Kittel aus der Klinik mitgebracht. Aber keine Sorge, sie glaubt, dass ich sie für meine neue Freizeitbeschäftigung benötige. Die Malerei.«

Während Lulu ihm noch einen skeptischen Blick zuwarf, griff Else zu und zog einen Kittel über ihre Winterjacke.

»Gute Idee, Otto! So sind wir auf dem Eis getarnt.«

Otto nickte erleichtert, während Else Richtung Dünen vorausging.

Nun sah er Lulu an und hielt ihr einen Kittel hin. Doch sie zögerte zuzugreifen. Otto spürte die Anspannung, die immer noch zwischen ihnen herrschte, ganz deutlich.

»Lulu, wegen damals …«, setzte er an.

Doch Lulu unterbrach ihn sofort. »Otto, bitte! Es ist nicht der richtige Moment.«

Er seufzte kurz auf. Zwei Monate hatte er darauf gewartet, noch einmal mit ihr zu sprechen. Hatte sie doch seine Versuche, ihr noch einmal alles zu erklären und sie um Verzeihung zu bitten, bisher auf schmerzliche Weise abgewehrt.

Otto blickte sie an und nickte stumm. Nur ein leises »Ich vermisse dich« ging ihm über die Lippen.

Etwas überrascht sah Lulu ihn an. Fast unmerklich schluckte sie. Doch Otto hatte es trotz des dicken Schals gesehen. Dann nahm sie den Kittel, zog ihn über und folgte ihrer Freundin zu den Dünen. Auch Otto schlüpfte nun in seinen hinein, schulterte seinen Instrumentenkoffer und ging ebenso los. Die leere Tasche ließ er unter dem Baum liegen.

Halb gebückt krochen sie durch den tiefen Pulverschnee, der auf den Dünen lag. Otto bemerkte, wie ein paar Flocken der feinen Masse auch in die Schäfte seiner Stiefel hineinkrochen. Doch die Kälte und Nässe spürte er kaum, wuchs doch mit jedem Schritt die Aufregung. Sein Puls erhöhte sich merklich. Er begann leise zu schnaufen. Kleine Nebelschwaden stiegen ihm aus Nase und Mund und verflüchtigten sich in der Dunkelheit, die nun gänzlich über sie hereingebrochen war.

Hinter einem großen Busch, dessen Äste zwar kahl, aber dafür dicht verzweigt waren, hockten sie sich hin. In einiger

Entfernung konnten sie die Grenzer erspähen, deren Taschenlampen über den weißen Strand flackerten. Sie kehrten ihnen den Rücken zu und waren bereits auf dem Rückweg Richtung Beobachtungsturm. Dennoch blieben die drei eine ganze Weile hinter dem kargen Busch hocken und trauten sich nicht eine einzige Bewegung zu machen.

Erst als die Lichtkegel der Taschenlampen kaum noch zu sehen waren, krochen sie weiter.

Als sie den Strand betraten, liefen sie los, so schnell ihre Füße sie über den gefrorenen Sand tragen konnten. Dabei mussten sie aufpassen, dass sie auf dem unebenen Untergrund nicht umknickten. Otto rannte vor, blickte dabei hastig immer wieder nach links und rechts. Doch weit und breit war niemand zu sehen. Nur das hastige Atmen der beiden Frauen, die dicht hinter ihm liefen, begleitete ihn.

Als sie die gefrorene Ostsee betraten, mussten sie ihr Tempo reduzieren. Das teils schneebedeckte Eis war glatter, als Otto angenommen hatte. Risse durchzogen die Oberfläche, die aufgebrochen und wieder zugefroren war. Schollen hatten sich zu gesteinsartigen Wellen aufgetürmt. Und überall lagen herausgebrochene Eisstücke herum, die wegrutschten, wenn sie mit ihren Schuhen dagegenstießen. Dennoch versuchten sie, so zügig wie möglich voranzukommen.

So liefen sie eine ganze Weile. Je weiter sie auf die Ostsee hinauskamen, desto ebener wurde das Eis. Nur glatt war es unter dem Schnee immer noch.

Plötzlich war ein lang gezogenes Quietschen gefolgt von einem lauten Knistern zu hören, das Otto erschaudern ließ. Auch Lulu, die direkt neben ihm lief, fuhr der Schreck sichtlich in die Knochen. Die beiden blieben stehen, blickten sich um. Doch in der Dunkelheit konnten sie nicht viel sehen. Nur der Leuchtturm erhellte den Horizont. Auch der Scheinwerfer des Beobachtungsturmes war hinter ihnen noch gut erkennbar.

»Das war das Eis«, versuchte Else, die ebenso stehen geblieben war, sie zu beruhigen.

Lulu blickte sie fragend an.

»Durch die Temperaturunterschiede von Wasser und Luft dehnt das Eis sich aus oder zieht sich zusammen. Mein Vater hat es früher immer den Wintergesang des Meeres genannt«, erklärte sie beinahe flüsternd.

»Als Gesang würde ich das nicht gerade bezeichnen. Klingt eher wie die Musik aus einem Gruselfilm«, erwiderte Lulu immer noch leicht erschrocken.

»Lasst uns weitergehen!«, wisperte Otto und die anderen stimmten ihm zu.

Sie waren gut eine halbe Stunde gelaufen, als sie das Licht des Beobachtungsturmes nicht mehr sehen konnten. Die Anspannung hatte sich ein wenig gelegt, und die ersten Anzeichen von Erschöpfung waren zu spüren. Ottos Knöchel taten weh, war er doch ein paarmal über Unebenheiten leicht hinweggerutscht. Sie liefen nun etwas langsamer, hatten ein gleichmäßiges Tempo gefunden, mit dem alle drei gut mithalten konnten.

Otto ließ sich etwas zurückfallen, sodass Else nun voranging und er neben Lulu lief. Er blickte sie an. Stoisch setzte sie einen Schritt nach dem nächsten, blickte konzentriert aufs Eis.

»Wenn ich könnte, würde ich alles rückgängig machen.«

»Das geht aber nicht«, blieb Lulu hart.

»Bitte, Lulu, was kann ich tun, dass du mir verzeihst?«

Lulu hob ihren Kopf und sah ihn an. Die Enttäuschung konnte er immer noch in ihren Augen sehen.

»Sei jetzt ehrlich zu mir!«

Otto warf ihr einen fragenden Blick zu, war er sich doch unsicher, was sie damit meinte.

»Hast du mit der Stasi zusammengearbeitet?«, fragte sie nun direkt.

Otto schluckte zögernd. »Nein …«, antwortete er, blickte dann aber nach unten und fügte schließlich nach einer langen Pause hinzu: »… und ja!«

Lulu warf ihm von der Seite einen entsetzten Blick zu, der selbst in der Dunkelheit auf dem Eis gut zu sehen war.

Otto seufzte tief. Er wusste, dass er nicht weiter lügen durfte, wenn er Lulus Vertrauen je wiedergewinnen wollte.

»Ich habe damals die Verpflichtungserklärung unterschrieben. Aber nur, weil ich gehofft hatte, dass wir mit dem Boot bald im Westen sein würden. Ich dachte, das Problem würde sich damit praktisch von allein lösen.« Er stockte kurz, fuhr dann aber fort: »Ich habe aber niemanden ausspioniert und keine Informationen an die Stasi weitergegeben, die sie nicht schon selbst hatten. Und erst recht habe ich uns nicht verraten. Das musst du mir glauben.«

»Ich weiß, dass du es nicht warst. Aber ich habe immer gedacht, dass wir über alles reden können. Dass wir ehrlich zueinander sind.«

Otto seufzte tief und nickte. »Du hast recht. Ich hätte es dir gleich sagen sollen.«

Lulu nickte. Otto sah sie an, voller Zuneigung und Aufrichtigkeit.

»Ich liebe dich!«, sagte er fast flüsternd. »Und ich will, dass wir dort drüben ganz von vorne anfangen. Ohne Stasi und ohne Geheimnisse.«

Lulu schwieg, erwiderte aber seinen Blick, was Otto für diesen Moment voll und ganz genügte.

Lulu
1962

Sie waren nun bereits gut eine Stunde auf der zugefrorenen Ostsee Richtung Dänemark unterwegs. Die Kälte und das Eis machten Lulu weit weniger aus, als sie geglaubt hatte. Die Sachen ihres Vaters vermochten sie tatsächlich warm zu halten. Außerdem waren sie ja die ganze Zeit in Bewegung. Nur ihr linker Hacken schubberte schon eine ganze Weile am Innenfutter des Stiefels, der ihr viel zu groß war. Sie spürte, wie sich dort langsam eine Blase bildete.

Was ihr jedoch zu schaffen machte, war diese unendliche Dunkelheit, die sie umgab. Nur der Mond, ein paar schwach leuchtende Sterne am teils wolkenbedeckten Himmel sowie das rotierende Leuchtturmlicht in ihrem Rücken waren zu sehen. Otto, der neben ihr lief, konnte sie hingegen nur schemenhaft erkennen. Von Else, die ein Stück weiter vorne ging, sah sie nur den bunten Schal, der über ihrem weißen Kittel hing und im Takt ihres Schrittes sachte hin und her schaukelte. Welche Farbe er genau hatte, konnte sie nicht mit Bestimmtheit sagen. Ein wenig ärgerte sie sich nun, dass sie verabredet hatten, keine Taschenlampen mitzunehmen. Natürlich wollten sie auf dem Eis auf keinen Fall gesehen werden. Doch dass sie nun selbst so wenig sahen, konnte Lulu nur schwer ertragen.

Auch an die schauderhaften Geräusche, die das vereiste Meer unter ihren Füßen machte, hatte sie sich immer noch nicht so recht gewöhnen können. Bei jedem Quietschen, Knarren und Knistern zuckte sie kurz zusammen.

Lulu versuchte, sich aufs Laufen zu konzentrieren, auf das Ziel, das sie zwar noch nicht sah, aber trotzdem klar vor Augen hatte. Sie konnte es kaum erwarten, in der für sie neuen westlichen Welt anzukommen und sich dort ein neues Leben mit all seinen Möglichkeiten und Freiheiten aufzubauen. Vielleicht sogar mit Otto, dem sie zwar noch nicht so recht verzeihen konnte, aber wenigstens verstand sie ihn jetzt besser. Sie sah ein, dass er keine andere Möglichkeit gehabt hatte, als mit der Stasi zusammenzuarbeiten. Dennoch hätte er ihr früher davon erzählen sollen.

Plötzlich hörte Lulu einen kurzen Aufschrei, dann ein stumpfes Poltern. Hastig blickte sie sich um, suchte in der Dunkelheit nach der Ursache der Geräusche. Dann sah sie Else, die sich auf dem Boden krümmte. Sie beugte sich sofort zu ihrer Freundin hinunter, die sich mit schmerzverzerrtem Gesicht ihren Knöchel hielt. Otto stand dicht hinter ihr.

»Was ist passiert?«, fragte sie.

Else stöhnte. »Ich bin über irgendetwas gestolpert.«

Lulu blickte sich um, tastete den Boden ab. An einer Stelle hob sich das Eis einige Zentimeter. Offensichtlich hatten sich hier zwei Eisschollen übereinandergeschoben.

»Kannst du deinen Fuß bewegen?«, fragte Otto.

Else nahm die Hände von ihrem Fuß, versuchte das Gelenk hin- und herzubewegen, doch sie stöhnte sogleich schmerzerfüllt auf.

»Ich glaub, mein Knöchel ist gebrochen.«

Lulu hörte ein leises sorgenvolles Seufzen hinter sich.

»Sicher?«, fragte er.

Else schnürte ihren Stiefel auf, zog langsam das dicke Leder von ihrem verletzten Fuß. Lulu half ihr dabei, so gut es ging. Doch Else schien es dennoch große Schmerzen zu bereiten.

Als sie den Schuh endlich ausgezogen hatte, streifte sie langsam ihren dicken Wollsocken herunter. Sie tastete ihren Knöchel ab, doch Lulu konnte trotz der Dunkelheit bereits sehen, dass er geschwollen und gerötet war. Sie blickte zu Otto hoch und nickte. Erneut stöhnte er sorgenvoll, während Else mit Lulus Hilfe ihren Socken und ihren Schuh wieder anzog.

Als Lulu die Schleife gebunden hatte, beugte Otto sich vor und hielt Else die Hand hin.

»Komm, ich helfe dir hoch. Du musst probieren aufzutreten.«

Else nickte und nahm Ottos Hand, der sie vorsichtig hochzog. Sie schlang den Arm um Ottos Schulter und versuchte ihren verletzten Fuß zu belasten. Doch Lulu sah, dass ihr jeder Schritt Schmerzen bereitete.

»Geht schon irgendwie!«, sagte sie mit heiserer Stimme, obwohl Lulu wusste, dass das Gegenteil der Fall war.

»Sicher?«, fragte sie deshalb.

Else nickte, biss die Zähne zusammen und humpelte an Ottos Seite los. Schnell stellte sich Lulu neben ihre Freundin, die ihren Arm nun auch auf Lulus Schulter ablegte. Else in der Mitte stützend, gingen sie nun weiter, kamen allerdings wesentlich langsamer voran. Niemals würden sie das andere

Ufer so in fünf Stunden erreichen. Allen drei war das bewusst, doch niemand sagte etwas.

So liefen sie etwa eine halbe Stunde. Genau wusste Lulu es nicht, hatte sie doch längst das Gefühl für die Zeit verloren. Lulus Schulter, auf der Else sich abstützte, begann langsam zu schmerzen. Die Blase an ihrem Hacken drückte nun unangenehm. Und da sie sich nicht mehr so schnell bewegten, begann sie auch langsam zu frieren.

Auch Else schien das Humpeln viel Kraft zu kosten. Immer wieder wechselte sie ihre Armpositionen in der Hoffnung, den Fuß noch mehr entlasten zu können. Manchmal schien es ihr sogar leichter zu fallen, ganz ohne Hilfe voranzukommen. Dann stieß sie sich mit ihrem gesunden Fuß kräftig ab, machte einen großen Schritt, um danach nur kurz das Gewicht auf die Sohle ihres verletzten Fußes zu verlagern. Dabei verzog sie jedes Mal für den Bruchteil einer Sekunde das Gesicht und hielt anschließend einen Moment inne, bevor sie die nächsten Schritte wagte.

Plötzlich blieb Else ganz stehen. Auch Otto und Lulu, die die ganze Zeit neben ihr liefen, stoppten.

»Was ist? Kannst du nicht mehr?«, fragte Lulu ihre Freundin.

Doch Else ignorierte ihre Frage. Stattdessen zeigte sie geradeaus. »Seht mal!«

Lulu blickte angestrengt in die Nacht hinein, konnte zuerst nichts erkennen. Doch dann sah sie, dass die Eisdecke wenige Meter vor ihnen aufgebrochen war. Eisschollen, dicht an dicht, schaukelten auf dem Wasser, das wie ein Fluss durch die Eissteppe floss. Unmöglich, dass sie da trockenen Fußes rüberkamen.

Lulu erschrak. »Wie kann das sein?«

»Das ist eine Fahrrinne«, antwortete Else. »Vermutlich ist vor ein paar Stunden ein Eisbrecher hier langgefahren.«

»Ich dachte, sie hätten den Schiffsverkehr eingestellt«, erwiderte Otto.

Else zuckte mit den Schultern. »Das dachte ich auch.«

»Was machen wir denn jetzt?«, fragte Lulu immer noch aufgeregt.

Otto und Else wechselten einen langen Blick. Offenbar wussten sie es nicht. Lulu seufzte, versuchte in der Dunkelheit zu erkennen, wie lang die Fahrrinne war. Zu ihrer Linken und Rechten konnte sie ein Ende des eisigen Flusslaufes jedoch nicht ausmachen. Das andere Ufer hingegen war schwach zu sehen.

»Und wenn wir auf ein Schiff warten?«, versuchte Lulu nun selbst eine Lösung vorzuschlagen.

Else drehte sich um, blickte zum Leuchtturm. Das Licht war noch gut erkennbar. Sie schüttelte den Kopf, als sie sich ihren Freunden wieder zuwandte.

»Wir sind noch nicht weit genug weg. Wenn hier in den nächsten Stunden überhaupt ein Schiff vorbeikommt, ist es gut möglich, dass es unter polnischer Flagge fährt. Oder dass es sogar ein Schiff aus der DDR-Flotte ist.«

Lulu stöhnte. Die Antwort gefiel ihr gar nicht. Doch eine andere Idee kam ihr auch nicht in den Sinn.

»Wir müssen durchschwimmen«, sagte Otto schließlich.

»Was? Das Wasser ist eisig!«, stieß Lulu aus.

»Die Wassertemperatur liegt vermutlich knapp über dem Gefrierpunkt. Die Rinne ist nicht sonderlich breit. Vielleicht fünfzehn Meter. Wir können es schaffen«, versuchte Otto sie zu überzeugen.

»Und unsere Klamotten? Wir können doch nicht pitschnass weiterlaufen. Hier draußen sind Minusgrade. Bis wir in Dänemark sind, sind wir erfroren.«

Else blickte Lulu an, doch statt ihr beizupflichten, was für eine dumme Idee das war, nickte sie nur. »Otto hat recht. Das ist der einzige Weg. Ihr müsst schwimmen.«

»Ihr?«, stieß Lulu fragend aus.

Else zögerte kurz, schluckte und antwortete schließlich. »Ich komme nicht mit!«

Lulu glaubte im ersten Moment, sich verhört zu haben. Doch Else blickte entschlossen in die Runde.

»Bis nach Dänemark sind es noch über dreißig Kilometer«, erklärte sie mit ruhiger Stimme. »Mit mir braucht ihr dreimal so lange.«

»Ich kann dich auf dem Rücken tragen«, schlug Otto vor.

»Ja, Otto kann dich huckepack nehmen!«

»Aber nicht den ganzen Weg. Dafür ist es zu weit.« Else seufzte kurz, bevor sie fortfuhr. »Außerdem bin ich mir auch gar nicht sicher, ob ich mit dem Fuß überhaupt schnell genug schwimmen kann, um das andere Ufer zu erreichen, bevor mein Körper zu stark unterkühlt ist.«

»Dann gehe ich auch nicht weiter«, sagte Lulu entschieden und verschränkte ihre Arme vor der Brust. »Ich lasse dich doch nicht allein zurücklaufen!«

»Bitte, Lulu! Ich will, dass ihr weitergeht«, sagte Else beinahe flehend. Doch Lulu blieb hart, während Otto schwieg.

Else seufzte. »Meinetwegen hat die Stasi das Boot gefunden, und wir konnten damals nicht fliehen. Ich würde es nicht ertragen, noch einmal schuld zu sein.«

Lulu blickte ihre Freundin an, nicht im Geringsten wissend, was sie nun tun sollte. »Ich weiß nicht, ob ich es ohne dich schaffe«, sagte sie ehrlich.

Else nahm Lulus Hände in die ihrigen und sah ihrer Freundin tief in die Augen. »Natürlich schaffst du es. Du bist die Mutigere von uns.«

Lulu schnaubte kurz lächelnd. »Wir sind beide mutig.«

Else nickte und drückte Lulus Hände.

»Trink eine Zitronenlimonade für mich mit, wenn du im Westen bist.«

Lulu schluckte, nickte schließlich ganz zaghaft. »Und dann denke ich ganz fest an dich, wenn ich mir am Strand die Sterne ansehe«, flüsterte sie dabei ihrer Freundin zu, während sie mit den Tränen kämpfte.

Else lächelte kurz gerührt. »Ich komme nach!«, hauchte sie.

»Versprochen?«, schluchzte Lulu, die ihre Tränen nun nicht mehr zurückhalten konnte.

Else nickte. Lulu schwang ihre Arme um den Hals ihrer Freundin, umarmte sie innig und voller Zuneigung.

Nachdem die Freundinnen sich wieder voneinander gelöst hatten, ging Otto auf Else zu, umarmte sie ebenso kurz und herzlich. Dann flüsterte er ihr etwas ins Ohr. Else nickte ihm zu.

Als Otto sich zu Lulu umdrehte, warf sie ihm einen irritierten Blick zu.

»Keine Sorge. Ist kein Geheimnis. Ich erzähle es dir später«, versuchte er Lulu zu besänftigen.

Lulu zögerte kurz, nickte dann aber, ihr Einverständnis signalisierend. »Ich vertraue dir.«

Otto lächelte erleichtert, wurde kurz darauf aber wieder ernst. »Am besten ist es, wir ziehen unsere Sachen aus«, schlug er vor. »Vielleicht kriegen wir sie trocken rüber.«

Lulu nickte und begann sich auszuziehen. Doch je mehr Kleidungsstücken sie sich entledigte, desto deutlicher spürte sie die erbarmungslose Kälte. Lulu schluckte bei dem Gedanken an das eisige Wasser. Doch sie kniff ihre Zähne zusammen und machte weiter. Else half ihr dabei und hielt ihre Sachen, die sie bereits ausgezogen hatte. Otto legte seine auf dem Instrumentenkoffer ab.

Als sie sich bis auf die Unterwäsche und die Mützen, die ihre Köpfe warm halten sollten, ausgezogen hatten, sah Otto sie an. Lulu hielt ihre Arme verschränkt und konnte das Zittern, das ihren ganzen Körper erfasst hatte, kaum unterdrücken. Doch sie nickte ihm zu.

Otto verstand und ging barfüßig Richtung Fahrrinne. Zügig, aber vorsichtig tastete er sich mit jedem Schritt vor. Als er die Kante des Eises erreichte, hockte er sich hin. Er atmete noch einmal tief durch, bevor er sich mit einer bewundernswerten Entschlossenheit ins Wasser gleiten ließ. Nur kurz stöhnte er auf, als sein Körper gänzlich im Wasser verschwand und nur noch sein Kopf zu sehen war. Doch sogleich machte er ein paar Schwimmzüge und suchte eine stabile Eisscholle, die nicht zu groß war, aber dennoch tragfähig erschien. Dann winkte er den Frauen zu. Auch Lulu trat nun an die Fahrrinne heran. Else folgte ihr humpelnd. Sie legten die Klamotten sowie den Instrumentenkoffer auf die Eisscholle, die Otto vom Wasser aus festhielt.

Dann setzte Lulu sich an den Rand des Eises. Sie zögerte kurz, blickte Else noch einmal an, die ihr ein zuversichtliches

Lächeln schenkte. Dann drehte sie sich um. Als ihre Füße das Wasser berührten, spürte sie förmlich, wie sich alles in ihr verkrampfte. Ihr Körper versuchte sich gegen ihre Entscheidung, in diese Fahrrinne hinabzusteigen, zu wehren. Doch wie damals im Waldsee war es auch jetzt keine Option, einen Rückzieher zu machen. Sie schloss die Augen, stieß sich von der Kante ab und ließ sich ins Wasser fallen. Wie tausend Nadeln auf ihrer Haut spürte sie mit einem Schlag die Eiseskälte, die sie umhüllte. Für einen Moment schien ihr das Wasser den Atem zu rauben. Nach Luft ringend japste sie laut und strampelte dabei wild mit ihren Armen und Beinen. Sie spürte, wie Otto sie am Arm packte und zu sich herüberzog. Sie griff die Eisscholle und klammerte sich so gut es ging daran fest.

Nach wenigen Sekunden hatte sie sich einigermaßen beruhigt, auch wenn ihr Körper weiterhin versuchte, sich mit allen Mitteln gegen die Kälte zu wehren, und sie spürte, wie ihre Kräfte mit jeder Sekunde weniger wurden. Doch zum Glück bekam sie wieder Luft. Otto nickte ihr zu. Gemeinsam paddelten sie nun so schnell sie konnten, die Eisscholle vor sich herschiebend durch das Wasser. Sie mussten sich beeilen, bevor das Adrenalin und ihr Wille, die andere Seite zu erreichen, nicht mehr genügten, um die Kälte zu überwinden. Aus dem Augenwinkel sah Lulu, wie Elses Umrisse, die noch an der Eiskante stand, immer mehr in der Dunkelheit verschwammen.

Nach wenigen Minuten, die Lulu dennoch wie eine Ewigkeit vorkamen, erreichten sie die andere Seite der Fahrrinne.

Otto kletterte als Erster aus dem Wasser heraus. Er warf die Klamotten, die auf der Scholle tatsächlich trocken geblieben waren, möglichst weit von der Bruchkante entfernt hinter sich aufs Eis, das tragfähig erschien. Dann half er Lulu aus dem Wasser. Ihr ganzer Körper schlackerte vor Kälte, ihre Zehen und Finger fühlten sich ganz taub an. Sie zog ihre Unterwäsche aus, trocknete sich mit dem weißen Kittel ab und schlüpfte in ihre trockenen Sachen hinein. Es tat gut, wieder die Stiefel sowie die dicke Winterjacke ihres Vaters auf ihrer Haut zu spüren. Beinahe hatte sie das Gefühl, wieder etwas warm zu werden.

Nachdem Otto sich ebenso angezogen hatte, blickte er Lulu an. »Wollen wir, meine Sonne?«

Lulu zögerte einen Moment. Sie blickte zurück. Doch hinter der Fahrrinne war nichts als Dunkelheit zu sehen. Und der Leuchtturm, der stoisch blinkte. Lulu drehte sich wieder zu Otto. »Lass uns gehen!«, sagte sie entschlossen. Die Bewegung würde wieder Wärme in ihre Körper bringen.

Otto nickte und nahm ihre Hand. Lulu ließ es geschehen. Gemeinsam liefen sie weiter Richtung Westen.

Else
1962

Aufgewühlt stand Else an der Kante zur Fahrrinne und konnte ihren Blick nicht vom Wasser abwenden. Auf ihrer Wange begannen die Tränen des Abschieds, der ihr so unendlich schwergefallen war, langsam zu kleinen Eistropfen zu gefrieren. Doch das merkte Else nicht. Sie starrte in die Dunkelheit hinein, versuchte im Wasser die Umrisse von Lulu und Otto zu erspähen, die immer mehr mit der Schwärze der Nacht verschwammen.

Als sie sah, wie Lulu auf der anderen Uferseite aus dem Wasser kletterte, drehte sie sich um und blickte über das schier unendlich wirkende Eis zum Leuchtturm zurück. Tatsächlich sah das Licht, dessen rotierender Schein etwas Erhabenes hatte, von hier aus wunderschön aus. Es beruhigte sie. Für einen Moment schien sie den Anblick sogar genießen zu können, bevor sie sich in Bewegung setzte und seinem Licht nach Hause folgte.

Es war still um Else geworden. Nur der Wintergesang des Meeres drang noch in ihre Ohren. Jeder Schritt bereitete ihr starke Schmerzen. Ihr Knöchel schien noch weiter angeschwollen zu sein, drückte unangenehm gegen den Schaft ihres Stiefels. Sie konnte kaum auftreten, versuchte humpelnd, den Fuß so wenig wie möglich zu belasten. Gleichzeitig musste sie aufpassen, auf dem glatten Eis nicht erneut auszurutschen.

Sie kam nur langsam voran. Die Kälte war ihr mittlerweile bis in die Knochen gekrochen. Sie versuchte das Zittern zu unterdrücken und den Gedanken zu verdrängen, dass ihr Körper zunehmend unterkühlte. Stur blickte sie geradeaus Richtung Leuchtturm und lief immer weiter.

Als sie den schneebedeckten Strand endlich erreichte, sackte sie erschöpft auf ihre Knie. Für den Weg zurück hatte sie mindestens doppelt so lange gebraucht wie für den Hinweg. Der Mond war am sich aufklarenden Himmel ein gutes Stück gewandert. Sie vergrub das Gesicht in ihren Händen, schluchzte und war gleichermaßen erleichtert wie enttäuscht. Sie hatte so sehr gehofft, mit Lulu und Otto in den Westen gehen zu können. Dass dieser Traum nun erneut fehlgeschlagen war, betrübte sie zutiefst. Die Angst und die Ungewissheit, wie es nun weitergehen würde, machten es nur noch schwerer.

Plötzlich sah sie zwischen ihren Fingern etwas aufflackern. Erschrocken nahm sie die Hände wieder herunter und blickte in die Richtung, aus der der Lichtschein kam. Zwei Grenzer liefen direkt auf sie zu. Ob sie Else schon entdeckt hatten, konnte sie nicht mit Bestimmtheit sagen.

Else sprang auf, vergaß dabei ihren verletzten Fuß. Ein stechender Schmerz schoss wie ein Blitz durch ihren Körper. Sie biss sich auf die Lippe, um nicht vor Schmerz aufzuschreien. Stattdessen entfleuchte ein leises Stöhnen ihrem zusammengekniffenen Mund.

Als sie sich aufgerichtet hatte, lief sie hinkend los. Im Augenwinkel sah sie, wie das Licht sie zu verfolgen schien. Sie humpelte bis zu den Dünen. Hinter einem Hügel ging sie in Deckung. Sie versuchte sich so klein wie möglich zu machen. Zum Glück trug sie noch den weißen Arztkittel, den sie von Otto bekommen hatte. So war sie hinter dem schneebedeckten Sandhaufen kaum zu sehen.

Else blieb so ruhig wie möglich hocken und lauschte den Schritten, die immer näher kamen. Die Lichtkegel der Taschenlampen wanderten suchend über die Dünen.

»Hier war was! Etwas Weißes. Ich hab's genau gesehen«, hörte Else nun eine Stimme sagen.

»Sicher?«, antwortete der zweite Grenzer.

»Ja! Ich hab's genau gesehen.«

Hastig suchend flackerten die Taschenlampen um Else herum, streiften dabei immer wieder auch ihren Rücken. Else kniff die Augen zusammen und betete, dass die Grenzer sie nicht entdeckten.

»Ich glaub, du siehst schon Geister. Hier ist nichts!«, sagte der Zweite schließlich.

»Komisch, ich war mir sicher«, antwortete der andere.

»Komm, lass uns weitergehen.«

Als Else ihre Augen wieder öffnete, war es um sie herum wieder dunkler geworden. Die Lichter der Taschenlampen entfernten sich, genauso wie die Schritte, die hörbar im Schnee knirschten. Else atmete erleichtert aus, blieb aber dennoch vorsichtshalber einige Momente in den Dünen hocken. Erst als die Grenzer gänzlich in der Finsternis verschwunden waren, traute sie sich aus ihrem Versteck heraus.

Noch in den Dünen zog sie ihren Kittel aus, vergrub ihn leicht im Schnee und ging dann zum Trampelpfad zurück, wo sie sich mit Lulu und Otto getroffen hatte. Ottos leere Tasche lag immer noch unter dem Baum.

Sie folgte dem Pfad. Bis zum Leuchtturm war es nicht mehr weit. Und dennoch fiel es Else unendlich schwer, die letzten Meter zu gehen. Sie war müde, vollkommen erschöpft und durchgefroren, als sie das Gehöft endlich erreichte. Den Wagen, der etwas abseits auf der Landstraße geparkt hatte, bemerkte sie deshalb nicht.

Als sie am Wärterhaus ankam, konnte sie es kaum erwarten hineinzugehen. Sie sehnte sich so sehr nach der wärmenden Stube, einer kleinen Mahlzeit sowie ihrem Bett, auf dem sie ihren Fuß ausruhen und endlich etwas Schlaf finden wollte, den sie so bitter nötig hatte. Morgen, so hatte sie sich vorgenommen, würde sie dann einen Arzt aufsuchen.

Dennoch blieb Else einen kurzen Moment vor der Haustür stehen und blickte zum Leuchtturm hinüber, dessen oberstes Fenster immer noch beleuchtet war. Die Nacht war noch nicht vorbei, ihr Vater hielt weiterhin Wache. Die Tatsache, dass sie ein paar Stunden zuvor dort oben gewesen war, um sich von ihrem Vater zu verabschieden, erschien ihr plötzlich so unwirklich. So wie alles, was in dieser Nacht bisher geschehen war.

Else seufzte kurz auf und wollte gerade die Türklinke herunterdrücken, als sie eine Stimme hörte.

»So spät noch unterwegs?«

Else drehte sich überrascht um. Zwei Männer standen plötzlich hinter ihr. Der eine groß und schlaksig mit einem feinen Bart auf der Oberlippe. Der andere hingegen hatte eine gedrungene Statur und wirkte mit seiner blauen Wollmütze und seiner wattierten Jacke etwas gröber. Er blickte unfreundlich drein, während sein Kompagnon Else süffisant anlächelte.

»Wo waren Sie denn so lange? Wir haben schon auf Sie gewartet! Sogar schon bei Ihnen geklingelt«, fragte der Erste weiter mit einem gespielt freundlichen Ton, der Else überhaupt nicht gefiel.

»Mein Vater ist im Leuchtturm«, antwortete Else.

»Das wissen wir. Aber wir wollen zu Ihnen, Fräulein Schwarz!«

»Wer sind Sie? Was wollen Sie von mir?«, fragte sie unbeirrt zurück.

Der Schnauzbartträger legte seinen Kopf schief und sah Else durchdringend an. Sein widerwärtiges Lächeln verschwand. »Zwei Dinge sollte ich wohl gleich von Anfang an klarstellen, damit das Ganze hier gesittet abläuft: Die Fragen stellen wir! Und die Antworten geben Sie!«, erklärte er mit dräuender Stimme.

Else schluckte erschrocken.

»Also, wo waren Sie?«, fragte er erneut.

»Bei meiner Freundin Lulu!«, log Else.

»Das kann gar nicht sein. Ihre Freundin ist nämlich seit Stunden verschwunden. So wie Sie es bis eben auch waren!«

Else schluckte, überlegte kurz. »Ich war bei ihr, doch sie war nicht da«, versuchte sie so überzeugend wie möglich zu erklären.

»Sie waren also bei ihr und sind dann gleich wieder gegangen?«, wiederholte er fragend.

Else nickte und versuchte sich dabei nicht einschüchtern zu lassen.

»Und warum in drei Teufels Namen haben Sie dann so lange nach Hause gebraucht?«, fragte er weiter.

Else schluckte kurz, antwortete dann aber halbwegs ehrlich. »Ich … Ich bin gestürzt.«

Der Mann musterte sie skeptisch. Offensichtlich glaubte er ihr nicht. Erst, als der andere Mann ihn mit seiner Schulter anstupste und stumm auf ihr Bein zeigte, nickte er. Else hatte gar nicht bemerkt, dass ihre Hose durch den Sturz etwas aufgerissen war.

»Bitte lassen Sie mich jetzt reingehen. Mein Knöchel ist vermutlich gebrochen. Ich muss mich dringend ausruhen«, flehte Else.

Der Bartträger schüttelte den Kopf. »Wir sind noch nicht fertig!«

»Was wollen Sie denn noch von mir wissen?«

»Wem das Boot gehörte!«

Else schluckte erschrocken. Sie spürte, wie das Blut in ihren Adern gefror, und das nicht wegen der Kälte, der sie nun schon seit mehr als sechs Stunden ausgesetzt war.

»Fräulein Schwarz, Sie kommen jetzt mit uns mit.«

»Was?! Wieso?«

»Ich möchte mich gerne an einem gemütlicheren Ort mit Ihnen unterhalten. Vielleicht auch zu einer etwas zivilisierteren Uhrzeit«, antwortete der Mann, während er erneut sein süffisantes Lächeln aufsetzte.

»Aber … ich will nicht!«

»Sie haben keine andere Wahl«, er wandte sich seinem Partner zu. »Abführen!«

Der kräftigere Mann ging auf Else zu, packte sie an der Schulter und riss sie von der Tür weg. Else versuchte sich zu wehren, schrie laut auf und schlug gegen seine Brust, als er sie über das Gehöft Richtung Landstraße schob. Die

Schmerzen in ihrem verletzten Fuß vergaß sie dabei vollkommen.

Plötzlich hörte sie ihren Vater hinter sich rufen. Offensichtlich hatte er sie im Leuchtturm gehört.

»Was machen Sie da? Lassen Sie meine Tochter los!«, brüllte er dem Mann zu, der Else festhielt.

Der Schnauzbartträger stellte sich ihrem Vater in den Weg. »Wir nehmen Ihre Tochter zum Verhör mit.«

»Sie hat nichts getan! Lassen Sie mich vorbei, sonst …«, drohte ihr Vater, der sich vor dem schlaksigen Mann aufbaute.

Doch der ließ sich nicht einschüchtern, blickte ihm in die Augen und wich keinen Zentimeter von der Stelle. »Halten Sie sich zurück! Oder wollen Sie, dass sich alles wiederholt?«

Else verstand nicht, was er damit meinte. Doch die Worte schienen die gewünschte Wirkung zu zeigen. Ihr Vater wurde bleich im Gesicht. Er stockte, wich einige Schritte zurück. Else, die keine Kraft mehr hatte, sich weiter zu wehren, wurde indes von dem anderen Mann vom Hof geführt. Als er sie auf den Rücksitz des Wagens schob, warf sie einen letzten Blick zurück auf den Leuchtturm und auf ihren Vater, dem es augenscheinlich das Herz zerriss, seiner Tochter nicht helfen zu können.

Stunden später saß Else dem Mann mit dem feinen Schnauzbart in einem kleinen Verhörraum erneut gegenüber. Auf dem Tisch, der zwischen ihnen stand, lagen lediglich ein Notizbuch und ein Stift. Die kleine Tischlampe blendete Else in den Augen. Dumpf spürte sie den Schmerz in ihrem Knöchel. Noch immer hatte sich kein Arzt ihre Verletzung angesehen, obwohl sie nicht gleich verhört worden war. Die beiden Männer hatten sie in die MfS-Zentrale nach Rostock gebracht. Dort hatte sie nur ein paar Schmerzmittel und einen provisorischen Stützverband bekommen, bevor sie in einem kleinen fensterlosen Raum auf einer schmalen Pritsche den kläglichen Rest der Nacht hatte verbringen müssen.

Erst in den Morgenstunden war sie in einen Verhörraum gebracht worden, in dem der Führungsoffizier sie nun schon seit einer Stunde mit den immer gleichen Fragen bombardierte. Er rückte immer näher, beugte sich drohend über seinen Schreibtisch zu ihr herüber. Langsam schien er die Geduld zu verlieren, hatte Else doch bisher geschwiegen.

Mit der flachen Hand schlug er deshalb nun auf den Tisch, sodass Else erschrocken zusammenzuckte.

»Nun reden Sie schon!«, schrie er sie fast an. »Wem gehörte das Boot?«

Else zögerte, rang mit sich. Da erinnerte sie sich an die Worte, die Otto ihr auf dem Eis zugeflüstert hatte. Falls sie geschnappt werden würde, sollte sie alles auf ihn schieben, hatte er ihr gesagt. Doch der Gedanke, ihn zu verraten, war ihr zuwider gewesen. War er doch in den letzten Monaten ein Freund für sie geworden. Doch sie wusste, dass es das Beste für sie war, seinem Vorschlag Folge zu leisten. Wenn alles gut gegangen war, was Else inständig hoffte, waren er und Lulu längst in Sicherheit. So seufzte sie schließlich und machte endlich den Mund auf: »Otto! Otto Thiele! Er hatte das Boot von seinem Großvater, soweit ich weiß.«

Der Mann hinter dem Schreibtisch erhob sich, verschränkte die Arme vor seiner Brust und setzte dieses süffisant-zufriedene Lächeln auf, das Else schon kannte und das ihr mehr als zuwider war. »Das passt ja«, sagte er. »Otto Thiele hat auch den PVC-Stoff besorgt, um das Boot zu reparieren, wie wir wissen.«

»Dann ist ja alles klar!«, antwortete Else arglos.

»Nicht so schnell mit den jungen Pferden«, bremste der Offizier jedoch Elses Zuversicht. Verdutzt blickte Else ihn an.

»Man hat Sie drei zusammen gesehen. In Warnemünde.«

Sie schluckte kurz, ließ sich aber ihre Verunsicherung nicht anmerken. »Das ist eine Ewigkeit her«, antwortete sie.

»Trotzdem haben wir den berechtigten Verdacht, dass Sie die Flucht damals zu dritt geplant haben«, antwortete er und sah sie dabei durchdringend an.

Elses Gedanken kreisten, fieberhaft überlegte sie, was sie nun sagen sollte.

»Wir haben uns in Warnemünde getroffen. Das stimmt«, gab sie schließlich zu. Wusste sie doch, dass Leugnen zwecklos war. Die Information schien von einem IM zu stammen, dem der Offizier mit großer Sicherheit mehr glaubte als ihr.

»Und es stimmt auch, dass wir damals über eine Flucht gesprochen haben«, erklärte sie weiter. »Otto wollte uns überreden mitzukommen.«

»Und?«

»Natürlich wollten wir nicht!«, rief sie derart empört aus, dass sie über die Kraft ihrer Worte selbst überrascht gewesen war. »Ich kann doch meinen Vater auf dem Leuchtturm nicht alleinlassen! Lulu hat sich danach von ihm getrennt«, fügte sie mit ruhigerer, aber dennoch fester Stimme hinzu. »Wir wollten uns da nicht mit hineinziehen lassen, geschweige denn uns strafbar machen. Das müssen Sie mir glauben. Seitdem habe ich auch nie wieder etwas von Otto gesehen oder gehört.«

Beinahe quälend langsam ließ der Führungsoffizier seine Arme sinken, straffte kurz seinen Rücken, bevor er sich auf seinen Stuhl setzte. Während er sich zurücklehnte, musterte er sie skeptisch. Augenscheinlich wusste er noch nicht, ob er Elses Beteuerungen Glauben schenken sollte oder nicht.

Else hingegen versuchte ruhig zu bleiben, auch wenn sie innerlich aufgewühlter war als das Meer bei einem tosenden Orkan.

»Auch Herr Thiele ist gestern Nacht verschwunden. So wie Ihre Freundin. Beide sind bis jetzt noch nicht wieder aufgetaucht«, sagte der Mann schließlich.

Innerlich jauchzte Else erleichtert auf, doch nach außen hin blieb sie ernst.

»Wissen Sie, wo die beiden sind?«, fragte der Führungsoffizier nun.

Else zögerte kurz, schüttelte dann aber den Kopf. Zuerst ganz sachte und dann immer überzeugender. »Ich habe keine Ahnung!«, beteuerte sie.

Wieder sah der Mann sie an, als würde er sie jeden Augenblick ihrer Lügen überführen.

Doch nichts dergleichen passierte. Der Offizier schlug sein Notizbuch zu, erhob sich und ging an Else vorbei.

Verdutzt blickte Else ihm hinterher. »War es das?«, rief sie ihm fragend nach, als er bereits an der Tür war.

Er drehte sich noch einmal zu ihr um. »Ja! Fürs Erste!«, antwortete er, bevor er den Raum verließ. Die Tür ließ er offen.

Else zögerte, wusste nicht recht, was das zu bedeuten hatte. Schließlich stand sie auf, nahm ihre Sachen vom Garderobenständer. Sie griff in ihre Tasche, nachdem sie den Mantel angezogen hatte. Das Foto ihrer Mutter war noch genauso darin wie der Umschlag mit dem Geld sowie ihr Ausweis. Sie ging zur Tür und trat in den langen Flur hinaus. Niemand hielt sie auf. Sie war frei, auch wenn sie sich beileibe nicht so fühlte.

Franzi
1992

Franzi stand auf der Galerie des Leuchtturms und blickte aufs Meer hinaus. Möwen drehten in der Hoffnung auf Futter ihre Runden über dem nahrungsreichen kristallblauen Wasser, das angestrahlt von der Sonne zart glitzerte. Mit bewundernswerter Gleichmütigkeit schwappten die Wellen ans Ufer, krochen einträchtig den Sand hinauf, um kurz darauf wieder ins Meer zu huschen. Zurück blieb nur die Ahnung, dass hier an der Küste alles im wohlgefälligen Einklang mit der Natur geschah.

Franzi hob ihren Brustkorb, atmete tief ein, ließ die frische Seeluft durch ihre Lungen strömen, bevor sie einen letzten Blick über den blauen Horizont schweifen ließ. Dann drehte sie sich um und trat durch die kleine schmale Tür in den Leuchtturm hinein.

Im Dienstraum schlenderte sie noch einmal um den Schreibtisch herum, zeichnete dabei mit ihrem Zeigefinger die Maserung nach, die auf der alten verstaubten Holzplatte nur noch schwach zu erkennen war. Im Vorbeigehen schloss sie die oberste Schublade, die noch geöffnet gewesen war.

Dann nahm sie ihre beiden Koffer in die Hand, die gepackt neben dem Schreibtisch standen. Sie waren leichter als am Tag ihrer Ankunft, der für Franzi gefühlt eine Ewigkeit zurücklag. Und doch war es nicht einmal zwei Monate her, dass sie barfuß, voller Neugier und einer mit Selbstzweifeln getränkten Schreibblockade an den Ort ihrer Kindheit zurückgekehrt war. Doch nicht nur die Schreibblockade hatte sie hier zurücklassen wollen, auch die Schreibmaschine stand noch in der Wohnung des Wärterhauses.

Elses Tagebuch sowie die Kopie der Stasi-Akte ihres Vaters, die sie von Peter bekommen hatte, hatte sie hingegen eingepackt.

Franzi trat aus dem Leuchtturm heraus, verriegelte die Tür hinter sich mit dem defekten Schloss, so gut es ging. Dann schritt sie durch das hohe Gras die Anhöhe hinunter auf die Landstraße und machte sich leichtfüßig auf den Weg zum Lüstrower Bahnhof.

Nachdem Peter vor nicht einmal zwei Tagen bei ihr gewesen war, hatte sie von der Telefonzelle aus die Nummer in Frankreich gewählt, die ihr Ex-Mann ihr gegeben hatte. Am anderen Ende der Leitung hatte sich eine gewisse Louise Dubois gemeldet. Franzi war ganz aufgeregt gewesen, weshalb die Frau, die zuerst Französisch und dann Deutsch gesprochen hatte, erst gar nicht gewusst hatte, was Franzi von ihr wollte. Doch dann, nachdem sie ihr von dem Fund des Tagebuchs erzählt hatte sowie von dem Leuchtturm und von ihren Recherchen bezüglich ihres Fluchtversuchs mit dem Kajak über die Ostsee, hatte die Frau verstanden. Sie hatte unumwunden zugegeben, dass sie besagte Lulu aus dem Tagebuch war.

Lange hatten sie sich am Telefon unterhalten. Franzi hatte immer wieder Geld nachwerfen müssen, um die Verbindung nach Frankreich aufrechterhalten zu können. Doch das war es ihr wert gewesen.

Die mittlerweile über fünfzigjährige Louise hatte ihr erzählt, dass sie damals über die zugefrorene Ostsee weitergelaufen waren. An einer zweiten Fahrrinne hatten sie ein Schiff entdeckt, das unter schwedischer Flagge gefahren war. Sie hatten gewunken und gerufen, um auf sich aufmerksam zu machen. Doch erst, als Otto seine Posaune herausgeholt und laut hineingeblasen hatte, war die Mannschaft auf dem Deck auf sie aufmerksam geworden. Sie hatten die vollkommen durchgefrorenen Flüchtlinge an Bord geholt und bis nach Travemünde mitgenommen.

Franzi hatte auch nach Otto und ihrem neuen Leben in Westdeutschland gefragt. Die Frau hatte ihr geschildert, dass sie bald nach ihrer Ankunft im Westen nach Bremen gezogen waren. Während sie angefangen hatte, in einer Boutique zu arbeiten, war Otto einem Jazz-Trio beigetreten, das über viele Jahre erfolgreich Musik gemacht hatte und in ganz Westdeutschland aufgetreten war. Louise hatte ihn gern zu seinen Auftritten begleitet. Ein paar Jahre waren sie glücklich gewesen, hatten tatsächlich das Leben gelebt, das sich die junge Lulu vorgestellt hatte.

Doch irgendwann hatte sie mehr gewollt. Während Otto zufrieden gewesen war, hatte Lulu noch mehr von der Welt sehen wollen. Viele Jahre war sie deshalb durch ferne Länder gereist und hatte sowohl die Flucht aus der DDR als auch die Trennung von Otto nie bereut. Erst vor zwei Jahren war sie sesshaft geworden und hatte einen französischen Weinbauern geheiratet. Von Otto hatte sie hin und wieder etwas gehört. Er hatte weiter in Bremen gelebt, mit einer Frau, die ihn glücklich gemacht und ihm vier Kinder geschenkt hatte.

Franzi hatte gebannt gelauscht, und nachdem Louise am Telefon mit den Schilderungen ihrer Lebensgeschichte geendet hatte, hatte die junge Autorin auch vorsichtig nach Else gefragt. Und tatsächlich hatte die Frau ihr weiterhelfen können. Aufgeregt hatte Franzi die Adresse notiert, die Louise ihr am Telefon diktiert hatte.

Nachdem sie sich bei Louise bedankt und höflich verabschiedet hatte, war sie aus der Telefonzelle herausgetreten. Noch im selben Moment hatte sie eine Entscheidung getroffen. Sie war zum Wärterhaus zurückgefahren und hatte begonnen, ihre Koffer zu packen.

Als Franzi am Bahnhof ankam, kaufte sie eine Fahrkarte und stieg in den Zug, der sie über Rostock und Lübeck auf die Insel Fehmarn brachte. Mit dem Taxi fuhr sie zu einem reetgedeckten Haus am nördlichen Zipfel der Insel. Dort ging sie durch den Vorgarten, der schlicht gehalten, aber gepflegt war. Nur der Lavendel, der in üppigen Büschen den kleinen gepflasterten Weg zum Eingang säumte, verströmte einen zarten Duft. Die Fenster waren zugezogen, machten durch die hellen Stoffvorhänge dennoch einen einladenden Eindruck. Die Eingangstür zierte ein Kranz aus getrockneten Hortensien, Hafer und Wildrosen.

Bevor sie läutete, stellte sie ihre Koffer ab und strich sich noch einmal etwas nervös durch das Haar.

Sie hörte Schritte, die hinter der Tür näher kamen. Als diese geöffnet wurde, blickte Franzi in das Gesicht einer Frau, die vom Alter zwar gezeichnet schien, aber dennoch etwas Anmutiges und Stolzes an sich hatte. Ihr feines ergrautes Haar trug sie als Dutt. Die Bluse, die sie zu ihrem langen Faltenrock trug, war schlicht und akkurat gebügelt. Ihre Augen, von zarten Fältchen umrandet, wirkten klar und bodenständig. Sie blickte Franzi freundlich, aber aufmerksam an.

»Kann ich Ihnen helfen?«, fragte sie.

Franzi räusperte sich kurz, bevor sie antwortete. »Das hoffe ich! Sind Sie Else Schwarz?«

Die Frau stutzte. Sie musterte Franzi von Kopf bis Fuß, registrierte augenscheinlich auch die beiden Koffer, die neben ihr standen und sie noch etwas mehr stutzen ließen.

»Warum möchten Sie das wissen?«, fragte sie schließlich.

Statt zu antworten, bückte Franzi sich nun, öffnete einen der beiden Koffer und holte das Tagebuch heraus. Der schwarze Ledereinband schimmerte matt in der Sonne. Noch immer sichtlich verwundert, nahm die Frau das Buch in die Hand und schlug es auf. Als sie die ersten Zeilen überflog, veränderte sich plötzlich ihr Blick, wie Franzi beobachten konnte. Die Skepsis wich gänzlich aus ihrem Gesicht. Stattdessen legte sich ein unverhofft seliges Lächeln auf ihre Lippen, das sie leicht zum Beben brachte.

»Mein Tagebuch«, flüsterte sie dabei ungläubig.

Nun lächelte auch Franzi, endlich sicher, dass es das Richtige war, hier zu sein.

Wenig später saß Franzi bei Else in der schlichten gemütlichen Wohnküche. Ein paar Fotos standen auf einem Regalbrett, darunter ein altes Schwarz-Weiß-Porträt. Die Frau auf dem Bild ähnelte Franzis Gastgeberin. Am Kühlschrank hingen Buntstiftzeichnungen, die augenscheinlich durch Kinderhände angefertigt worden waren. Auf einem stand geschrieben: *Für Oma.*

Franzi schlürfte den heißen Tee, den Else ihr gemacht hatte.

»Seltsam, was man alles vergisst in seinem Leben. Und woran man sich erinnert«, begann Else etwas versonnen zu erzählen, die ihr gegenübersaß und ebenso einen Tee vor sich stehen hatte.

Franzi warf ihr einen fragenden Blick zu.

»Ich erinnere mich daran, wie der Wind an dem kleinen Strand roch, wenn es geregnet hat. Wie die gläserne Kuppel des Leuchtturms in der Sonne glitzerte oder wie die Stufen knarrten, wenn mein Vater sie hinaufschritt. Aber dass ich zu der Zeit Tagebuch geführt habe, habe ich doch tatsächlich fast vergessen.«

»Ich bin froh, dass ich es gefunden habe«, erwiderte Franzi.

»Ich auch!«

Franzi lächelte kurz erleichtert, wurde dann aber wieder ernst. »Aber leider ist Ihre Geschichte darin unvollständig.«

Else blickte sie an. »Sind Lebensgeschichten nicht immer unvollständig?«

Franzi schmunzelte zustimmend. Else war genau so, wie sie sie sich vorgestellt hatte. Schon jetzt mochte sie die Frau mit ihrer besonnenen Art, die augenscheinlich nie ein Wort zu viel sprach.

»Sie möchten wissen, was nach unserem Fluchtversuch passiert ist?«, fügte Else fragend hinzu.

Franzi nickte. »Erzählen Sie es mir?«

Else zögerte kurz. Schließlich legte sich auf ihr Gesicht ein wohlwollendes Lächeln, und sie begann zu erzählen. Von ihrem beschwerlichen Weg zurück an Land und ihrer Festnahme.

»Die Stasi hat mich damals gehen lassen müssen. Sie haben gegen mich nichts in der Hand gehabt, weil wir zum Glück sehr vorsichtig gewesen waren. Auch, weil ja dann doch alles sehr kurzfristig und ohne große Planung stattgefunden hat. Ich bin von Rostock zum Leuchtturm zurückgegangen und zu meinem Vater. Er ist natürlich erleichtert gewesen und hat sich sofort um meinen gebrochenen Knöchel gekümmert.«

Else hielt kurz inne, dachte nach und fuhr schließlich fort. »Ich bin noch den Winter bei ihm geblieben, habe in Margots Gasthof gearbeitet, nachdem mein Knöchel wieder verheilt war. Die Leute haben natürlich geredet, hinter vorgehaltener Hand, versteht sich, über das Boot im Wald, über Lulus und Ottos Verschwinden und das Verhör in der Stasi-Zentrale. Viele Gerüchte waren falsch, einige aber auch wahr, wie du ja weißt. Geschwiegen habe ich zu allen.«

»Haben Sie Frank wiedergesehen?«, fragte Franzi neugierig.

Else nickte. »Gleich ein paar Tage nach meiner Rückkehr habe ich ihn in der Stadt getroffen.«

»Und? Ist er es gewesen, der sie verraten hat?«

Sie seufzte kurz, bevor sie leicht nickte. »Er wollte es zuerst nicht zugeben, als ich ihn danach gefragt habe. Doch dann ist er ehrlich zu mir gewesen. Er hatte der Stasi erzählt, dass er beim Spaziergang im Moor auf die Hütte gestoßen war und darin ein Boot entdeckt hatte. Meinen Namen hat er dabei aber unerwähnt gelassen.«

»Aber warum hat er das getan? Warum hat er das Versteck verraten?«, hakte Franzi nach.

»Er hat es für seine Frau getan.«

Franzi sah sie verdutzt an.

»Er wollte sich mit ihr wieder versöhnen, wollte alles wiedergutmachen. Dafür war er zum Schulministerium gegangen und hatte sich für sein Verhalten entschuldigt und geschworen, sich nun strikt an den Lehrplan zu halten. Doch das hatte denen nicht gereicht, um ihm seine Zulassung zurückzugeben. Sie hatten eine Gegenleistung gefordert, eine Art Vertrauensvorschuss. Deshalb hatte er ihnen von dem Versteck erzählt.«

»Er hat Ihr Leben zerstört, um seines wieder auf die Reihe zu kriegen«, resümierte Franzi ernüchtert.

»Wenn man so will, ja! Wobei es natürlich in den Sternen steht, ob wir es mit dem Kajak überhaupt geschafft hätten.«

»Haben Sie denn noch einmal versucht zu fliehen? Ich meine, nachdem Sie auf dem Eis umkehren mussten?«, fragte Franzi weiter.

Else trank einen Schluck Tee. Als sie ihre Tasse wieder absetzte, blickte sie Franzi an und schüttelte dann den Kopf.

»Ich bin im Frühjahr nach Rostock gezogen und habe angefangen, in einer Klinik als Krankenschwester zu arbeiten. Lulu, mit der ich mir über Ottos Großonkel Briefe hin- und hergeschrieben habe, hatte mich immer wieder dazu aufgefordert. Durch die Blume natürlich, falls die Stasi die Post doch abfangen sollte. Aber es hat sich nie wieder die Gelegenheit dazu ergeben. 1973 habe ich dann einen Ausreiseantrag gestellt. Ein Jahr später durfte ich mit meiner Tochter Anna, die in der Zwischenzeit geboren worden war, endlich das Land verlassen.«

»Wir sind zehn Jahre später ausgereist.«

»Dann wissen Sie ja, wie schwer es einem nach der Antragstellung gemacht wurde.«

Franzi nickte. »Meine Eltern haben auch sehr darunter gelitten.«

Sie schwiegen einen kurzen Moment, tranken ihren Tee.

Dann blickte Franzi Else neugierig an. »Haben Sie Ihre Ausreise je bereut?«

Else zögerte kurz, schüttelte schließlich den Kopf. »Ich habe zwar nicht mehr studiert, wie ich es eigentlich vorhatte, und es war hart, nicht zur Beerdigung meines Vaters kommen zu dürfen. Aber ich habe endlich nach all den Jahren Lulu wiedersehen können.« Sie seufzte kurz versonnen, bevor sie fortfuhr: »Ich habe hier ein glückliches Leben gehabt und Anna alle Freiheiten, sich zu einer tollen Persönlichkeit zu entfalten. Sie hat Jura studiert, hat gerade ihr Zweites Staatsexamen bestanden und selbst eine Familie gegründet.«

Franzi lächelte verstehend, trank einen Schluck Tee.

Plötzlich blickte Else ihren Gast neugierig an. »Wie ist er?«

»Wer?«, fragte Franzi verdutzt zurück.

»Der Leuchtturm! Wie sieht er aus? Wie ist es, wieder dort zu sein?«

Franzi lehnte sich in ihrem Stuhl zurück, dachte kurz über die Frage nach. Dann sah sie Else an. »Ich würde lügen, wenn ich sagen würde, dass der Zahn der Zeit den Turm verschont hätte. Aber ... es klingt vielleicht komisch ... von seinem Zauber, den ich als Kind dort oben immer gespürt habe, hat er nichts verloren.«

Else lächelte. »Das klingt ganz und gar nicht komisch!«

Einträchtig blickten die beiden Frauen sich an. Dann fiel Franzi etwas ein. Sie öffnete erneut einen ihrer Koffer, die neben dem Küchentisch standen, und zog etwas heraus. Else beobachtete sie dabei leicht verwundert.

»Ich habe ja noch etwas für Sie!«, sagte Franzi, während sie einen großen Stapel Briefe auf den Tisch legte, der sorgsam mit einem Schleifenband zusammengehalten wurde. Die Umschläge waren verschlossen und augenscheinlich auch nie geöffnet worden.

Die sichtliche Verwunderung war immer noch nicht aus Elses Blick gewichen. »Was … sind das für Briefe?«, fragte sie deshalb, und ihre Stimme wirkte etwas unsicher.

»Die habe ich in der obersten Schublade des Schreibtischs im Dienstraum gefunden. Die Lade hat all die Jahre geklemmt. Selbst mein Vater hatte sie nie aufbekommen«, erklärte Franzi. Dann beugte sie sich kurz vor und deutete mit dem Zeigefinger auf das Adressfeld auf dem Umschlag, der ganz oben lag. Nur ein Name stand dort mit sauberer Schrift geschrieben: *Martha Schwarz*.

Franzi konnte sehen, wie Else förmlich der Atem stockte, als sie den Namen ebenso entziffert hatte.

»Das sind Briefe an meine Mutter! Von meinem Vater geschrieben. Ich erkenne die Schrift ganz klar!«, hauchte Else, als sie sich wieder einigermaßen gefasst hatte.

»Aber ich dachte, Ihre Mutter wäre früh verstorben?«, fragte Franzi irritiert.

Else nickte. »Offensichtlich hat er ihr über all die Jahre trotzdem weiterhin geschrieben«, antwortete sie mehr in Gedanken. Sie nahm den Packen Briefe, zog den obersten aus dem Band heraus, drehte und wendete den Umschlag in ihren Händen. Sie zögerte, mit einem kurzen Blick auf Franzi, ihn zu öffnen.

Franzi verstand und erhob sich von ihrem Stuhl. »Vielen Dank, dass Sie mir Ihre Geschichte erzählt haben … und auch für den Tee. Aber ich glaube, es ist jetzt wohl besser, wenn ich gehe.«

Else nickte ihr flüchtig zu. Als Franzi ihre Koffer nahm, blickte Else doch noch einmal auf. »Ich wünsche Ihnen alles Gute!«, sagte sie.

»Danke! Ihnen auch! Ich finde allein hinaus«, antwortete Franzi. Und während sie die Küche verließ, sah sie aus dem Augenwinkel, wie Else den ersten Brief öffnete.

Else
1992

Else saß noch lange in der Küche. Der Tee war bereits kalt geworden. Sie musste die Augen zusammenkneifen, um im diesigen Licht der Abenddämmerung, die durch das kleine Fenster hereinfiel, die Zeilen ihres Vaters entziffern zu können. Sie dachte gar nicht daran, das Licht einzuschalten oder ihre Lesebrille zu holen. Zu vertieft war sie in die Worte ihres Vaters.

Sie hatte nicht gewusst, dass ihr Vater irgendetwas anderes als die Berichte an den Seehydrografischen Dienst verfasst, geschweige denn Briefe an ihre verstorbene Mutter geschrieben hatte. Doch augenscheinlich gab es vieles, das sie von ihm nicht gewusst hatte. Er hatte ihre Mutter wirklich und aufrichtig bis zu seinem letzten Atemzug geliebt. In seinen Briefen hatte er ihr sowohl von den täglichen Aufgaben auf dem Leuchtturm erzählt als auch seine Gefühle mit ihr geteilt. Auch um Else war es in vielen Briefen gegangen und um ihre Streitigkeiten bezüglich des Todes ihrer Mutter, die sie damals mehr schweigend als mit offenen Worten ausgefochten hatten.

Nachdem Else 1963 vom Leuchtturm weggezogen war, hatte sie nur noch sporadisch Kontakt mit ihrem Vater gehabt. Hin und wieder, wenn es ihr Schichtplan in der Poliklinik zugelassen hatte, hatte sie ihn besucht. Er hingegen war nie bei ihr in Rostock gewesen. Auch nicht, nachdem ihre einzige Tochter Anna geboren worden war. Er hatte das Gehöft, auch wenn es nur für einen halben Tag gewesen wäre, nicht alleinlassen wollen. Über ihre Mutter hatten sie nach dem Abend auf dem Leuchtturm, bevor sie auf dem Eis gestürzt war, nicht mehr gesprochen. Else hatte es aufgegeben, die ganze Wahrheit herausfinden zu wollen, auch wenn ihr die Fragen, die nicht beantwortet worden waren, nie gänzlich aus dem Sinn gegangen waren.

Langsam wurde es doch zu dunkel, um die Handschrift ihres Vaters lesen zu können. Sie stand auf, schaltete das Licht ein und bemerkte dabei, wie hungrig sie geworden war. Am Herd erwärmte sie deshalb in einem Topf den Rest des Gemüseeintopfes, der vom Mittagessen mit ihrer Tochter Anna, ihrem Schwiegersohn Daniel und ihrer Enkelin Sophie übrig geblieben war. Wie jeden Freitag waren die drei auch heute gekommen. Else genoss ihre Besuche, freute sie sich doch zu sehen, wie glücklich ihre Tochter war.

Als der Eintopf kochte und einen deftig-würzigen Geruch in der Küche verströmte, füllte Else sich einen Teller Suppe ein. Sie setzte sich zurück an den Tisch, schob dabei die Briefe vorsichtig ein bisschen zur Seite. Während sie aß, fiel ihr Blick auf das alte Schwarz-Weiß-Foto ihrer Mutter, das gerahmt auf dem Regalbrett neben der Anrichte stand. Die Wohnküche war der Ort im Haus, in dem Else sich am meisten aufhielt. Deshalb hatte sie hier auch ihre wenigen Erinnerungsstücke platziert, die sie damals aus der DDR hatte mitnehmen können. Ein Bild ihres Vaters stand direkt daneben.

Ihr Vater war wenige Monate nach der Bewilligung ihres Ausreiseantrages im Spätherbst 1974 verstorben. In einer

Nacht, in der er keinen Wachdienst gehabt hatte, war er friedlich in seinem Bett eingeschlafen und nicht wieder aufgewacht, wie man ihr telefonisch berichtet hatte. Else war damals unendlich traurig gewesen, dass sie zu seiner Beerdigung nicht in die DDR hatte zurückkehren dürfen. Nicht einmal den Leuchtturm und die Wohnung im Wärterhaus hatte sie ausräumen können. Die Männer, die damals das Hab und Gut ihres Vaters ausgemistet und vermutlich auch größtenteils weggeworfen hatten, hatten das Dienstzimmer im Leuchtturm wohl nicht betreten, weshalb die Briefe dort so lange unentdeckt geblieben worden waren. Else war froh, dass die mehr als persönlichen Zeilen ihres Vaters nun doch den Weg zu ihr gefunden hatten. So hatte sie das Gefühl, wenigstens ihrem Vater wieder ein Stück näher sein zu können.

Als sie aufgegessen hatte, stellte sie den Teller beiseite. Dabei fielen ein paar Briefe herunter, die sie noch nicht geöffnet hatte. Schnell bückte sie sich, um die Umschläge aufzusammeln. Dabei fiel ihr ein Brief in die Hände, der überraschenderweise nicht an ihre Mutter adressiert war, sondern an sie.

Else stutzte, nahm dabei den Umschlag näher in Augenschein. Weder eine vollständige Anschrift war darauf notiert, noch klebte eine Briefmarke in der oberen Ecke.

Sie öffnete den Brief, wenn auch zögerlicher als die anderen zuvor. Ganz unweigerlich begann ihr Herz vor Aufregung schneller zu schlagen, als sie die ersten Zeilen las …

Hannes
1973

Meine geliebte Else,
ich bin mir noch nicht sicher, ob ich diesen Brief an dich wirklich abschicken werde. Vielleicht schreibe ich ihn auch nur, um ihn gleich danach wieder zu zerreißen oder ganz tief in meiner Schublade zu verstecken.

Bei eurem letzten Besuch hast du mir erzählt, dass du für dich und Anna einen Ausreiseantrag gestellt hast. Ich habe immer gewusst, dass du diesem Land eines Tages den Rücken kehren wirst. Eigentlich hatte ich damit schon viel früher gerechnet. Aber ich bin froh, dass ich die Jahre mit dir und meiner umwerfenden Enkelin noch gehabt habe. Jeden eurer Besuche habe ich mit Sehnsucht erwartet. Vielleicht ist es dir nie aufgefallen, aber euretwegen habe ich die Fenster im Laternenraum, gegen die Anna – so wie du es früher auch getan hast – so gerne ihre Nase beim Hinausschauen presst, besonders sorgsam poliert.

Ich hoffe, du bist mir nicht böse, dass ich mich stets gescheut habe, euch in Rostock zu besuchen. Es lag nicht unbedingt nur daran, dass ich auf dem Gehöft viel zu tun hatte. Es hätte mir auch im Herzen wehgetan zu sehen, dass du dir ein Leben außerhalb des Leuchtturms aufgebaut hast. Du wirst für mich wohl immer das kleine Mädchen bleiben, das die Leuchtturmtreppen hinauf hetzt, um auf der Galerie den Schiffen hinterherzuwinken.

Nun ja, ich schweife schon wieder ab. Es gibt natürlich einen Grund, warum ich dir heute schreibe. Bevor sich unsere Lebenswege trennen, möchte ich endlich versuchen, ehrlich zu dir zu sein. Mittlerweile – für diese Erkenntnis habe ich leider einige Jahre gebraucht, aber ich hoffe, sie kommt noch nicht zu spät – glaube ich, dass du ein Recht auf die Wahrheit hast. Ich schreib sie hier auf, auch wenn ich – wie ich eingangs schon erwähnt habe – mir noch nicht sicher bin, ob sie dich wirklich erreichen wird. Aber genauso, wie es wohl dich immer bedrückt hat, nicht die Wahrheit zu wissen, hat mich das Lügen all die Jahre sehr belastet. Doch so langsam schwindet meine Furcht vor den Konsequenzen. Das ist wohl eine der wenigen positiven Nebenerscheinungen des Alterns. Je mehr das Leben voranschreitet, desto weniger kann es noch durch äußere Einflüsse ins Wanken gebracht werden.

Deine Mutter ist eine glückliche Frau gewesen, weil sie dich hatte und wir uns! Sie hat sich nicht das Leben genommen. Niemals hätte sie dich und auch mich freiwillig alleingelassen.

Es ist im Juni 1953 gewesen. Als es wegen der Wirtschaftskrise die ersten Arbeitsniederlegungen und Streiks gegeben hat, brodelte es auch unter den Schichtarbeitern der Werft. Martha hat noch versucht, mit der Werftleitung zu reden. Doch die haben auch nur das getan, was die Partei ihnen diktiert hat.

Am 17. Juni hat sich deine Mutter schließlich auf die

Seite ihrer Kollegen gestellt, hat die Niederlegung der Arbeit mitorganisiert. Der Streik wurde niedergeschlagen, zum Glück nicht so blutig wie in der geteilten Hauptstadt. Doch auch hier gab es großflächig Verhaftungen und Verfolgungen.

Am 18. Juni standen sie dann auch auf unserem Gehöft, wollten deine Mutter mitnehmen. Doch es kam zu einem Handgemenge. Die Männer fassten deine Mutter grob an, sodass ich dazwischenging. Ein Schuss löste sich dabei aus einer Pistole, die einer der Beamten gezückt hatte, und traf deine Mutter in die Brust. Sie starb in meinen Armen …

Es fällt mir schwer, das alles nun aufzuschreiben, die Gefühle kommen dabei wieder hoch. Ich war gleichermaßen wütend und zutiefst bestürzt. Ein Leben ohne deine Mutter konnte ich mir zu diesem Zeitpunkt nicht einmal ansatzweise vorstellen, und wenn ich ehrlich bin, wache ich noch heute oft genug mit dem dumpfen Gefühl auf, dass ich den Tag ohne sie nicht überstehen kann. Und dann vergeht die Zeit doch.

Für die Partei barg der Unfalltod deiner Mutter natürlich ein hohes Risiko. Der Streik war gerade erst gebrochen worden, das Vertrauen in die SED ohnehin mehr als angeschlagen. Wenn die Leute von Marthas Tod erfahren hätten, die doch bei allen so beliebt gewesen war, wäre der Aufstand möglicherweise wieder aufgeflammt. Deshalb haben sie entschieden, den Tod zu vertuschen. Mir haben sie keine andere Wahl gelassen, als Stillschweigen zu bewahren. Sie haben gedroht, dich mir wegzunehmen.

Auch später, als du erwachsen gewesen bist, haben sie ihre Warnungen wiederholt. Sie hätten mir meine Anstellung als Leuchtfeuerwärter genommen und uns vom Gehöft gejagt, wenn ich nur ein Sterbenswörtchen zu dir gesagt hätte. Wie ernst sie es mit ihren Drohungen meinten, haben sie mir gezeigt, indem sie deine Zulassung für die Oberschule zurückgezogen haben. Ich schwieg also, jagte mir doch die Vorstellung eine Heidenangst ein, den Ort, an dem ich die glücklichsten Jahre mit deiner Mutter verbracht habe, zu verlassen.

Sie haben dann die Sachen deiner Mutter an den Strand gelegt. Erst zwei Tage später hat sie ein Spaziergänger gefunden, weshalb das Datum auf der Sterbeurkunde, die sie ausgefüllt haben, nachdem man sie sechs Monate später endlich für tot erklärt hat, nicht stimmt. Sie haben nicht einmal da bei der Wahrheit bleiben wollen.

Vielleicht kannst du mich jetzt, wo du die ganze Wahrheit kennst, ein bisschen besser verstehen und mir verzeihen, dass ich all die Jahre geschwiegen habe. Ich habe es nur getan, um dich und mich und unser Leben am Leuchtturm zu beschützen.

Ich liebe dich über alles und hoffe inständig, dass du dein Glück auf der anderen Seite der Grenze finden wirst!

Dein dich immer liebender Vater

Else
1992

Else ging an dem kleinen Naturstrand am nördlichen Zipfel der Insel Fehmarn spazieren. Der schmale Sandstreifen war gesäumt von Steinen jedweder Größe. Treibholz lag genauso herum wie kleine herzförmige Muscheln und getrocknete Algenreste, in denen sich hin und wieder noch die Schale eines Krebses oder einer Miesmuschel finden ließ.

Hier war sie oft, erinnerte sie doch der raue Küstenabschnitt abseits der Ferienorte an ihre ostdeutsche Heimat. Außer ihr war nur ein junges Pärchen unterwegs, dessen Hund tollend über den Strand lief und hin und wieder seine Schnauze tief in den Sand steckte, als läge das kleine Glück zwischen den goldfarbenen Sandkörnern.

Else hatte die Schuhe ausgezogen. Bei jedem Schritt spürte sie den feinen, von der Sonne erwärmten Sand zwischen ihren Zehen. Rieselnd hinterließ er ein wohlig-kribbelndes Gefühl auf ihrer Haut.

Die Zeilen ihres Vaters hatten Else nachdenklich gestimmt. Sie war froh, nun endlich die Wahrheit zu kennen, und verstand nun auch, warum ihr Vater all die Jahre geschwiegen hatte. Vermutlich hätte sie genauso gehandelt, wenn es um ihre Familie gegangen wäre. Sie waren sich eben doch nicht so unähnlich, wie Else in den Momenten, in denen sie sich gestritten hatten, oft gehofft hatte.

Ebenso tat es gut, nun zu wissen, wie ihre Mutter wirklich gestorben war. Dass sie am Arbeiteraufstand, den die DDR ihren Bürgern später als vom Westen gelenkten Putschversuch verkauft hatte, beteiligt gewesen war, hatte Else nicht geahnt. Und sie musste zugeben, dass es sie jetzt, wo sie es wusste, auch ein wenig stolz machte.

Else blieb stehen und ließ ihren Blick über den Horizont schweifen. Ein paar kleine Federwolken waren am Himmel über dem Meer zu sehen. Ihre Ränder waren dünn, weiß und ausgefranst, genauso wie damals, als sie neben ihrem Vater in den Dünen gestanden und mit ihm an den Wolken das Wetter abgelesen hatte. Auch heute wehte über der Küste ein starker Wind, der ihre ergrauten Haare, die aus dem Dutt gefallen waren, aufwehen ließ. Die Sonne schien, Regen würde es nicht geben. Auf Elses Gesicht legte sich ein zufriedenes Lächeln, als sie ihren Weg fortsetzte.

Franzi
1992

Das Wasser der Elbe wogte links von Franzi mit einer bewundernswerten Seelenruhe und Selbstverständlichkeit im lauen Wind. Nur hin und wieder, wenn ein Containerschiff, ein Ausflugsdampfer oder ein Sportboot Richtung Hafen vorbeifuhr, schwappten ein paar bescheidene Wellen ans Ufer, die jedoch sofort zwischen den schwarzen Steinen, die das Ufer befestigten, verrannen. Zu ihrer Rechten thronten die Herrenhäuser, die sich, in den Hang hineingebaut, in Größe und Anmut anscheinend zu übertrumpfen versuchten.

Der Sand hier war längst nicht so weich und weiß wie an der Ostsee. Auch bestand das Treibgut hier nicht aus Muscheln, glatt gewaschenen Steinen und Holzstücken, sondern aus altem Müll, der achtlos über die Reling der vorbeifahrenden Schiffe geworfen wurde. Und dennoch konnte Franzi auch diesem rauen Hamburger Elbstrand etwas abgewinnen. Langsam schritt sie über den Strand, ließ den Sand zwischen ihren Zehen hindurchrieseln.

Franzi blickte auf und zu ihrem Vater, der neben ihr ebenso bedächtig durch den Sand ging. Seit ihrer Ankunft in Hamburg hatten sie gerade einmal ein Handvoll Worte gewechselt, obwohl sie sonst kaum aus dem Plaudern herauskamen.

Nachdem Franzi bei Else gewesen war, war sie mit dem Zug nach Hamburg gefahren. Da ihre Wohnung noch untervermietet war, hatte sie sogleich die Hochbahn Richtung Ottensen genommen, war an den Landungsbrücken ausgestiegen, um die restlichen Kilometer bis zum alten Museumshafen zu Fuß am Kai entlangzulaufen. Als sie an dem kleinen, rot verklinkerten Haus ihrer Eltern nahe der Elbe geklingelt hatte, hatte ihr Vater die Tür geöffnet. Ihre Mutter hatte noch im Friseursalon zu tun gehabt, worüber Franzi froh gewesen war. Wollte sie doch mit ihrem Vater zuerst ein wenig Zeit allein verbringen.

Jetzt beobachtete sie ihren Vater von der Seite. Er wirkte ein wenig abgeschlagen. Sein rasiertes Gesicht war von Falten überzogen, das immer lichter werdende Haar an den Schläfen grau meliert. Auch an ihm waren die Jahre nicht spurlos vorbeigezogen. Und doch hatte das Alter seinem äußeren Charme nichts anhaben können, wie sie fand.

Sie schüttelte die Gedanken ab und seufzte kurz auf. Sie wusste, dass sie es nun endlich hinter sich bringen musste, wenn sie den unausgesprochenen Disput endlich klären wollte, der seit ihrer Abreise nach Lüstrow wie ein Damoklesschwert über ihnen schwebte. Deshalb öffnete sie nun, noch im Gehen, den Verschluss der Umhängetasche, die sie bei ihren Eltern gegen die zwei Koffer eingetauscht hatte, und zog die Kopie der Stasi-Akte ihres Vaters heraus.

Ihr Vater blickte sie dabei fragend an. »Was ist das?«

Doch Franzi brauchte nicht zu antworten. Als er seinen Namen auf der Vorderseite der grauen Mappe las, wusste er, was es war. Er schluckte sichtlich überrascht.

»Woher hast du die?«, fragte er in einem schärferen Ton, als Franzi es erwartet hatte.

»Von Peter«, antwortete Franzi knapp.

»Ich wusste gar nicht, dass ihr noch Kontakt habt.«

»Er hat mir bei Recherchen geholfen.«

Mit Blick auf die Akte schnaubte ihr Vater kurz auf.

»Es ging dabei nicht um dich. Nicht nur«, versuchte Franzi ihn zu beschwichtigen. Doch ihr Vater schien immer noch verärgert.

»Und? Was steht drin?«, fragte er nun forsch.

»Sag du es mir!«, antwortete sie.

Ihr Vater blieb stehen und blickte sie erstaunt an. »Du hast …?«

»… sie nicht gelesen«, vollendete Franzi seinen Satz, die ebenso stehen geblieben war.

»Warum nicht?«, fragte er mehr als verdutzt.

Franzi zögerte, seufzte kurz. »Zuerst wollte ich die Akte unbedingt lesen. Ich wollte wissen, warum die Kellnerin im Gasthof so komisch reagiert hat, als ich deinen Namen gesagt habe. Was der Zettel, den ich gefunden habe, zu bedeuten hat, auf dem in großen Buchstaben *Verräter* steht. Warum du mir nie erzählt hast, weshalb wir die DDR verlassen haben.« Franzi hielt kurz inne, bevor sie fortfuhr. »Aber dann habe ich es mir anders überlegt.«

Ihr Vater stutzte. »Willst du all die Dinge jetzt etwa nicht mehr wissen?«

»Doch. Mehr denn je«, antwortete sie. »Aber ich will sie von dir erfahren!«

»Franziska, ich weiß nicht …«, begann ihr Vater kopfschüttelnd. Er setzte sich wieder in Bewegung. Sein Blick war dabei stur auf den sandigen Boden gerichtet, über den er langsam schritt. Franzi lief neben ihm her, unterbrach ihn in seiner Unschlüssigkeit.

»Paps, ich habe immer zu dir aufgesehen. Du hast mich gelehrt, ehrlich und aufrichtig zu sein, selbstbewusst und zielstrebig. Ohne dich wäre ich niemals Schriftstellerin geworden. Du bist mein Vorbild. Und daran wird sich nichts ändern!«

»Sicher?«

Franzi nickte. »Sicher!« Sie schluckte und fügte etwas leiser hinzu: »Auch wenn du für die Stasi spioniert hast.«

Er sah sie an. »Das glaubst du?«, antwortete er mehr als überrascht.

Franzi zuckte mit den Schultern, nickte dann vorsichtig.

Es dauerte einen Moment, bis ihr Vater reagierte. Ein kurzes Schmunzeln huschte über sein Gesicht, das Franzi nicht recht einordnen konnte. Dann klärte er sie auf.

»Ich habe niemals als inoffizieller Mitarbeiter für die Stasi gearbeitet!«

»Hast du nicht?«, fragte Franzi perplex. »Aber … Was ist dann geschehen?«

»Es war im Frühsommer 1978. Ich hatte Wachdienst im Leuchtturm. Es war kurz vor Mitternacht. Der Mond leuchtete in dieser Nacht besonders hell. Ich bin auf die Galerie raus, wollte den Schiffsverkehr beobachten, als ich etwas im Wasser gesehen habe. Einen Mann. Er war gut 2000 Meter vom Ufer entfernt, und durch das Fernglas sah es so aus, als würde er wild mit seinen Armen fuchteln.«

Er hielt kurz inne, seufzte. Franzi blickte ihn an, ohne ihn zu unterbrechen.

»Ich musste blitzschnell eine Entscheidung treffen«, fuhr er schließlich fort. »Schließlich ging es doch um Leben und Tod. Ich rief also die Küstenbrigade zu Hilfe. Sie waren am nächsten dran und hatten ein schnelles Boot. Innerhalb von Minuten waren sie vor Ort und fischten den Mann aus dem Wasser.«

Wieder machte er eine kurze Pause, seufzte erneut. »Wie sich jedoch später herausstellte, wollte der Mann gar nicht gerettet werden. Er wollte die nasse Grenze überqueren. Schwimmend.«

»Er war also nicht in Seenot?«, fragte Franzi.

Ihr Vater schüttelte den Kopf. »Er kam aus Lüstrow, war der Sohn des Metzgers. Er hatte monatelang heimlich für seine Flucht trainiert. Wegen versuchter Republikflucht wurde er kurz darauf verurteilt und für Jahre ins Zuchthaus gesteckt.«

»Deshalb hat die Kellnerin nicht über dich reden wollen.«

Ihr Vater nickte. »Im Ort hielt man mich natürlich für einen Verräter und auch für einen IM der Stasi. So wie du. Man mied mich, tuschelte hinter meinem Rücken. Ich bekam sogar Drohbriefe. Dabei wollte ich dem Mann doch nur helfen und nicht seine Flucht vereiteln.« Er seufzte kurz, bevor er fortfuhr: »Deshalb bin ich damals auch irgendwie froh gewesen, als wenige Monate später die Automatisierung des Leuchtturms eingeführt wurde und sie mich nach Rostock versetzt haben. Doch dort sind deine Mutter und ich nie richtig glücklich geworden. Die Entscheidung, einen Ausreiseantrag zu stellen, ist uns nicht leichtgefallen, aber wir haben sie nie bereut.«

»Warum hast du mir das alles nicht früher erzählt?«

»Weil ich dachte, du glaubst mir nicht. So wie die Leute in Lüstrow.«

Sie blickte ihn einen Moment lang an. »Aber ich glaube dir!«, sagte sie schließlich versöhnlich. Zum Beweis hielt sie ihm die noch immer geschlossene Stasiakte hin. Kurz blickte er sie überrascht an, dann nahm er sie an sich. Ein erleichtertes Lächeln legte sich auf sein Gesicht. Und auch Franzi spürte eine ebenso tiefe Erleichterung. Seine Ehrlichkeit rechnete sie ihm hoch an.

Sie fiel ihm in die Arme, und er erwiderte ihre Umarmung mit seiner ganzen väterlichen Liebe.

Als sie sich wieder voneinander lösten, spazierten sie noch eine Weile am Elbstrand entlang. Zwei Möwen flogen dicht an ihnen vorbei, kreisten über dem aufgewühlten Sand und stürzten sich schließlich auf ein halbes angeknabbertes Brötchen, das jemand achtlos zu Boden geworfen hatte. Wie zwei Streithähne kämpften sie um die Brotkrumen, bis eine dritte Möwe kam und ihnen das größte Semmelstück wegschnappte.

Da blieb Franzi plötzlich stehen. »Steht dein Angebot eigentlich noch?«

Ihr Vater, der ebenso stehen geblieben war, blickte sie verdutzt an. »Was meinst du?«

»Dass ich in deinem Arbeitszimmer schreiben kann.«

»Hast du deine Schreibblockade überwinden können?«

Franzi zögerte, schließlich nickte sie. »Ich denke schon«, antwortete sie mit einer Überzeugung, die nicht nur ihren Vater überraschte. Sie wusste nun endlich, worüber sie schreiben wollte. Wenn sie ihren Abgabetermin beim Verlag in knapp zwei Monaten noch halten wollte, musste sie sich ranhalten, Tag und Nacht schreiben. Doch sie wusste, dass es sich lohnen würde, auch wenn der Roman ganz sicher kein Thriller werden würde.

»Wann willst du anfangen?«, fragte er.

»Jetzt!«

Er sah sie überrascht an, doch dann nickte er. »Dann lass uns zurückgehen!«

Franzi lächelte in stillem Einverständnis.

Wenig später saß Franzi im Arbeitszimmer im Haus ihrer Eltern. Der Schreibtisch ihres Vaters war beinahe dreimal so groß wie der Sekretär in der Wärterwohnung. Auch der Stuhl war durch die mit Leder umspannte Polsterung wesentlich bequemer.

Franzis Finger ruhten über der Tastatur der elektrischen Schreibmaschine, die sie von Peter geschenkt bekommen hatte und die nun vor ihr stand. Ihr Notizbuch sowie Elses Tagebuch lagen neben dem grauen klobigen Schreibgerät. Sie hatte Else gebeten, es noch eine Weile behalten zu dürfen, und die hatte zugestimmt. Franzi würde es ihr bei Gelegenheit zurückschicken. Sie zögerte, blickte auf den schmalen Bildschirm und beobachtete den Cursor, der stoisch aufblinkte.

Erneut überkam sie das nun schon bekannte und gefürchtete Gefühl der Anspannung, das ihre kreativen Gedanken zu lähmen versuchte. Sie nahm ihre Hände von der Tastatur und griff in die Tasche ihrer Jacke, die über dem Schreibtischstuhl hing, und holte die zerknitterte Zigarettenschachtel heraus. Sie öffnete sie, zog den letzten Glimmstängel heraus und klemmte ihn sich zwischen die Lippen. Doch als sie das Feuerzeug aus der Schachtel holte und in den Händen hielt, zögerte sie, die Zigarette auch tatsächlich anzuzünden.

Schließlich nahm sie sie wieder aus ihrem Mund, zerbrach sie zwischen ihren Fingern und warf sie gemeinsam mit der Schachtel in den Papierkorb, der neben dem Schreibtisch stand.

Dann legte sie erneut ihre Finger auf die Tasten der Schreibmaschine. Sie wartete und lauschte geduldig.

Zu Franzis Erleichterung kamen die Wörter endlich angeflogen. In ihrem Kopf schlossen sie sich zu Sätzen zusammen. Ihre Finger sausten im Takt ihrer eigenen Melodie auf die Tasten hinunter. Und auf dem Bildschirm entspann sich der Beginn ihres neuen Romans:

Das grelle Licht schmerzte in ihren Augen, doch sie wollte ihm nicht die Genugtuung geben wegzusehen. Ihre Lider fühlten sich bleischwer an, so wie der Rest ihres Körpers.

Die letzte Nacht hatte sie nicht viel Schlaf bekommen. Die Pritsche in dem kleinen fensterlosen Raum, in den man sie gesteckt hatte, war viel zu hart gewesen. Trotz der dicken Wände, deren bedrohlicher Eindruck auch nach Stunden nicht gewichen war, war stetig ein kühler Luftzug durch den Raum gezogen …

Lesen Sie auch:

Kathleen Freitag

Die Seebadvilla

15,00 € (D)
ISBN: 978-3-95967-392-1

Henni
1952

Das Geschrei der Möwen weckte Henni. Das untrügliche Zeichen dafür, dass die Strandfischer von ihrer ersten Ausfahrt zurück waren und in den Dünen Dorsche, Heringe, Flundern und Sprotten säuberten. Über ihren Köpfen kreisten die Möwen, stets bereit sich einen begehrten Happen zu schnappen.

Henni blinzelte, die Morgensonne schien hell durch das offene Holzfenster. Im Zimmer war es kühl. Lisbeth hatte am Abend vor dem Zubettgehen wieder das Fenster aufgerissen und war eingeschlafen, bevor sie es schließen konnte. Henni sah zum Bett ihrer Schwester hinüber, das auf der anderen Seite des Zimmers stand. Nur ein paar blonde zerzauste Locken lugten unter der dicken Daunendecke, die sich gemächlich hob und senkte, hervor. Lisbeth schlief noch tief und fest.

Henni nahm ihren alten Stoffbären, mit dem sie sich schon seit Kindertagen das Bett teilte, und warf ihn hinüber. Der Teddy landete zielsicher dort, wo Henni den Kopf ihrer Schwester vermutete. Und tatsächlich, unter der Decke regte es sich kurz und ein mürrisches Knurren war zu vernehmen. Doch mehr passierte nicht.

»Lisbeth, wach auf!«, versuchte Henni es noch einmal. »Raus aus den Federn.« Wieder hörte sie nur ein verstimmtes Gemurmel, das sich anhörte wie: »Ich bin noch müde!«

Wie gerne würde Henni sich auch noch einmal umdrehen, doch sie wusste, dass ihre Mutter unten längst fleißig war. Und so stand sie schließlich auf.

Eilig schloss Henni das Fenster, ging zur großen Emailleschüssel, die auf einem Hocker in der Ecke des Zimmers stand, und wusch sich. Das Badezimmer im Flur war den Gästen vorbehalten. Zwar war das Wasser in der Schüssel kalt, aber es weckte die restlichen Lebensgeister in Henni, die der vergangenen Nacht noch nachhingen.

Nachdem sie sich abgetrocknet hatte, schlüpfte Henni in ihr grün-weiß geblümtes Baumwollkleid, das ordentlich über ihrem Ankleidestuhl hing. Auf dem Stuhl daneben lagen die Kleider kreuz und quer. Sehr zum Leidwesen ihrer großen Schwester war Lisbeth überhaupt nicht gut darin, Ordnung zu halten.

Der Stoff ihres Kleides umschmeichelte Hennis Hüften. Die weiße Spitzenbordüre am Saum hatte sie selbst angenäht. Ihre Mutter hatte den alten Gardinenstoff schon gegen eine neue Tischdecke eintauschen wollen. Doch Henni hatte sie überzeugen können, Großmutters Aussteuer zu behalten, und daraus gleich drei Tischdecken geschneidert. Übrig geblieben war dieses wunderschöne Zierband, das nun ihre Knie bedeckte. Bevor sie in den Flur hinaustrat, zog sie noch rasch ein weißes Häkeljäckchen über ihre Schultern.

Schon am Treppenabsatz hörte sie Besteck klappern. Ihre Mutter deckte bereits den Frühstückssalon ein. Alles musste fertig sein, bevor die ersten Gäste aus ihren Zimmern kamen. Es roch nach frischen Brötchen und pommerschem Landbrot, der Bäckersjunge war also auch schon dagewesen. Henni hielt sich am holzverzierten Geländer fest und nahm beim Hinuntergehen schwungvoll mehrere Treppenstufen auf einmal. Als sie den großen hellen Raum betrat – das Herzstück der Pension Ostseeperle der Familie Faber –, polierte ihre Mutter gerade das Essbesteck. Auch wenn die Messer, Löffel und Gabeln aus rostfreiem Aluminium waren, konnte sie die alte Gewohnheit nicht ablegen. Das Tafelsilber hatten sich russische Soldaten unter den Nagel gerissen, als sie nach Kriegsende die Insel besetzten. Ihre Mutter hasste den billigen Ersatz, der federleicht in der Hand lag und schnell die Wärme der Speisen und Getränke annahm. Wie oft hörte sie ihre Mutter fluchen, wenn sie sich einen Tee aufbrühte und sich beim Umrühren wieder die Finger am Löffel verbrannte. Doch alle Bemühungen, neues, gutes Besteck für ihre Gäste zu bekommen, waren bisher erfolglos geblieben.

»Guten Morgen, Henni!«, begrüßte ihre Mutter sie mit einem Kuss auf die Wange. »Schläft deine Schwester noch?«

Henni nickte. Die Aufmerksamkeit ihrer Mutter richtete sich wieder auf das Poliertuch.

»Soll ich sie wecken?«, fragte Henni. Ihre Mutter schüttelte den Kopf. »Heute kann ich hier keinen Morgenmuffel gebrauchen. Susanne ist krank und es ist noch so viel zu tun. Sie kann nach dem Frühstück in der Küche helfen.«

Henni nickte, auch wenn sie es manchmal satthatte, dass ihre Schwester eine Extrabehandlung genoss. Sie selbst wusste nicht einmal mehr, wann sie das letzte Mal ausgeschlafen hatte.

»Kochst du bitte Kaffee?«, fragte ihre Mutter und schob hinterher: »Den guten, nicht den Malzkaffee! Die Schuberts reisen heute ab und sie sollen uns doch in bester Erinnerung behalten.« Ihre Mutter sah kurz auf und zwinkerte ihrer Tochter zu. Henni verstand, lächelte und ging in die Küche.

Die Regale in der Speisekammer, die hinter der Küche lag,

waren gefüllt mit allerlei Einweckgläsern, in denen Obst und Gemüse ein tristes Bad im eigenen Saft nahmen, sowie Konservendosen, die aussahen, als stünden sie schon seit der Weimarer Republik hier. Ihre Mutter versuchte den Gästen weitestgehend frische Lebensmittel anzubieten. Doch wenn die Lebensmittelmarken zur Neige gingen oder die Regale im örtlichen Kaufmannsladen wieder leerer waren als die Züge von Westberlin nach Ostberlin, griff sie auf die etwas faden Alternativen zurück.

In der hinteren Ecke der Kammer schob Henni die schweren Körbe mit Äpfeln, Kartoffeln und Steckrüben beiseite und öffnete eine weitere, viel kleinere Tür. Hier befanden sich die Waren, die nicht für jedes Auge und schon gar nicht für jeden Gaumen bestimmt waren: Schokolade, Cognac, Rum, Tee, Weinbrandbohnen und natürlich der gute Kaffee. Vivien, die Schwester ihres Vaters, kam ein paar Mal im Jahr zu Besuch und brachte die begehrten Produkte mit. Sie wohnte in Ostberlin, ihr Mann hatte gute Kontakte zu den amerikanischen Alliierten. Was er beruflich machte, wusste Henni allerdings nicht. Lisbeth und Henni staunten jedes Mal, was Vivien alles aus ihren Reisekoffern zauberte.

Jetzt nahm Henni den Kaffee und ging zurück in die Küche. Nachdem sie die schwarzen Bohnen mit der Kaffeemühle gemahlen und das feine Pulver mit kochendem Wasser aufgebrüht hatte, zog ein verführerischer Duft durch die Küche. Ein Duft, mit dem der Malzkaffee, den sie üblicherweise tranken, nicht mithalten konnte. Sie brachte die große Kanne Kaffee zurück in den Frühstückssalon und stellte sie auf einen Beistelltisch neben der bereits vollständig eingedeckten Buffetanrichte.

Auf Servierplatten hatte ihre Mutter den Aufschnitt drapiert: Butterkäse, Tilsiter, Ziegenkäse, Jagdwurst, Gänseschinken, Leberkäse, Schlackwurst sowie Rotwurst und Leberwurst in der Pelle. Dazu eine kleine Auswahl an eingelegtem und geräuchertem Fisch, den sich ihre Gäste vorzugsweise schmecken ließen. Das Schmalz, das in kleinen Tonpötten neben dem Fässchen mit den sauren Gurken stand, machte ihre Mutter mit Grieben, Äpfeln und Zwiebeln oder auch nur mit einem Hauch Salz und Majoran selbst. Das Brot und die Brötchen standen neben den Gläsern mit Marmelade, die sie natürlich ebenfalls selbst aus Erdbeeren, Kirschen, wilden Brombeeren und Sanddorn einkochten.

Für das reichhaltige Angebot genügten die Lebensmittelmarken, die ihre Gäste für den Verzehr in ihrem Hause abgaben, oft nicht. Doch Hennis Mutter war erfinderisch und fand immer wieder Möglichkeiten, um an die Nahrungsmittel heranzukommen. Außerdem kochte sie vorzüglich und schaffte es, aus wenigen Zutaten Vieles und Köstliches zu zaubern. Ihr war es stets wichtig, ihre Gäste gut versorgt zu wissen. Schließlich war, wie sie immer betonte, ein voller Magen das i-Tüpfelchen eines jeden Urlaubs. Ganz besonders nach den entbehrungsreichen Jahren des Krieges.

Kaum hatte ihre Mutter die letzten Teller auf den Tischen verteilt, kamen bereits die ersten Gäste. Ein älteres Ehepaar aus Potsdam, die Reichenbachs, betrat den Salon. Henni wusste nicht viel über die beiden, waren sie doch tags zuvor erst angereist.

Sie sah ihnen in die Augen. Denn immer, wenn neue Gäste den Salon zum ersten Mal betraten, folgten ihre Blicke dem gleichen Weg. Zuerst sahen sie die liebevoll gedeckten Tische, ihre Augen ruhten kurz auf dem feinen Porzellangeschirr mit dem blauen Zwiebelmuster. Ihre Blicke schweiften weiter an den weiß vertäfelten Wänden entlang. Die Ostsee-Bilder, die dort in penibel ausgemessenen Abständen hingen, hatte ihre Mutter selbst gemalt. Allerdings noch vor dem Krieg. Schon seit Jahren hatte sie keinen Pinsel mehr in der Hand gehalten. Anschließend nahmen die Neuankömmlinge das Buffet in Augenschein. Doch schließlich wandte sich ihre Aufmerksamkeit immer den großen Fenstern auf der Nordostseite zu. Die Villa stand auf einer kleinen Anhöhe, weshalb hinter den geputzten Scheiben die Dünen und das Meer zu sehen waren. Mal umspielten die Wellen mit sanften Wogen den feinen Sand, mal stürmten tosende Brecher ans Ufer, ließen die Gischt spritzen und schienen den Strand beinahe verschlucken zu wollen. Doch egal, wie sich das Meer verhielt, der Anblick zauberte jedem ein kleines Lächeln ins Gesicht.

Für viele ihrer Besucher war es der erste Urlaub nach den schrecklichen Jahren des Krieges und Henni konnte gut verstehen, dass der Anblick dieses kleinen Naturschauspiels ihnen ein wenig Leichtigkeit zurückgab.

Während ihre Mutter das ältere Paar zu einem Tisch seitlich des Fensters führte, nahm Henni die große Kaffeekanne und folgte ihr. Wie selbstverständlich rückte Herr Reichenbach seiner Frau den Stuhl zurecht und half ihr, Platz zu nehmen. Anschließend reichte er ihr die Stoffserviette, die sie mit einer kurzen schwungvollen Bewegung auf ihrem Schoß ausbreitete. Erst dann setzte er sich ihr gegenüber, faltete seine mitgebrachte Zeitung auf und vertiefte sich umgehend in den Lokalteil, ohne noch einmal aufzublicken. Offensichtlich teilten sich die beiden seit Jahrzehnten Tisch und Bett, so liebevoll und vertraut erschien Henni dieses kleine morgendliche Ritual.

Henni schenkte ihnen Kaffee ein, während ihre Mutter sich

bereits den nächsten Gästen, die den Salon betraten, zuwandte.

»Herzlichen Dank, Liebes!«, sagte die Dame nickend, als Henni ihr Milch anbot.

»Haben Sie gut geschlafen?«, fragte Henni.

»Wie ein Murmeltier.« Frau Reichenbach lächelte freundlich und fügte hinzu: »Das Zimmer ist wundervoll. Die Pension vermittelt einem ein Gefühl, als hätte es diesen Quadratbärtchen tragenden Narzissten und seine Gefolgschaft nie gegeben. Ihre Eltern haben ganze Arbeit geleistet und das obwohl die Neuen da oben auch nicht besser sind.« Herr Reichenbach räusperte sich kurz hinter seiner Zeitung.

»Was denn? Ich bin alt. Ich darf sagen, was ich will«, antwortete sie spöttisch auf den wortlosen Seitenhieb ihres Mannes.

Henni lächelte, sie mochte die neuen Gäste. »Das ist das Werk meiner Mutter. Sie hat die Pension nach dem Krieg allein wiederaufgebaut«, berichtigte sie. Mitfühlend tätschelte die alte Dame Hennis Hand und sah das junge Mädchen an. »Umso wichtiger, dass Sie ihr in diesen Zeiten eine gute Stütze sind.« Hennis Lächeln wurde noch ein wenig breiter, dann wechselte sie das Thema. »Bedienen Sie sich am Buffet und lassen Sie es sich schmecken.« Sie wollte die Gäste nicht länger stören, hatte sie doch ein leises Magenknurren hinter der Zeitung vernommen. Frau Reichenbach nickte und stupste ihren Mann an, der die Zeitung nun beiseitelegte.

Auch an den anderen Tischen, an denen nach und nach die Gäste Platz nahmen, schenkte Henni Kaffee ein. Ein kleines Mädchen, die mit ihren Eltern vor drei Tagen das Familienzimmer im Obergeschoss bezogen hatte, fragte sie mit gespielter Höflichkeit: »Möchte das edle Fräulein auch einen Kaffee?«

Die Kleine kicherte. »Ne, eine Trinkschokolade!«, antwortete sie mit vorgehaltener Hand. Henni nickte und antwortete ebenso höflich: »Wie Sie wünschen!« Wenig später brachte sie der Kleinen eine große Tasse dampfenden Kakao mit einer dicken Sahnehaube obendrauf.

Endlich ließ sich auch Lisbeth im Frühstücksraum blicken. Sie trug ein enges weißes Wolloberteil mit kurzen Ärmeln und dazu einen mintgrünen Tellerrock. Offensichtlich hatte sie unter ihrem Kleiderberg doch noch etwas Anziehbares gefunden, auch wenn der Rock schon faltenfreiere Tage gesehen hatte. Ihre Lockenpracht hatte sie zu einem Zopf zusammengebunden. Lisbeth gab ihrer Mutter einen Kuss auf die Wange, während sie sich mit schnellen Handgriffen die Schürze umband. Die Schleife auf ihrem Rücken war schief, das eine Band viel länger als das andere. Henni überlegte, ob sie ihre Schwester darauf hinweisen sollte, aber andererseits stand ihr gerade nicht der Sinn nach einer Diskussion über Etikette und Kleiderordnung.

Lisbeth begann ihrer Mutter zu helfen, das Buffet aufzufüllen, während Henni sich nun den Schuberts zuwandte, die einen Tisch am Kamin bezogen hatten. Sie goss Kaffee in ihre Tassen und sah noch einmal zu ihrer Schwester hinüber, die mit geübter Hand Butterkäse schnitt. Plötzlich schrie Herr Schubert auf. »Mensch Mädel, pass doch auf!«

Henni schreckte aus ihren Gedanken auf und sah zum Tisch. Der Kaffee schwappte bereits über den Rand der Tasse, bahnte sich einen Weg über die Tischdecke und tröpfelte nun auf Herrn Schuberts beigefarbenes Hosenbein. Henni stellte die Kanne schnell ab und entschuldigte sich hastig.

»Es tut mir so leid!«, stammelte sie. Mehr bekam sie nicht heraus. Lisbeth eilte mit einem Lappen in ihre Richtung und säuberte das Unglück mit flinken Bewegungen. Sie nahm die Kaffeekanne an sich und raunte ihrer Schwester augenzwinkernd zu: »Nicht ganz ausgeschlafen, was?« Sie stupste Henni in die Seite. »Lass mich mal weitermachen.«

Henni nickte und ging in die Küche, den Blick ihrer Mutter im Rücken spürend. Sie ärgerte sich über den Spott ihrer Schwester und war ihr gleichzeitig dankbar, dass sie sie mit ihrer unbeschwerten Art gerettet hatte.

Das Frühstück verlief ohne weitere Zwischenfälle. Lisbeth umschwirrte die Gäste wie ein fleißiger Schmetterling. Sie lachte und plauderte unentwegt. Ihrer Schwester war der Umgang mit den Gästen schon immer leichtgefallen. Ohne nachzudenken redete sie drauf los. Henni hielt das nicht immer für angebracht. Aber den Gästen gefiel es und so mahnte auch ihre Mutter nur selten Lisbeths loses Mundwerk an. Herrn Schubert gefiel ihre erfrischende Freundlichkeit offensichtlich ebenfalls. Das Kaffeemalheur war längst vergessen. Gönnerhaft tätschelte er Lisbeths Rücken, die es ohne zu zucken über sich ergehen ließ. Seine Frau bekam davon natürlich nichts mit.

Henni zog es vor, den restlichen Morgen in der Küche zu bleiben, und verließ sie nur, wenn am Buffet etwas fehlte, das aufgefüllt werden musste.

Als auch die letzten Gäste den Frühstückssalon verließen, gesellte sich Lisbeth zu Henni in die Küche, schnappte sich ein Geschirrhandtuch und half ihrer Schwester beim Abtrocknen des Geschirrs. Henni sah zu ihr. »Danke!«, sagte sie schlicht.

Lisbeth winkte schmunzelnd ab. »Dafür leihst du mir deinen Strohhut aus. Den mit der gelben Schleife.«

»Was? Niemals!«, rief Henni empört aus.

Lisbeth stemmte ihre Fäuste in die Hüften. »Gut, dann verrate ich Mutti, dass du wieder von der Schokolade genascht hast«, sagte sie in ernstem Ton. Ihre Mundwinkel zuckten dabei jedoch ganz leicht.

Henni lächelte und spielte mit. »Dann sage ich ihr, dass du dem Bauernjungen Georg gestern wieder schöne Augen gemacht hast.«

»Wehe!« Kokettierend warf Lisbeth das Küchentuch auf das nasse Geschirr, schlang ihre Arme um den Oberkörper ihrer Schwester und kitzelte sie. Henni wand sich laut prustend und lachend hin und her, bis sie in den Armen ihrer Schwester zu Boden ging. Geschafft lehnten sich beide gegen den Spültisch.

»Wo ist Mutti überhaupt?«, fragte Lisbeth plötzlich.

Henni zuckte mit den Schultern. »Macht vermutlich wieder ihren Spaziergang.«

»Dann kann der Abwasch auch noch warten.« Lisbeth warf ihrer Schwester einen verschwörenden Blick zu, den Henni nicht gleich verstand. Wortlos stand sie auf, ging in die Speisekammer und kramte aus dem Versteck eine Tafel Schokolade heraus. Als sie sich wieder neben Henni auf den Steinboden setzte, öffnete sie das feine Silberpapier und brach zwei Stücke der dunklen Köstlichkeit ab. Eins für sich und eins für ihre ältere Schwester. Genüsslich ließen sie sich die Kakaomasse auf der Zunge zergehen und seufzten fast synchron. Lisbeth kicherte darüber und auch Henni musste lachen. In diesem Moment spürte Henni die besondere Nähe, die sie beide, trotz allem, immer verband.

Caroline
1992

Caroline hatte vergessen, wie ordentlich ihre Mutter war. Die dicken Stoffbahnen lagen akkurat übereinandergestapelt im Regal. Auf der anderen Seite des Ateliers, dort, wo das Sonnenlicht durch das große Fenster einfiel und den Raum perfekt ausleuchtete, stand der Nähtisch. Kein abgeschnittener Bindfaden, keine liegengelassene Stecknadel, kein vergessener Nähfuß lagen auf der glatten Holzplatte herum. Nur die beiden Nähmaschinen, natürlich blankpoliert und korrekt parallel zur Tischkante ausgerichtet, standen darauf.

Caroline schritt langsam am Zuschneidetisch vorbei zum Regal und strich mit ihren Fingern sanft über den weichen Stoff. Das hatte sie schon als Kind gern gemacht, wenn sie ihrer Mutter an den langen schulfreien Nachmittagen bei der Arbeit Gesellschaft leistete. Verspielte Blumenmuster, sanfte Pastelltöne, zartes Rosé, klassische Nadelstreifen – Caroline musste zugeben, dass ihre Mutter einen feinen Sinn für Farben und Muster besaß. Aber sie war ja auch nicht umsonst so erfolgreich mit ihrer kleinen Modeboutique, die sie nun seit über 35 Jahren hier in der Münchner Innenstadt führte.

Ein Jammer, dass sie ihren wunderbaren Standort nun wegen einer saftigen Pachterhöhung aufgeben musste. Bisher hatte sie noch keine neuen Räumlichkeiten gefunden und es war unwahrscheinlich, dass sie einen Laden in einer ähnlich guten Lage auftreiben würde, den sie sich leisten konnte. Dabei war es doch gerade die Laufkundschaft, die betuchten Damen aus dem gehobenen Mittelstand, die hier zwischen Marienplatz und Salome-Brunnen flanierten. Sie schätzten den unfehlbaren Blick von Carolines Mutter für Details und ihren unermüdlichen Einsatz, weibliche Rundungen wohlwollend in Szene zu setzen. Im »Modegeschäft Faber«, dem kleinen Laden, der an das Schneideratelier angrenzte, wurde eine kleine selbstentworfene Kollektion angeboten, auf Wunsch konnte man sich aber auch Stücke nach Maß schneidern lassen. Nur Dirndl weigerte Carolines Mutter sich seit jeher zu nähen. Das liege nicht in ihrem Blut, sagte sie immer. Die maritimen Stoffe und Schnitte entsprachen eher ihrem Naturell. Sie war ein Küstenkind, auch wenn sie das, abgesehen von ihrem modischen Geschmack, gerne unter den Tisch fallen ließ.

Jetzt betrat Carolines Mutter eilig das Atelier. Unter ihrem Arm klemmten Umzugskartons, die nur darauf warteten, gefaltet zu werden. »Da bist du ja endlich, Mäuschen!«

Caroline hasste es, wenn ihre Mutter sie so nannte. Schließlich war sie kein kleines Mädchen mehr. Doch sie wollte jetzt keinen Streit anfangen.

»Ich hatte in der Uni noch zu tun«, antwortete sie stattdessen. Ihre Mutter registrierte ihre Antwort mit einem kurzen Nicken, ging aber nicht weiter darauf ein. Wie immer eigentlich, wenn Caroline ihr Studium ansprach.

»Am besten, wir fangen hinten an, im Büro. Walter kommt nachher und holt die Nähmaschinen ab«, sagte sie und ging voran. Caroline folgte ihr.

So wie das Modeatelier war natürlich auch das Büro akribisch durchsortiert. Während ihre Mutter begann, die ordentlich gehefteten und beschrifteten Ordner in den Kartons zu verstauen, musste Caroline an ihren eigenen Schreibtisch in ihrem Studentenwohnheim denken. Lose Zettel, vollgekritzelte Hefte, Bibliotheksbücher, Stifte lagen dort kreuz und quer herum. Ihre Uniordner quollen nur so über vor Mitschriften und Notizen, die sie nie ins Reine geschrieben hatte. Den Ordnungsfimmel hatte sie offensichtlich nicht von ihrer Mutter geerbt. Aber darüber war Caroline auch nicht traurig. Ein gewisses Maß an Chaos machte das Leben nur spannender, das war zumindest ihr Credo.

Während ihre Mutter die Schubladen leerräumte, fand Caroline zwischen den Ordnern voll sauber abgehefteter Rechnungen und anderer Dokumente einen großen Briefumschlag. Der Absender war nicht mehr lesbar und der Poststempel verriet, dass der Brief mehr als ein Jahr alt war. Da die Längsseite bereits fein säuberlich aufgetrennt war, dachte sich Caroline nichts dabei und zog den Inhalt heraus.

In den Händen hielt sie eine alte Schwarz-Weiß-Fotografie. Das Papier wellte sich bereits, Kratzspuren und Verfärbungen zeugten davon, dass diese Aufnahme viele Jahre alt sein musste. Darauf zu sehen war, neben einer großen Buche, eine Villa. Das zweistöckige Haus hatte einen hellen Anstrich mit zurückhaltenden Stuckverzierungen oberhalb der Fenster. Caroline vermutete, dass sie Muscheln darstellten, genau erkennen konnte sie es aber nicht. Zur Straßenseite hin besaß das Haus einen kleinen Vorbau, eine Veranda, die von vier schmalen Säulen umrandet war und den Weg zur Eingangstür wies. Darüber war eine Holzbordüre zu sehen, die mit dem Gaubendach abschloss. Auf der Treppenstufe vor der Veranda standen drei Frauen.

Links lachte ein junges Mädchen in die Kamera. Die Sommersprossen, die Caroline glaubte auf dem Foto sehen zu können, und die Locken, die unter einem Strohhut hervorlugten, verliehen ihrem zarten Gesicht etwas Freches. Mit der einen Hand hielt sie den Hut, den eine helle Banderole mit Schleife zierte, fest, als ob ihn sonst der Wind jeden Moment wegtragen könnte.

Ganz rechts stand ebenfalls ein junges Mädchen, vielleicht ein bisschen älter. Sie trug ein schönes Kleid mit einem auffälligen gepunkteten Muster. Trotz ihres Lächelns wirkte sie ernst und auch ein wenig schüchtern.

Zwischen den beiden Mädchen stand eine Frau. Ihre Bluse, die in einem langen Bleistiftrock steckte, war bis oben hin zugeknöpft. Sie trug das Haar zu einem strengen Dutt hochgesteckt und ihre steife Körperhaltung verriet, dass sie es nicht gewohnt war, vor einer Kamera zu posieren. Aber auch sie hatte etwas Freundliches und Vertrautes.

Caroline sah noch einmal in den Umschlag und zog einen Brief heraus. Der Absender war eine Anwaltskanzlei aus Greifswald. Caroline las den Text, der darunter stand:

Sehr geehrte Henriette Faber,

Caroline blickte kurz auf, zu ihrer Mutter, die sich immer noch in den Tiefen ihrer Schreibtischfächer verlor. Sie wandte sich etwas ab und las weiter:

laut Gesetz zur Regelung offener Vermögensfragen haben Geschädigte der Deutschen Demokratischen Republik das Recht auf Rückübertragung ihres Eigentums …

»Was hast du da?«, hörte sie plötzlich die verdutzte Stimme ihrer Mutter.

Caroline drehte sich ertappt um. Henriette stand direkt hinter ihr und hatte ihr über die Schulter geblickt. Als sie sah, was für einen Brief ihre Tochter da las, riss sie ihn ihr samt der Fotografie aus der Hand. »Schon mal was vom Postgeheimnis gehört?«, fragte sie aufgebracht.

»Gilt das auch für Blutsverwandte?«, scherzte Caroline.

»Für die erst recht!« Auf der Stirn ihrer Mutter zeichnete sich eine dicke Zornesfalte ab. Caroline war überrascht, ließ sich aber nicht beirren.

»Was ist das? Bist du das auf dem Foto? Und Oma?«, fragte sie geradeheraus. Ohne auch nur einmal auf das Foto zu blicken, warf ihre Mutter die Papiere in einen Umzugskarton. »Das geht dich überhaupt nichts an.«

»Ich finde schon, dass mich das was angeht«, entgegnete Caroline ihr. »Von dir erfahre ich ja nie etwas über die Vergangenheit. Nie redest du über deine Kindheit.« Tatsächlich glich ihre Familiengeschichte einem Puzzle, bei dem sie nur die Randstücke zusammensetzen konnte. Caroline wusste nur sehr wenig über ihre Mutter.

Henriette war an der Ostsee geboren, irgendwo in Vorpommern. Aber wie war sie aufgewachsen? Wie hatte sie den Krieg und die Zeit danach erlebt? Warum war sie nach München gekommen und wie? Auch von ihrer Grußmutter, die in Berlin lebte und mittlerweile rund um die Uhr gepflegt werden musste, erfuhr Caroline bei ihren wenigen Besuchen nicht mehr.

»Weil es da nichts zu bereden gibt.« Für ihre Mutter war das Thema damit beendet.

»Ach so, natürlich. Deshalb bist du auch gleich auf hundertachtzig, wenn ich einen Brief finde, der einen Hinweis auf deine Vergangenheit geben könnte. Wenn es da nichts gibt, kann ich den Brief ja lesen.« Caroline schob ihre Mutter zur Seite, ging zum Karton und holte die Unterlagen wieder heraus. Sie überflog die Zeilen, die sie schon gelesen hatte. Weiter kam sie jedoch nicht. Ihre Mutter nahm die Papiere wieder an sich und riss sie einmal in der Mitte durch. Anschließend warf sie die zerrissenen Hälften in den Papierkorb. Caroline starrte sie entsetzt an und brauchte einen Moment, um sich zu fassen.

»Welcher Geist deiner Vergangenheit jagt dir so eine Angst ein?«, fragte sie schließlich. Fast unbemerkt wanderte der Blick ihrer Mutter zum Papierkorb. Die eine Hälfte des Fotos lag obenauf. Das Mädchen mit dem Hut lachte sie an. Carolines Mutter schluckte.

»Ich glaube, es ist besser, wenn du jetzt gehst«, antwortete sie. »Den Rest kann ich auch allein einpacken.«

Caroline nickte und verließ ohne ein weiteres Wort das Modeatelier.